JN422525

무림맹 무사가 되었다

DECA MEDIA

무림맹 무사가 되었다 2

초판 1쇄 2025년 11월 25일

지은이 자소담 · **발행인** 김정수 · **고문** 이종주
발행처 데카미디어 · **출판등록** 2025년 4월 17일
주소 서울시 영등포구 당산로 214 · **E-mail** tradejjang0@gmail.com
유통 · 판매 관리 (주)행운사 · **Tel** (031)901-1137 · **FAX** (031)901-4140
E-mail luckybogo222@naver.com · luckybogo222@daum.net

ISBN 979-11-7513-082-1 (2권)
ISBN 979-11-7513-080-7 04810 (세트)

무림맹
무사가 되었다
자소담 신무협 장편소설 2

차 례

차 례

비무 대회 (2)

"움직이지 말라니까."

공손추는 이한의 등에 침을 꽂으며 타박을 하고 있었다.

혈을 자극하는 침이 파고들 때마다, 심하게 간질거리는 느낌에 움찔댈 수밖에 없었다.

"그러게 천단공은 하루도 빼먹지 말고 수련하라고 했잖아. 그깟 피라미 같은 놈도 내공으로 압도하지 못하면 앞으로 어쩌려고 해?"

어휴! 피라미? 당문삼호의 당철진이.

하지만 반박하기도 그랬다. 도에 집중을 하느라 천단공에 조금 소홀했던 것도 사실이니.

이한의 등에 빼곡히 침을 찔러 놓은 공손추는 석청이 막 가져온 차를 음미했다.

"자네! 차 우리는 솜씨가 꽤 쓸 만한데."

석청은 예상 못 한 공손추의 칭찬에 입꼬리가 절로 올라갔다.

"감사합니다. 어르신!"

"뒤뜰에 약을 달이다 왔어. 자네가 가서 좀 봐 줄 수 있나?"

"여부가 있겠습니까? 제가 잘 살피고 있을 테니까, 천천히 쉬시다 나오십시오."

석청이 나가자 공손추의 타박이 계속되었다.

"지금 네가 싸우고 있는 애들은 십 년 후라면 모를까, 지금은 각 파에서 두각을 내고 있는 후기지수일 뿐이다. 그들과 대등하게 싸웠다고 자만하면, 십 년 후에는 진흙탕 싸움을 해야 한다. 금력과 세력이 없는 너의 필패겠지. 몇 녀석 이겼다고 들뜨지 말라는 거다."

이한은 자만심을 경계하는 공손추의 마음을 이해할 수 있었다.

"걱정 마십시오. 포부를 넓고 크게 가지라는 말씀, 항상 새기고 있습니다."

"음."

공손추는 고개를 조금 주억거리더니 일어났다.

"잠시 뒤에 올 거다. 꼼짝 말고 있어라."

공손추가 나가자, 한 자세로 너무 오래 있어 불편했던 이한은 몸을 꿈틀하며 자리를 다시 잡았다.

사일 차의 비무장은 그야말로 입추의 여지가 없었다. 그동안 맹이나 개인적인 일로 자리를 비웠던 수뇌부들도 거의 모습을 드러냈다.

총관 석장명이 이차 본선 진출자 여덟 명의 이름을 일일이 호명하며 격려의 말을 했고, 대진명단을 발표했다.

이한은 일반 방파의 무사들로 이루어진 철혈단 소속의 양언진을 상대하게 되었다. 양씨세가의 양가창을 이은 직전임에도 세가 연합의 진무단에 들지 않아 화제가 됐던 인물이었다.

도박사들에게 우승 후보라고 일컬어지던 무당의 현도를 물리쳐 다시 이목을 집중시켰다.

양가창은 변화무쌍하고 끊임이 없는 창법으로 마치 배꽃이 휘날리는 것 같다고 이화창이라고도 불렸다. 이러한 양가창에 젊은 시절 한 이인에게 배운 창법을 접목시켜, 양가혼원창법(楊家混元槍法)을 선보임으로써, 창절(槍絶)로 칭송되고 있는 이가 양언진의 조부인 양사문이다.

일각에서는 양언진이 조부인 창절을 뛰어넘을 천재라 일컫고 있었다.

창간을 잡고 가볍게 비무대로 뛰어오르는 모습이 날렵하면서 심지가 굳은 인상을 주었다.

몸가짐 하나하나에 기품이 있어, 준수한 용모와 함께 더욱 돋보이게 했다.

"한번 수세에 몰리면 끝장이니까, 공수를 잘 조절해야 돼."

이한은 석청이 당부한 말을 곱씹으며, 양언진의 연한 청삼 무복이 새까맣게 칠을 한 창과 잘 어울린다고 생각했다.

찔러오는 창을 눈으로 확인한다는 건, 무의미하다는 것을 실감했다. 현란한 창두의 움직임을 따라잡기에는 오히려 방해만 되었다.

그렇다고 이한이 아주 불리한 것도 아니었다. 천단공의 기감은 문인로가 살수들의 천적이라고 할 만큼 예민했다.

귓가를 스치는 창대를 느끼며, 암월행으로 미끄러져 갔다.

창두가 휘어가며 가슴을 찔러 왔다. 창이 휘는 각을 벗어나 도를 그으려다, 탄성에 의해 다시 돌아오는 창을 옆구리 어림에서 간신히 막았다.

전방으로 빠르게 베어 가며 따라갔지만, 허전한 것이 허공을 베었다.

양언진은 어느새 물러나 거리를 두고 있었다.

현란한 전진과 퇴보에 더하여, 창의 공격기술과 방어기술을 자유자재로 사용하고 있었다. 이한은 계속 수세에 몰려서는 승산이 없음을 직감적으로 깨달았다.

도를 서서히 머리 위로 들어 올렸다. 눈을 감고 기감을 확대해 퍼뜨렸다. 순간 기회를 잡았다는 듯, 찔러 오던 창의 기세가 강해지면서 전신의 혈을 노려 왔다.

'지금!'

일순 도가 내리그어지며, 여러 개의 선들이 번쩍하다가 사라졌다.

이한은 긴 숨을 내쉬며 전방을 바라보았다. 양언진이 창을 두 손으로 잡고 자신을 뚫어지게 바라보고 있었다.

별다른 타격은 없어 보였지만, 가슴의 기복으로 보아 내공 소모가 상당한 모양이었다. 서로 전진을 못 한 채, 일시적인 대치상태가 되었다.

양언진은 결심을 굳힌 듯 오른손으로 창간을 잡고 창두를 뒤로 돌려 가렸다. 왼손은 가볍게 창간 끝에 대고 있었다.

'혼원창법(混元槍法)인가?"

이한이 먼저 선제공격을 했다. 가만히 기다리던 양언진이 앞발을 뒤로 빼는 것만으로, 어느새 창두가 목에 닿아 왔다.

반사적으로 목이 돌아가고, 도가 회전하며 그어졌다. 양언진의 몸도 같이 회전하며 퇴보를 밟았다.

거리를 유지하려는 창과 거리를 좁히려는 도의 공방에 여러 차례 불꽃이 튀었다. 숨 돌릴 여유도 없는 접전에 지켜보는 이들도 숨을 죽였다.

순간 약간의 거리가 벌어졌다 싶더니, 창두가 수많은 유

성우로 변했다. 도기가 밝고 굵은 선으로 변하더니 가늘게 쪼개지며 확 퍼졌다.

타다다당—

수도 없는 충돌이 한동안 계속 일어났다가, 순식간에 갈라졌다.

이한은 거칠게 숨을 몰아쉬면서, 도를 바닥에 짚었다. 휘청이던 몸이 겨우 안정을 찾았다. 양언진도 왼손으로 잡은 창을 어깨에 기대고, 오른팔을 늘어뜨린 채 서 있었다.

순간적으로 여후량은 판단을 하지 못하고 망설였다.

"제가 졌습니다. 이 형의 가르침에 감사를 드립니다."

양언진은 탈골된 오른팔을 겨우 들어 창에 기대고는 가볍게 고개를 숙였다.

"양 형의 창에 경의를 표합니다. 언제 다시 가르침을 청하겠습니다."

이후에 여후량의 판정이 울려 퍼졌다.

"호위총단 이한 승."

들떠 있는 주변과 달리 이한의 마음은 차분히 가라앉았다. 축하 인사를 건성으로 대답하며 바삐 숙소로 돌아왔다.

공손추가 쉬어야 한다는 핑계로 모두 내 쫓아 주었다.

양언진의 창은 참으로 현란하고 변화무쌍했다. 새삼 잊었던 당철진의 만천화우도 생각났다. 휘고 튀며 꺾여서 쏘아오던 암기의 각들이 다시 막으라면 못 할 것 같다는 생각이 들었다.

입맹 후에 고수들의 비무를 적게 본 것은 아니었다. 하지만 절기로 인정받는 무공을 직접 몸으로 받아본 지금의 기분은 승리를 마냥 기뻐할 수가 없었다.

뇌선만으로는 확실히 부족했다.

상대의 내공이 조금만 더 높았더라도, 초식에 대한 화후가 조금만 더 깊었더라도 승자는 자신이 아니었을 것이다.

"휴우."

공손추가 탕약을 들고 들어서다가, 이한의 한숨 쉬는 모습을 보고 픽 웃었다.

"마셔라!"

다 마신 약사발을 탁자에 받아 놓고는, 침통을 열어 정리를 시작했다.

"서두르지 마라. 쓸데없는 번뇌는 화를 키워 장기만 상한다."

공손추는 침들을 하나씩 빼내 휘어짐을 살피면서 불쑥 말했다.

"예."

"대회가 끝나면 어디 조용한 곳에 가서 얼마간 쉬다 오너라. 그리고 이제 그만하면 됐다. 승패에 너무 연연하지 말고. 오늘 내일만 살 게 아니지 않느냐?"

공손추는 이한을 눕히고 혈들을 문지르며 침을 놓기 시작했다.

본선 이 차 비무의 승자가 가려졌다.

소림의 청무, 화산의 장일산, 남궁세가의 남궁진, 그리고 이한이었다.

청무나 장일산은 워낙 유명해서 그렇다 치더라도, 이한은 완전한 이변의 주인공이었다.

남궁진도 이한만큼은 아니어도, 여기까지 올라올 것을 예상한 사람은 많지 않았다.

남궁세가의 공식적인 소가주는 남궁천이지만, 차기 가주 자리를 놓고 두 사람은 치열한 경쟁을 벌이고 있었다.

가주 남궁연후는 형인 남궁연중의 유복자로 태어난 남궁진에게, 급사한 형에 대한 미안함 때문인지 남궁천과 같은 무공을 주었고, 같은 배려를 했다.

남궁진은 폐관 중인 남궁천을 대신해 비무 대회에 참석했다. 우승을 하게 되면 뒤쳐진 간격을 완전히 메울 수도 있기 때문에 필사적이었다.

대회 오 일 차는 오전에 두 번의 비무만 있기 때문에 이른 아침부터 비무장은 자리를 차지하기 위한 눈치전이 극에 달했다. 아예 밤을 샌 사람도 많았다.

맹주가 직접 추첨에 참가해서 이한과 장일산, 청무과 남궁진의 대결이 성사되었다.

출전을 준비하는 이한에게, 장하선은 자신이 조사한 내용을 읽어 주고 있었다.

"이름 장일산. 나이 이십팔 세. 호북 영균 출생. 현 감찰단 형옥대 특별조사관… 아야!"

장하선은 갑자기 발을 들었다 놓았다 하며, 호들갑을 떨었다.

"호구 조사 하나? 비무에 도움이 될 만한 내용을 말하라고."

정우한이 석청의 눈치를 살피면서 장하선의 발을 다시 밟을 태세였다. 장하선은 구시렁거리며 종이 한 장을 뒤로 제치고, 다음 장을 읽었다.

"화산 삼대 제자에서 두 명밖에 없는 매화검수 가운데 한 명. 비무에서 주로 십사수매화검과 매화산수, 청운신법과 구궁보를 사용함. 간간이 칠절매화검도 선보였는데, 특이 사항은 별호가 산매검(散梅劍)임. 화산장문인이 직접 지어 준 별호로 아마 산검류(散劍類)의 검을 추가로 익힌 것으로 사료됨."

정우한은 뭐 더 특별한 것은 없냐는 식으로 장하선을 쳐다보았다. 장하선이 고개를 가로젓자, 정우한의 안색이 구겨졌다.

"그만들 하게. 곧 출전이야."

석청은 이전과는 다르게 조금 편한 기색으로 있다가, 둘을 말렸다.

서로 예를 취하고, 덕담을 주고받은 두 사람은 자리로 돌아가 섰다.

장일산은 잠룡관에서 보던 모습에서 크게 달라진 것은 없었다. 도복을 벗고, 백색의 산뜻한 무복을 입고 있는 것을 제외하고는.

걸을 때마다 검병에 달린 빨간 수실이 대롱거리며 흔들렸다.

시합개시와 함께 동시에 몸을 날린 두 사람은 비무대 중간에서 검과 도를 부딪쳤다. 아무런 변식과 허식이 없는 순수한 기세와 기세의 충돌이었다.

꽉— 가각—

검과 도를 사이에 두고 밀착하더니, 퇴로는 잊은 듯 필사적으로 밀어 댔다. 기기긱 하는 기분 나쁜 소리가 들리면서, 조금씩 뒤틀리다 급격히 떨어졌다.

서로 만만치 않음을 느꼈는지 비무대 중앙을 사이에 두고 아주 천천히 옆으로 보를 밟아 갔다. 순간 이한의 몸이 튀어 오르며 도를 내리쳤다. 걸리면 뭐 던 쪼개질 것 같은 도세였다.

장일산의 검이 여러 개의 검형을 만들더니 어지럽게 흔들렸다. 도가 여러 번의 부딪침 속에 전진을 못 하고 튕겨 나왔다.

튕기는 도를 따라 검 끝이 따라 나오다가 여러 갈래로 확 갈라지며 찔러 왔다. 이한은 급히 물러서며, 도를 돌려 검의 잔상들을 부드럽게 휘감아 넘겼다.

일진일퇴의 공방이 계속되었다.

이한의 도가 절제된 단순함으로 하나의 허점을 파고든다면, 장일산의 검은 화려하고 어지러운 변화를 보였다. 장일산의 검이 여러 곳을 동시다발로 노려 온다면, 이한의 도는 그 실체의 맥을 끊어 막고 있었다.

장일산은 십사수매화검의 매영만천(梅影滿天)을 펼쳐 연속적으로 쳐내 온 이한의 도를 막아 냈다. 하지만 물러나는 이한을 쫓지 않았다.

이대로는 끝없는 공방이 이어질 것이 뻔했다.

장일산은 검극에 내공을 모아 갔다. 파르르 떨려 오는 기분 좋은 진동을 느끼며 검을 뿌렸다. 이한은 장일산의 검이 하얀 기류를 뻗어 내자, 도를 가슴으로 끌어 올리고 혈들의 기를 더욱 개방했다.

칠절매화검(七絶梅花劍)! 경지에 이르면 매화향이 난다던가?

향은 모르겠고, 보기에는 그냥 잔잔해도, 막상 그 앞에 서니 숨이 막히는 검기가 쏘아 왔다. 그대로 쪼개가다가 하마터면 도를 놓칠 뻔했다. 급히 암월행으로 피하며, 가슴을 쓸었다.

하지만 계속 피할 수는 없는 법.

눈앞에 다가온 세 개의 매화검기를 번뜩이는 도기가 종으로 갈라 갔다. 여러 개의 가는 실선이 뒤따르며 쭉 뻗어 갔다.

퍼버벅―

압축된 공간이 터지며 주르륵 밀려났다. 가늘게 뜨진 시야로 같이 밀려나는 장일산이 보였다.

승부다! 지금 주저하면 무조건 진다.

가슴이 터질 듯이 울렁거렸지만, 몸을 억지로 세우고 발작하듯 돌진했다. 비무대 중간부터 도약을 했다. 그림자가 비무대 바닥을 쓸며 따라왔다.

허공을 가르는 긴 체공감과 치켜든 도의 묵직함!

온몸의 기운 한 톨까지 모조리 쏟아부었다. 도, 무운이 낙뢰가 되어 내리꽂혔다.

꽝—

폭음에 가까운 소리가 나더니 먼지구름이 앞을 가렸다.

이한은 나가던 속도보다 더 빠르게 튕겨 났다. 비무대를 한 바퀴 굴러 가장자리에서 겨우 몸을 일으켰다. 가슴이 먹먹해지며 전신의 혈들이 멋대로 펄떡대고 있었다.

'허헉!'

도를 비무대 바닥에 박고 몸을 의지했다. 멀리로 보이는 비무대 귀퉁이가 무너진 것 같았다. 그 무너진 더미 속에서 장일산이 몸을 일으키려 비틀대고 있었다.

여후량이 급히 비무대 중앙으로 오더니 머리 위로 손을 흔들었다.

네 명의 심판이 모였다가 헤어지고, 여후량이 참관인석으로 가 판정을 설명하는 모양이었다. 참관인들이 모두 고개를 끄덕였다.

여후량이 비무대 중앙으로 나왔다.

"호위총단 이한 승."

석청과 정우한이 거의 나는 몸놀림으로 비무대에 올라 이한을 부축했다.

공손추는 빈 약사발을 들고, 혀를 찼다.

“쯧쯧! 비무 대회 두 번 했다가는 몸이 성하질 않겠다.”

이한은 놀란 혈을 진정시키려 애쓰고 있었다. 비무 직후보다는 많이 좋아졌지만, 여전히 혈들이 불규칙한 진동을 하며 가라앉지 않았다.

“혈이 제자리를 잡을 동안 침도 소용이 없으니, 우선은 안정을 취하도록 해라.”

공손추의 말대로 쉬려고 막 누웠는데, 정창명이 들어왔다.

“아아! 그냥 누워 있게.”

일어나려는 이한을 억지로 눕히고, 의자를 끌어다 침상 옆에 앉았다.

“내일 상대는 청무네.”

이한은 별 동요 없이 고개를 끄덕였다.

“다치지 않는 선에서 마음 편히 대결해. 그렇다고 지라는 얘기가 아니라 부담 갖지 말라는 소린 건 알지?”

“예! 최선을 다하겠습니다.”

“그래! 생각보다 잘해 주고 있어서 별다른 말은 없네만, 이제 마지막 한 판 아닌가?”

부담 갖지 말라면서, 확실하게 부담을 주고 갔다.

하루의 해가 넘어가자, 방성거리의 화려한 등들이 불을

밝혔다. 진수하에 위치한 상춘루는 한창 비무 대회 특수를 누리고 있는 중이었다.

바쁘게 뛰어다니는 점소이들 사이로, 낡은 문사의에 책 상자를 맨 중년 문사가 자리를 못 구해 어정쩡하니 서 있었다. 결국 자리가 두 개나 비어 있는 근처 탁자로 가서 합석을 부탁했다.

장하선과 기동호는 서로 얼굴을 쳐다보았다.

"아… 저희 동료들이 곧 올 거라서."

장하선이 난처한 표정으로 말했지만, 동료들이 오면 비켜 주겠다는 말에 자리를 내주었다.

"소면 하나만 급히 먹고 일어나겠습니다."

몇 번이나 머리를 조아리는 바람에 오히려 미안함마저 들었다. 어렵게 점소이를 불러 소면을 시킨 문사는 떠들썩한 분위기에 적응을 못 하겠는지 연신 주위를 두리번거렸다.

"저… 무사님들! 이번 비무 대회가 그렇게 재미있었다면서요?"

지나가는 말투로 슬쩍 묻는 문사의 말에 장하선이 단번에 반응했다.

"캬! 대단했죠. 특히 우리 이 호위의 신위는…."

장하선은 엄지손가락을 치켜세우며 말을 대신했다.

"아이고, 이런! 그 이한인가 하는 무사님과 잘 아시나 보군요. 대단하다고 들었는데."

"잘 알다마다요. 동고동락 한지가 얼만데…."

장하선의 삐기는 말에 기동호가 급히 눈치를 주며 말을 막았다.

소면이 나오고 백주 한 병을 시킨 문사가 장하선과 기동호에게 한 잔씩 권하고 하는 사이에 셋은 많이 친해졌다.

"아무래도 동료분들이 조금 늦을 모양입니다. 제가 한 병 더 시키겠습니다."

잔업을 처리하고 바로 온다던 동료들이 늦자, 별생각 없이 고개를 끄덕였다. 한잔, 한잔하다 보니 여러 병이 되었다. 셋은 오랜만에 만난 친구들처럼 떠들고 마셔 댔다.

"야! 나는 이 호위가 그때…."

당연히 이한이 주 화제였다.

오기로 했던 호위조 동료들을 수하들이 잘 빼돌렸다는 신호도 왔다. 중년 문사는 기분 좋게 백주를 들이켰다.

청림과 한서왕부 사이에 있었던 모종의 알력이 뒤늦게 동창의 이목에 걸렸다. 하지만 별 진전은 없었다.

하지만 동창당두 강인철은 의외의 인물인 이한을 주목했다. 주변 정황이 뭔가 중요한 역할을 했을 거란, 확신이 갔다.

닳고 닳은 청림에 비해, 무림맹 하급 무사 하나 구워삶는 건 뭐. 막상 와서 보니, 자신이 생각했던 것보다 조금 어려울 수는 있었다.

하지만 동창이 왜 동창이겠는가!

"점소이! 여기 백주 한 병 더."

새벽녘에 일어나 연무장에서 가볍게 몸을 풀었다.

공손추의 정성 때문인지 몸 상태는 많이 좋아졌다. 새벽 공기의 상쾌함을 마음껏 들이켰다. 한계치를 경험한 혈들이 또다시 확장했는지 전신에 활기가 들어찼다.

단원들이 나오기 전에 서둘러 숙소로 돌아오다가 공손추와 석청을 만났다. 공손추가 건네는 탕약을 마시고 나자, 석청이 청무에 대해 설명했다.

청무는 소림 장문인 정각의 직계인 수범의 제자로, 삼대제자들 중 일찍 두각을 나타내어 대외적으로 가장 잘 알려진 인물이었다. 탁발수행을 하면서 여러 고수들과의 비무로 유명해 졌으며, 현재는 태사조인 맹주 혜공을 수행해 맹으로 들어온 후, 정의단에 소속되어 있었다.

정각방장이 공공연히 불성 이래로 소림 무공을 중흥시킬 열쇠라 말하고 있었다.

아라한신권에 정통하다 알려져 있으며, 무상각, 불영선하보 등을 선보였다. 특히 십팔로항마봉법(十八路降魔棒法)만으로 이번 비무 대회에서 전승을 거두었다.

"어릴 때부터 탄탄하게 기초를 닦은 내공이 더 무서워. 일설에는 혜공맹주가 대승반야선공을 전수했다는 말도 있고. 오히려 무재가 너무 뛰어나, 장문인보다는 다음 대 소림수호신승의 유력후보랄 수도 있지."

"이거 너무 기죽이시는 것 아닙니까?"

들을수록 뭔가 저만치 까마득한 인물인 것 같았다.

"후우."

이한의 등에 마지막 침을 찔러 넣고, 공손추는 길게 한숨을 쉬었다. 그만큼 심혈을 기울인 것이다.

"저 때문에 며칠째 쉬시지도 못하고, 죄송합니다."

"쓸데없는 소리 마라. 내 요량은 내가 다 하니까 걱정할 것 없고, 자신은 있느냐?"

"…없습니다."

"뭐 너무 기고만장하는 것보다야, 그것도 괜찮다."

공손추는 대수롭지 않게 말했다.

"제가 질 거라고 생각하시는 모양이지요?"

"아니! 질 거라는 생각은 아예 안 하는데, 어쩐지 이기기도 힘들 것 같아."

"무슨 그런 대답이 있어요?"

"이놈아! 다들 힘들다 하던, 화산의 그 어지럽게 검 갖고 노는 놈. 그래 산매검. 그때도 나는 네가 이긴다고 확신했다. 하지만 청무라는 애는 들어보니 다른 것 같아."

"뭐가요?"

"겉멋을 안 부리잖아!"

이한은 공손추의 말에 겉멋을 두어 번 중얼거렸다.

"너와 동류인 녀석이야. 게다가 배경은 더 좋지."

"배경요? 하긴 소림의 정통 직계니."

"그런 배경을 말하는 게 아니라, 소림에 널려 있는 무공들과 언제든지 조언을 구할 수 있는 뛰어난 스승들이 항상 곁에 있다는 말이다."

"결국 제가 질 수밖에 없다는 거네요."

"꼭 그렇진 않지. 네가 더 나은 것도 있다. 스스로 만들어 간다는 것. 무인에게는 아주 중요한 거다. 그런 쪽으로 보면 네가 가진 것은 온전히 네 것이지만, 그 녀석은 만들어진 것을 수용한다는 것이다. 별거 아닌 것 같아도, 비무에서는 상당한 변수가 될 수 있다."

그런가?

하긴 그런 건 있다. 뭐를 수련하던 더 나가 보려 한다는 것. 하물며 검후의 검무마저도 뗐다 붙였다 했으니. 청무가 아무리 뛰어나도 아라한신권을 재해석하려 하지는 않았을 거다.

"제가 다시 청무와 동급으로 올라갔네요."

"웃지 마, 이놈아! 그렇다고 네가 청무 같은 천재라는 소리는 아니니까."

공손추가 침을 세차게 뽑아내기 시작하자, 앓는 소리가 절로 났다.

소문대로 대단히 강했다. 청무의 봉은 바람과 같았다.

비무대를 올라올 때, 조용한 걸음걸이에 절도는 있지만 듣기보다 어려 보인다는 생각을 했다. 소매 없는 회색의 수련복에 단단해 보이는 봉을 옆구리에 붙여 세워 들고 있었다. 드러난 팔뚝의 선명한 근육이 아니었으면, 소림에 갓 입문한 수련 제자로 봤을 것이다.

시합개시 신호가 있은 후에도 발을 앞뒤로 적당히 벌리고, 무릎을 약간 구부린 중단봉의 자세를 취하고 있었다. 양손으로 봉을 힘 있게 잡은 기본 중의 기본자세였다.

이한의 선공으로 공방이 시작되었다.

부드럽게 전진하며 도를 내리긋고, 청무의 측면으로 미끄러져 들어갔다. 최대한 공격의 반경을 줄이고, 연속으로 베어 가면서 반응을 살폈다.

청무는 같은 자세를 유지한 채, 어느새 방향을 전환해

있었다. 봉 끝만 약간 움직인 것 같았는데, 다다닥거리는 소리와 함께 도가 튕겨 났다.

그때부터 시작이었다.

튕겨난 도를 따라 청무가 따라왔다. 묵직한 공격은 너무나 깨끗하고 정확했다.

청무의 봉은 마치 살아있는 생명체인 양 꿈틀거리며, 이한의 허점을 추궁해 왔다. 퇴보를 밟고 막 자리를 잡다가, 급히 도를 날렸다.

타다닥—

도신에 막힌 청무의 봉이 몇 번의 타격음을 내고서야 튕겨 나는 듯했다. 이한은 봉에 실린 막대한 내력에 순간적으로 물러섰다.

실수였다.

물러선 공간을 여러 개의 봉영이 순식간에 점령해 버렸다. 도기에 휘감겨 튕기던 청무의 봉이 낭창하게 휘며 연속으로 찔러 왔다.

이렇게 몰려서는 비무대에서 떨어질 지경이었다. 암월행으로 비켜 나면서, 회전의 탄력에 편승해 봉의 그림자 속으로 파고들었다.

어느새 청무는 봉을 빙그르르 돌리며 물러났다. 학이 날개를 펼치듯 오른손에 봉을 잡고 허공으로 양팔을 활짝 펼쳤다. 왼쪽 무릎에 살짝 대고 있던 오른발이 착지하는 순간, 봉이 내리쳐졌다.

이한을 벗어나 바닥을 때린 봉의 힘에 비무대가 흔들릴 정도였다. 별다른 변식 없이 단순하게 회초리를 마구 내리치는 것 같았다.

빠르고 정확한 데다, 봉에 실은 청무의 정순한 내공이 정신 못 차리고 물러서게 했다. 결국 비무대 가장자리 근처까지 밀렸다.

이한은 상체를 비틀어 세우고, 집중된 기를 머금은 도를 내리그었다. 밝은 실선이 봉을 휘감아 갔다. 하지만 봉 끝이 뒤로 쏙 빠지더니 다시 쇄도해 왔다.

빠르게 찔러 오던 봉이 순간 확 커지는 느낌이 들면서, 내리누르는 내기에 피부가 따끔거렸다. 지독한 압박은 몸을 옥죄어 왔다.

더 물러서면 죽는다는 일념으로 도를 다시 내리그었다. 한껏 끌어 올렸던 기가 모조리 도신을 타고 터져 나갔다. 텅 빈 것 같던 혈들이 다시 꿈틀거리자마자, 전면으로 무작정 쇄도했다.

내려졌던 도가 위로 확 치솟아 올랐다. 밝은 도광이 아로새겨지며 여러 개의 실선으로 쫙 갈라졌다. 불규칙적으로 퍼지던 선들이 한 곳으로 모아졌다.

퍼벅— 퍽—

강한 충격을 동반한 소음과 함께 두 개의 기가 정면으로 충돌했다.

이한은 터져 나오는 공기의 파동에 몸을 허공에 띄웠다가, 팽이처럼 회전하며 돌아내렸다.

별 타격이 없었는지 청무가 곧바로 다가왔다.

빙그르 돌아가는 봉의 회전에서, 수많은 봉 그림자들로 갈라지더니 소나기처럼 쏟아졌다.

십팔로항마봉법의 천수평진세(千手平塵世)!

이한은 양팔을 아래위로 교차하며 크게 원을 그려 중심을 잡고, 도를 양손으로 잡아 눈앞으로 끌어 올렸다.

눈을 감았다. 어차피 눈으로 실체를 구별하지 못할 바에는 보지 않는 게 나았다.

가볍게 숨을 들이켰다 싶은 순간, 도가 작은 반원을 그리다 허공으로 비스듬히 그어 올려졌다. 밝은 도광이 좍 퍼졌다 사라졌다.

콰쾅—

폭음과 함께 먼지들이 한 점으로 급히 몰렸다가, 잔잔한 호수에 떨어진 돌이 일으킨 물의 파동처럼 비무장을 확 퍼져 나갔다.

주르륵 밀려나며 자리를 잡은 이한은 손바닥에서 느껴지는 통증에 눈을 찌푸렸다. 통증은 팔을 타고 올라오더니 가슴을 때렸다. 심호흡을 하며 급히 혈을 진정시켰다.

다행히 내상까지는 아니었다.

"아!"

"저런!"

여기저기서 탄성이 터져 나왔다.

비틀하며 겨우 몸을 세운 이한과 비교해, 청무는 서너 걸음을 주르륵 밀려나 몸을 세우고 있었다. 외견상 큰 타격은 없어 보였지만, 청무의 봉이 끝에서 한자 정도나 갈라지며 터져 있었다.

청무는 봉을 비무대 아래로 던져 버리고, 기마자세를 취하며 양 주먹을 천천히 말아 쥐었다. 왼팔을 앞으로 내밀며 호보로 자세를 전환하고, 계속 비무를 하겠다는 의사표시를 했다.

여후량이 참관인석을 바라보자, 잠시의 심각한 분위기 끝에 참관인 대표인 검후가 고개를 끄덕였다.

비무 속개 선언에 신중히 자세를 가다듬던 청무가 돌연 멈춰 섰다. 이한이 양해를 구하고 돌아서더니, 도를 천천히 풀어 내리고 있었다.

"어쩌려고…?"

도를 받아 들며 걱정하는 석청을 뒤로하고, 연사철의 무투권갑을 꺼내 들었다.

무투권갑을 끼고 비무대에 서자, 도를 들었을 때와는 또 다른 기분이 들었다. 갑갑하던 한 겹의 옷이 벗겨지며 좀 더 자유로워진 느낌이랄까!

[박투가 말이야. 처음엔 맞기 싫어서 악착같이 덤볐어. 좀 되니까 때리는 맛에 하게 되더군. 그것도 질릴 때쯤 되니까, 강자만 보면 가슴에 불길이 일어나. 하여간 죽도록 맞을 때가 더 많았지. 하지만 한 명씩 극복해 나갈 때, 며칠을 주체 못 할 희열에 떨었어. 그 맛에 하는 거야.]

낭호(浪虎) 연사철.

이한의 마음속 스승이었다. 연사철은 자신의 진신박투공인 박투연환백절이 이한에게 이어짐을 진심으로 기뻐했다.

이한 또한 박투에 있어서는 연사철의 철저한 신봉자였다.

서로의 힘을 예단한 마당에 탐색전은 필요 없었다.

청무가 바로 아라한신권의 열여덟 초식을 풀어왔다.

굳건한 하체를 바탕으로 질러 내는 권마다 권풍이 미처 따르지 못할 정도의 속도와 강력한 파괴력이 비무대를 휩쓸었다.

질러오는 권을 흘리다가, 이한은 자신도 모르게 멈칫했다. 권에 실려 있는 박력에 순간 압도된 것이다.

그 짧은 순간에 청무는 자세를 아주 낮게 가라앉히며 바닥을 쓸 듯 각을 차 내고, 일어서며 바로 연속으로 권을 질러 왔다.

퍽— 퍼버벅—

권갑에 권이 막히자, 바로 도약하며 무릎으로 턱을 차올렸다.

착지와 동시에 상체를 뒤로 눕히며 미끄러지듯이 빠져나간 이한을 향해, 바로 뒤돌며 우권의 강력한 일침을 날렸다.

양팔을 엇갈아 돌려 권을 비켜 낸 이한은 상체를 회전하며 폭풍이 몰아치듯이 연속으로 각을 차 냈다. 한 발 물러나는 청무의 가슴으로 파고드는 권에, 터져나가는 활화산 같은 기를 실었다.

얼마 되지 않는 범위의 공간에서 일진일퇴의 공방이 이어졌다.

청무는 강한 내공을 바탕으로 한 웅혼한 강력함이, 이한은 형과 식에 얽매이지 않는 유연함이 두드러졌다.

"와!"

"아!"

"허!"

들리는 건 모조리 외마디 탄성뿐이었다.

권각에 있어 청무의 당연한 우위를 예상했던 사람들의 놀라움을, 다른 말로 표현하기는 어려웠다. 눈을 떼기조차 어려운 긴박함까지 있으니 더 했다.

권이 막히자 팔꿈치가, 팔꿈치가 막히자 어깨가 청무의

몸통을 박아갔다. 연운구권의 직격과 연환추, 비견이었다. 한 동작처럼 보이는 연속기에 이어 이한은 청무의 어깨를 끌어 상체를 뒤로 뉘였다.

청무의 몸이 이한을 타 넘어 내던져졌다. 허공에 뜬 채로 반쯤 회전하며 권을 지르던 청무와 한 손을 바닥에 대고 우각을 휘둘러 차던 이한이 동시에 바닥을 굴렀다.

일어나 다시 쇄도하려던 이한은 왼팔을 제어하기 위해 인상을 썼다. 어깨에 일격을 맞았다. 손에 힘이 전달되지 않았다. 청무도 무사하지는 않았다. 이한의 우각에 허벅지를 맞아 다리를 절고 있었다.

비무대 중앙을 향하여 두 사람이 다시 움직여가자, 여후량이 급히 그 사이로 뛰어들었다.

비무 시각인 반시진이 훨씬 지나 있었다.

여후량은 치열한 격돌과 비무장의 분위기 때문에 차마 중지시키지 못하고 기회를 보고 있던 중이었다.

"비무 종료."

비무장 여기저기서 야유가 터져 나오다가, 어느 순간 광분의 환호성으로 바뀌었다.

청무가 힘겹게 몇 걸음 나오더니 합장을 했다. 이한도 손을 모아 고개를 숙였다.

땀으로 번들번들한 서로를 유심히 바라보다가 돌아섰다.

뇌검공

저녁에는 맹주가 주최하는 연회가 있었다.

비무 대회 관계자들과 출전자들을 격려하고 치하하는 자리였다. 부상을 핑계로 참석하지 않으려는 이한을 공손추가 난리를 치며 등을 떼밀었다.

"자식이 어디서 환자 흉내를 내. 빨리 튀어가! 이런 자리도 한 번씩은 참석해 봐야 안목이란 게 늘지. 너! 혹시 청무와 우승 자리를 나눈 게 억울하다고 그러는 거냐?"

청무와 공동 우승으로 비무 대회의 막이 내렸다.

별로 아쉬운 마음은 없었다.

상금과 승급 기회는 사실 별 관심이 없었고, 본선 진출자에게 무림맹 장서고에 있는 무고를 개방하는 것에 구미가 당겨져 있던 이한은 그것으로 충분했다.

무림맹의 장서고는 일반 서고인 서각과 희귀본이나 중요 서책을 보관하는 문성각, 무고인 무각을 말한다. 아무래도 무사들에게 중요한 것이 이 무각이었다.

본선 진출자 여덟 명에게 차등적으로 무고를 개방하는데, 공동 우승자인 이한과 청무는 열흘간의 열람을 허락받았다.

하지만 이한은 고대하던 무각을 찾기 전에 서각을 먼저 들렀다.

"어! 정말이네. 애들이 하는 말을 믿지 않았더니…?"

두툼한 장서편람(便覽)을 뒤적이던 이한에게 초로의 서각 서기가 다가왔다.

"차 한 잔 준다고, 지나가는 길에는 꼭 들리라면서요?"

"허허허! 아무튼 잘 왔네."

장서기가 내려주는 차 맛은 여전했다.

이한의 수련 무사 시절 유난히 서각의 작업에 많이 동원됐다. 장서 분류에서 폐서 처리까지. 장서기가 콕 찍어 찾기도 했지만, 그만큼 이한의 실력이 뛰어났었다. 서각 학사로 지원해보라는 말까지 들었다.

"그때 내 말 듣고, 우리 학사로 들어왔으면 어쩔 뻔했어. 자네가 비무 대회에서 우승을 할 줄이야!"

"하하하."

"무각이 손님맞이로 좀 바쁘던데, 여긴 정말로 어쩐 일인가?"

이한이 서각을 찾은 이유는 잠룡관의 석실에 새겨진 낙뢰 때문이었다. 아무 시험도 없었던 오관을 누가, 왜 만든 것인지 알고 싶었다.

"흐음! 잠룡관이라."

서각에 있는 장서 수만 권의 제목이 적힌, 장서편람에서도 찾기 힘들었다는 말에 장서기는 잠시 생각에 잠겼다.

"…잠시 같이 가세."

역시 서각 최고참 서기인 건가? 벌써 찾았나 보다.

"사실 여기는 우리 서기들도 허락을 받고 들어야 하는 곳이네. 그렇다고 큰 비밀이 있는 건 아니고. 이걸로 잘리면 조금 일찍 은퇴한다고 생각하지, 뭐."

장서기의 농담 같은 말을 들으며 들어선 곳은, 지하의 석실이었다. 서각을 속속들이 안다는 이한도 처음 오는 곳이다. 무림맹연원(淵源)이라는 책자들이 수백여 권이나 꽂혀 있었다.

[검정협(劍正俠) 위일천]

이한이 무림맹의 역사를 기록한 무림맹연원에서 찾은 이름이었다. 무림맹 초기, 잠룡관의 설계자이자 초대 관장이었다.

무각(武閣)은 초대 맹주인 인의검 이한백의 취임 초기부터 만들기 시작하여 근 십 년에 걸쳐 완성된 곳이었다. 역대 맹주들과 각 세력들이 기부한 무공서와, 그동안 맹에서 취득한 것들이 보관되어 있었다.

두 개 층의 이 층은 맹주의 특별한 허락이 없는 한, 절대 출입 금지 구역이었다. 일 층에만 만여 권의 무공서가 비치되어 있다고 알려져 있다.

진산비기와 같은 절대적인 것은 없어도, 일류급 이상을 추리고 추려 놓은 만큼 무시 못 할 수준의 무공서가 많았다.

그동안 맹에 공이 있는 맹원에 한하여 며칠씩 개방되곤 했다.

'임고(壬庫) 오백열다섯 번째.'

이한은 천간의 순으로 죽 늘어서 있는 서가를 따라갔다.

뇌검공(雷劍功)!

간단한 제목에 두껍지도 않았다. 검정협(劍正俠) 위일천을 뇌광자(雷狂子) 위일천으로 만든 불운의 책자였다.

위일천은 검제(劍帝) 이여산의 무공을 이은 적통이며, 무림맹 창설에 결정적인 공헌을 한 인물이었다. 하지만 막히는 진전의 돌파구로, 모든 것을 건 뇌검공이 문제였다. 그 기간이 길어지고 기행을 일삼자, 말년에는 거의 미친 사람

취급을 당했다.

역시 두 시진에 걸쳐 탐독한 결과, 뇌의 형상을 검에 담으려는 시도는 실패했다는 결론이 나왔다.

'우선 순간적인 기의 증폭부터 막혔어!'

뇌의 파괴적인 힘을 얻으려면 검에 전이되는 기의 순간적인 증폭이 가능해야 했는데, 일반적인 내공심법으로는 불가능했다. 더욱이 그것을 견딜 검의 강도도 문제였고.

이한이 생각하는 가장 큰 문제는 위일청은 검정협이라는 별호에서 알 수 있듯이, 너무 반듯한 인물이었다. 사부인 검제의 정통적인 검을 끝내 벗어나지 못한 것이다.

형과 식을 뛰어넘어야, 얽매이지 않는 불규칙한 흐름을 만들 수 있다.

뇌검공은 무각에서도 별 주목을 받지 못하고 방치되어 있었다.

책의 반 이상이 낙뢰에서 파생되는 수많은 불규칙한 선들로 채워져 있다 보니 더욱 그랬다.

삼 일간 꼬박 매달려서야 머릿속으로 선들의 흐름을 완벽하게 그려 낼 수 있었다. 어지러운 낙뢰의 흐름을 다섯 갈래로 정리했다.

뇌선(雷線), 뇌벽(雷壁), 섬뢰(閃雷), 폭뢰(爆雷), 전뢰(戰雷).

도로 펼쳐 봐야 실제 위력을 알 수 있을 거다. 하지만 뇌선의 위력에 비춰, 결코 실망할 것 같지는 않았다. 물론 피

나는 수련이 우선이지만.

공손추가 간단하게 짐을 챙기고 있었다.

"오늘도 무각에 가려고?"

"예! 기회 있을 때, 여러 가지 많이 봐 두려고요. 며칠 있다가 가시지요?"

"번잡해서 싫어. 천단공에서 그동안 등한시했던 기의 운용에 관해 생각도 좀 해야 하고. 여기 정리되면 들러라."

공손추는 이한의 팔이 대충 정상으로 돌아오자, 용수골 원로원으로 올라갔다.

이한은 원하는 것을 얻은 상태라, 홀가분하게 무각을 둘러보며 며칠을 보낼 작정이었다. 이런 기회가 흔한 것이 아니니.

며칠 연속으로 출근하다시피 하니, 무고의 사서와 많이 친해졌다.

"자네도 한잔할 텐가?"

막 차를 마시려던 사서는 인사치레인지, 찻주전자를 들어 보였다.

"좋지요."

사이좋게 차향을 즐기던 이한은 사서를 쳐다보았다.

"다른 분들은 아직 안 온 모양이지요? 여기서 만날 줄 알았는데 볼 수가 없네요."

"아직일세. 그래도 다들 오기는 올 거네."

오십대에 약간 완고해 보이는 사서는 당연하다는 듯이 말했다.

"오더라도 대부분이 그냥 참고삼아 오는 거네. 자파의 무공도 익힐 게 많은데, 다른 유파의 무공을 함께 익힌다는 것이 쉽지 않은 것도 사실이고."

"그렇겠군요."

"그래서 자네처럼 맹 출신 무사들이 제일 적극적이지. 우리 같은 사서들이야 분류나 하고 정리만 해서 잘은 모르지만, 여기도 잘만 이용하면 좋은 무공이 많아. 사실 썩히는 것 같아 아깝다는 생각도 가끔 드네. 새로운 무공에 목말라 하는 무사가 어디 한둘인가?"

이한은 그냥 웃었다.

무공서가 남아돌아도 절대 함부로 풀 수 없는 이유는 많았다. 그걸 굳이 화제로 삼고 싶지는 않았다.

"서각의 장서기가 자네 얘기를 하더군. 자네를 수련 무사 시절부터 알았다는데, 사람이 참 괜찮다고 도움을 좀 주라고 신신당부를 했네."

"아! 예. 사실 필요한 것은 얻었고, 오늘은 그냥 둘러보러 왔습니다. 장서목록을 보니까 다들 그게 그거라서, 어디서부터 봐야 할지 막막하네요."

"하긴 그렇지. 다들 고만고만한 것들이 깔려 있으니."

이한은 무공서들 얘기로 한참을 있다가, 무고로 향했다.

"자네, 잠깐만. 나 좀 보세!"

사서가 막 무고에 들려는 이한을 불러 세웠다.

이한이 돌아선 순간에도 잠시 망설이는 눈치였다가 앞장서서 무고로 들어갔다.

천간의 순서가 끝나는 계고(癸庫) 옆으로 막아 놓은 작은 서고가 있었다.

"무고 학사님들이 분류하기 난해한 것들을 여기 임시로 보관한다네. 좀 특이한 것들을 찾는다면 여기를 뒤져 보는 것도 의미가 있을 걸세."

막아 놓은 장막을 살짝 들춰 주었다.

작은 서고에 들어선 이한은 고개를 끄덕였다.

다른 곳은 서가 한 곳에만 천여 권이 넘어 보였는데, 여기는 채 이백 권 남짓했다. 형태도 갖가지였다.

완전한 책자 형태를 띠고 있는 것도 있었지만, 죽편도 있었고 양피지며 두루마리 형태의 것도 있었다. 심지어 목판도 보였다.

아무거나 하나를 집었다.

'오행흡정공(五行吸精功)'.

천지간 오행의 다섯 기운을 빨아들여 세 개의 단전을 생성시키고, 상생과 상극의 성질을 이용해 내공을 키운다는 내용이었다.

'환상천검(幻像天劍), 철갑공(鐵鉀功)….'

몇 권을 더 읽어 보고서야 여기 있는 책들의 공통점을 알았다.

먼저 가설들은 매우 그럴 듯했다. 하지만 수련방법이 구체적이지 못하고 부실했다. 무공을 실제 익혀 본 대부분은 분명히 편협, 괴이, 허무맹랑하다고 생각한 게 틀림없었다. 마지막으로 책을 쓴 누구도 알려진 이름이 없었다.

쓴웃음을 지으며 서가를 나서려던 이한은 다시 뒤로 돌았다. 이런 상황이 언젠가 또 있었다는 생각이 번뜩 들었다.

'천단경!'

그때도 그랬다.

긴가민가하며 처음 입문을 했고, 다른 방법이 없어 절박한 심정에 시작한 수련이 공손추를 만나게 했고, 지금의 성과를 이루게 했다.

비록 아무도 알아주지 않아도, 이 무공서들도 누군가에게는 필생의 역작일 수 있었다.

단점이 아닌 장점을 찾으려는 시각으로 보니 내용이 다르게 다가왔다.

오히려 이런 발상이, 이런 방법도 있구나 하는 감탄을 자아내게 하는 것들도 있었다.

정창명은 요즘 느긋하고 표정이 밝았다.

신설조직에 대한 맹의 불안감을 이한을 통해 완전히 해소했고, 수뇌회의에서 발언권이 세졌다는 걸 실감하고 있으니 그럴 수밖에 없었다.

"흔하지 않은 경우라 맹에서도 고심을 했네."

이한의 승급 얘기였다.

비무 대회 규정상 우승자에 대한 부상이 승급이었다. 하지만 백호 무사로의 승급도 파격적이었는데, 초단기간에 청룡 무사로 올리려니 말들이 좀 있었다고 한다.

그래도 규정은 규정이니.

"청룡 무사는 조직을 맡아야 해서 더 그래. 해서 절충안을 좀 냈네. 진급은 시키고, 조직은 좀 시간을 갖은 쪽으로 말이야. 자네를 특급 호위로 올려서, 특급 호위조에 넣을까 하네. 자네 생각은 어떤가?"

"특급 호위에 대해 듣기는 했지만, 정확히 어떤 일을 하는 것인지 모르겠습니다."

이한은 호위총단에 있으면서도, 특급 호위들을 본 적이 한 번도 없었다.

"특급 호위들의 주 임무는 호위단의 암중 호위네. 소수나 단독작전이 많지. 가끔은 맹에 내려오는 특수임무를 맡기도 해.”

“아!”

호위의 호위라!

“그리고 자네도 이제는 알아둬야 해. 어떤 조직에서나 사람이 말이야, 좀 두드러지면 견제가 들어와. 자네는 생각보다 주목을 많이 받고 있어. 그게 좋은 쪽이든 나쁜 쪽이든. 행동을 하기 전에 한 번 더 생각하는 버릇을 들이게.”

“명심하겠습니다.”

“그래. 그런 의미로 어쩌면 특급 호위가 편할 수도 있다는 생각이 드네. 갑자기 몰려드는 관심도 잠시 피할 수 있고. 사람이 너무 잘나도 이런 문제들이 생겨.”

정창명은 겸연쩍어 하는 이한을 보면서 시원하게 웃었다. 요즘 확실히 기분이 좋나 보다. 칭찬도 예전보다 많이 후해졌다.

“그럼 결정된 걸로 알고, 이대로 보고하겠네.”

“휴.”

계고 옆 서가에서 구천비기라는 복잡한 움직임들을 정리해 놓은 죽간을 제자리에 넣어두던 이한은 한숨을 쉬었다.

어제도 오늘도 며칠을 부지런히 읽었는데, 이제 반을 조금 넘었다.

무공서를 보다 보니 처음과 다르게 욕심이 생겼다.

실현이 가능한지는 둘째로 하고, 무공에 대한 폭과 깊이가 자신도 모르게 커진다는 느낌이었다.

불괴신수라는 수공을 막 들다가 다시 넣어 두었다. 도법에 관련된 것들을 먼저 찾아봐야겠다는 생각을 했다.

시간은 금방 지나갔다. 일과 종료의 종소리가 나자, 읽고 있던 이기투도술(以氣投刀術)을 꽂아두었다.

하루 종일 책에서 눈을 떼지 못했더니, 어찌 어질어질한 것 같았다.

악양여정

무고에 들 수 있는 마지막 날이었다.

아침 일찍부터 무각으로 향하던 이한은 장서고 입구에서 뜻밖에도 공손추를 만났다.

"어르신!"

"뭘 그렇게 호들갑을 떨어. 찾아볼게 있어서 왔다. 무고에서 나오면 이리로 오너라."

공손추는 마중 나온 학사의 안내를 받으며 문성각으로 들어갔다. 잠시 멀뚱히 서 있던 이한도 서둘러 무각으로 향했다.

"얼마 전부터 천단공이 완전한 것이 아니라는 생각이 들었다. 알다시피 천단공을 굳이 나눈다면 경혈동법, 통기법, 운기법, 기공법이다. 하지만 기공법 부분이 너무나 간략해. 처음에는 앞 단계가 완숙해지면 방법이 나올 줄 알았는데, 아닌 것 같다. 아마도 앞과 뒷부분이 더 있지 않을까 싶다."

"뒷부분이라면 기공법인데, 앞부분은요?"

"아마도 천단공의 기원이라든지, 수련방법이나 성과단계 이런 것이 있지 않겠느냐?"

"음!"

"그런데 문성각에는?"

"백설피(白雪皮)는 흔한 물건이 아니다. 북쪽 어딘가에서 만든다는 풍설만 있지, 아직 재질조차 알려지지 않은 귀한 물건이다. 황실에서 조차도 구하기 쉽지 않다. 또한 잠혈을 이용한 무공도 마찬가지다. 선도의 수련법일 수도 있겠다 싶어, 오늘 좀 찾아봤다. 성과는 없었어도, 며칠 더 찾다 보면 단서가 나오겠지."

"저도 같이 찾아볼까요?"

"아서라. 이번에 특급 호위조로 간다며? 무각도 오늘이 마지막이잖아. 내일부터 새로 맡은 직책을 파악하려면 너도 정신없을 거다. 아무튼 처음부터 너무 튀는 것도 좋지는 않아. 어떤 때는 적당히 묻혀 가도록 해라."

공손추의 말대로 며칠간 정신없이 보냈다.

먼저 숙소를 옮기고, 일곱 명의 특급 호위 선배들에게 인사를 다녔다. 하나같이 개성이 뚜렷한 인물들이었다. 가장 나이가 어린 여수명이 사십대 중반이었다.

조장도 없었다. 개별적으로 단주의 명령을 수행하는 체계였다.

암중호위의 규칙도 새로 숙지해야 했고, 호위총단 호위들의 신상과 그들의 개인 암호까지 파악해야 했다. 은신과 매복에 특히 신경을 써야 한다는 조언에 본단의 서고에서 관련 무공서를 몇 권 빌려 읽기까지 했다.

"엇?"

그러다 갑작스레 받은 명령서! 그런데 호위대상이 공손추?

목적지는 동정호 군산도. 호위는 이급호위대 사조였다. 이한의 임무는 호위조의 주위를 돌며, 호위에 방해가 되는 요소를 미리 제거하는 것이었다.

공손추의 거처를 찾지 않을 수 없었다.

"갑자기 군산도는 무슨 일입니까?"

"그놈 참! 아침 댓바람에 뛰어와서는… 문성각에서 고문으로 쓴 천문집해(天文集解)를 찾아냈다. 구각주의 도움으로 일부 해독을 한데서 잠혈이라는 용어가 있었는데, 더 이상의 해독은 불가능하다고 한다. 워낙 고문자라서."

"그럼!"

"그래. 군산서원에 은거해있는 벽계 선생이 금석학과 고문에 아주 밝다고 추천해 주더구나. 필사본이라서 어떤지 모르지만 일단 가 봐야지."

"벽계 만온! 유명하신 분인 건 맞는데, 군산서원에 계셨군요."

"번잡한 것이 싫다고 했는데도, 정단주가 일을 크게 벌였구나. 조용히 다녀와도 될 것을."

일상적인 외유니 위험이 있을 것 같지는 않았다. 그래도 혹 모르는 일이라, 정창명이 이한까지 붙였다. 물론 특급 호위로 첫 출발을 하는 이한에 대한 배려도 있었다.

무림맹 정문인 숭의문에서 호위대가 공손추를 마차에 태우고 악양으로 출발했다. 멀찍이서 지켜보던 이한도 천천히 호위대 뒤를 따랐다.

'호광, 수주를 거쳐 무창까지는 마차로. 무창포구에서 악양까지는 뱃길.'

사조 조장 정우한이 짜 놓은 노선도를 머리에 그렸다. 그렇게 어려운 길은 아니었다.

무림맹을 완전히 벗어난 관도는 오가는 사람이 별로 없어 한적했다. 슬슬 호위대 앞으로 나가 상황을 살펴야 할 때가 되었다.

'응?'

기감에 뭔지 거슬리는 것이 있었다. 그러고 보니 이 느낌! 출발 때부터 이어져 온 것 같기도 했다. 하지만 멀찍이 있어서 별로 자각을 못 했다.

이제 슬슬 거리를 좁혀드니 확실히 기감에 걸린 것 같았다.

이한은 최대한 천천히 움직이며 호위대와 거리를 뒀다. 관도 옆으로 숲이 이어지고 있었다.

휙—

갑자기 관도를 벗어나 숲으로 뛰어들었다. 나무 밑동을 차고 솟구쳐 굵은 가지의 그늘에 숨어들었다. 하지만 한참을 기다려도 움직임이 없었다. 기감에 걸리던 기척도 사라졌다.

'조심성이 강한 놈이다.'

할 수 없이 다시 관도로 내려왔다.

저녁나절에야 호광으로 들어섰으니 무창까지 이제 며칠 거리다.

천로객잔이라는 팻말 아래서 호위대의 마차를 발견했다. 빈자리가 듬성한 객잔 안에 호위대의 일부가 식사를 하고 있었다.

싹싹해 보이는 점소이가 뛰어왔다.

"만두하고 계란탕… 백주도 한 병."

[어르신은 먼저 객실로 드셨네. 이 층 끝에서 두 번째 방. 좌우로 우리가 묵을 거네. 무슨 일인가?]

[아닙니다. 그냥 확인을 좀 하느라. 식사하고, 전 주위를 둘러보겠습니다.]

온종일 보이지 않는 상대와 기 싸움을 하느라 피곤이 몰려들었다. 하지만 정우한에게 말할 뭔가가 확실하지도 않았다.

백주 한잔이 찌르르하게 목을 넘어가자, 조금 몸이 풀렸다.

다행한 것도 있었다.

상대의 목표가 호위대, 특히 공손추가 아니었다. 호위대와 멀찍이 떨어져도 보고, 가까이 붙기도 하고, 앞서기도 해 봤다. 하지만 상대는 항상 일정한 거리를 유지했다. 이한 자신이 목표라는 것이다.

백주 한 잔을 더 넘겼다.

오늘 밤 안으로 아무래도 뭔 일이 있는 것 같았다. 이한은 객잔을 나섰다.

급히 방향을 틀어 숲으로 이어진 강둑으로 뛰어올랐다.

잔잔한 달빛이 비치는 얕은 강이 보였다. 이렇게 급박하지만 않다면, 나름 운치가 있는 밤이었다.

스스스슷—

옷자락 소리인지, 풀잎 스치는 소리인지 이한을 중심으로 검은 물결이 모여들고 있었다.

객잔을 나서고 얼마 지나지 않아 암습을 받았다. 호위대와 최대한 거리를 두기 위해 유인을 했는데, 생각보다 숫자가 좀 많았다.

쉬익—

기형의 청강검이 곧바로 쏘아져 왔다. 검은 야행복에 검은 복면! 이한은 가슴을 노린 청강검을 옆구리로 흘려 끼고, 조룡수로 살수의 목을 잡았다.

투둑—

날아오는 쇠갈퀴로 살수를 집어 던지며, 도를 뽑아 들었다.

'엇! 관제살수(官制殺手)다. 이들이 왜?'

기형의 청강검과 복면 안쪽에 수놓아진 두 줄기의 배색선! 던져지는 살수의 복면이 일부 벗겨지면서 분명히 봤다. 하지만 생각할 여유가 없었다.

사방에서 날아오는 시커먼 쇠갈퀴들!

타다다당—

도에 막힌 쇠갈퀴들이 튕겨 나갔다. 연결 사슬들이 출렁거리는 사이로 청강검들이 다시 쇄도하고 있었다.

포위를 당한 것이 실수였는지 모른다. 사방에서 날아오는 청강검과 그 뒤에서 엄호하는 쇠갈퀴들. 절묘한 합격술이었다.

살수들은 빠르고 독했다. 죽음을 전혀 두려워하지 않은 채, 몸을 날리고 있었다. 이한은 암월행으로 정신없이 움직이는 사이로, 천단기를 끌어 모았다.

도로 몰려드는 파르르한 느낌이 절정에 달했을 때, 갑자기 살수들의 공격이 뚝 멈췄다.

짝짝짝—

박수 소리와 함께 어둠 사이로 낡은 문사의에 책 상자를 멘 인물이 다가왔다.

"하하하. 좋게 대화로 해결하려 했는데, 우리 애들이 좀 서둘렀구만."

유들유들하게 웃고 있었지만, 쓰러진 살수를 보면서 눈빛은 아주 차가웠다.

"동창?"

"호! 정체를 너무 쉽게 들키면 재미없는데. 어쨌든 소개는 해야지. 나 강인철일세. 동창 당두."

한서왕부!

이한은 직감적으로 알았다. 하지만 동창이 자신까지 찾아왔다는 것은 그 실체는 파악하지는 못했다는 것이다. 절대 불리한 상황이 아니었다.

"관부의 동창이 딴 세상에 사는, 저 같은 무부를 왜 찾으신 겁니까?"

"호오! 역시 대단하군. 그 배짱 말이야. 나 같으면 이 상황이면 조금 겁이 날 법도 하겠는데 말이야."

강인철은 조금 움츠리는 표정으로 주위의 살수들을 둘러봤다. 살수들은 싸늘한 살기들을 피워대고 있었다.

"글쎄요? 내가 겁을 내야 할 상황으로는 안보여서."

"흐흥. 무림맹 청룡 무사 이한! 정식으로 동창의 조사에 응할 것을 명한다. 불응 시 황제 폐하에 대한 불충으로 체포될 수도 있음을 경고한다."

이한은 시큰둥한 반응으로 동창관원의 신분을 증명하는 요패를 바라보았다.

"무슨 조사요?"

"청림과의 관계."

"무림맹 무사가 관의 일을 어떻게 알겠습니까?"

"진무사에 넘기면 심문을 받을 수도 있네."

"내가 그렇게 어수룩해 보입니까?"

"역시! 일단 맞아야 알아서 기는 건 만고의 진리야. 새벽쯤에 다시 대화를 해 보자고. 그럼 수고."

강인철이 몸을 돌리는 그 순간, 살수들의 살기가 일제히 이한을 향했다. 하지만 이한도 생각해 둔 바가 있었다. 저

앞의 울창한 숲! 이렇게 포위 공격을 당하는 것보다는 천단기의 기감을 이용한 각개벽파를 하기로 했다.

일단 어중간한 틈을 이용해 순간적으로 몸을 날렸다. 암월행이 말 그대로 달빛을 타고 흐르듯 살수들 사이를 파고들었다.

채쟁— 챙—

엉겁결에 휘두른 청강검과 쇠갈퀴 몇 개를 쳐내고, 살수들의 포위망을 뚫는 데 성공했다.

"허! 도주를. 듣기보다는 심약한 놈이군."

깜깜한 어둠의 숲은 고요했다. 그 사이를 비집는 살수들의 움직임도 은밀했다.

은신과 기습은 살수들의 특기다. 이런 어둠과 적당한 은신처는 더욱더 좋은 환경이다. 숲에 숨어 들은 이한을 비웃으며, 곳곳으로 살수들이 은신해 들었다.

툭—

목과 허리를 반대로 꺾는 압비술(壓臂術)!

나무둥치에 은신한 이한을 스쳐 가던 살수가 조용히 눕혀졌다. 하지만 숲이 너무 고요해 들켰나 보다.

쉬쉭—

청강검이 날아왔다. 낮게 있던 이한의 몸이 눕혀지며 살수의 무릎을 차고, 넘어져 오는 상대를 집어 던졌다. 쿵 소리와 함께 나무 밑동에 처박힌 살수 쪽으로 쇠갈퀴들이 날아왔다.

그사이에 이한은 몇 바퀴를 굴러 다시 어둠에 스며들었다.

'앞쪽 일 장 나무 뒤.'

천단공의 기감은 역시 예민했다. 손에 잡히는 돌을 오른쪽으로 던져 시선을 유도하고 쇄도해 갔다. 막 쇠갈퀴를 드는 손을 회절수로 타고 가 꺾고, 상완박(上腕搏)으로 가슴을 그대로 박아 버렸다.

'하나, 둘, 셋. 지금!'

가슴이 함몰된 살수를 방패 삼아 나무에 기대있던 이한의 도가 발도와 동시에 그어졌다. 상황을 확인하러 접근하던 살수 셋이 목을 잡고 넘어갔다.

밤새 이어진 숨바꼭질은 새벽녘이 되어서야 거의 마무리 되고 있었다.

느껴지는 기척이 많이 없어지자, 이한은 도를 빼 들고 숲의 작은 공터로 몸을 드러냈다.

모두 셋.

이한은 자신을 앞을 막은 살수들은 둘러봤다. 주춤하는 기색이 지난밤과는 확연히 차이가 났다. 하지만 방심할 수는 없다. 아직 은신하고 있는 살수도 둘이다. 이들의 합공이 만만한 건 아니다.

셋이 일제히 돌진해 왔다. 이한은 굳건히 허리를 세우고, 도를 뒤로 돌려 내려 잡았다. 한 발, 움직였다 싶은 순간 도가 횡으로 그어 올려졌다. 다음 몸을 뒤틀어 허공을 긋고는, 한쪽 무릎을 바닥에 대고 흩날리는 낙엽 사이를 다시 베어 냈다.

쿵—

나무 위에 은신했다가 쏘아 오던 살수가 이제야 떨어졌다. 낙엽 속에 숨었던 살수는 끊어진 사슬을 잡고 망연한 눈빛으로 있다가 쓰러졌다.

"하!"

강인철은 심복인 번역 장번의 탄식을 들으며 숲에서 시선을 돌렸다.

"이 정도로는 안 된다는 건가? 재미있는 놈이군."

"예?"

"야! 장 번역. 우리 이제 큰일 난 거지. 억지로 빼내 온 애들을 다 잃었으니."

"제가 왜 큰일 나요? 당두님이 큰일이지."

"자식! 의리 없기는."

"우리 세계에서 의리 찾으면 빌어먹는다면서요."

"쯧."

"결제도 제대로 안 받고 온데다, 이대로 보고하면 당장 복귀 명령 떨어집니다. 이 시국에 무림맹과 알력까지 생기면 당두님은 그냥… 안 그래도 좌천까지 되신 분이…."

말은 툴툴거려도 장번의 눈빛은 걱정으로 가득했다.

"그만해라. 인마! 가자."

"예! 어딜?"

"아무리 이런 데 쓰라고 키워진 애들이라고 해도, 복수하는 흉내라도 내 봐야지."

"…하아!"

"한숨 그만 쉬라고."

큰 문제가 없던 호위대는 무창포구에서 발이 묶였다.

"대정방과 동정수채의 전쟁이라!"

"예. 오늘내일 한답니다. 해서 여객선도 거의 반으로 줄었고요. 삼일 뒤에나 배편이 있습니다. 그것도 호위대가 다 가기는 힘들 것 같습니다."

"음!"

악양이 있는 동정호 근처, 수로들을 오가는 많은 양의

화물은 거의 대정방을 통해 움직인다. 막대한 부를 쌓아가고 있는 대정방에 걸리는 부분이 바로 수적이었다.

장강수로채의 맹주인 동정수채와는 오랜 앙숙이지만, 통행세를 빌미로 서로 자제를 하며 지내고 있었다. 하지만 최근에 여러 차례의 습격으로 피해가 심각해졌다.

협상도 결렬되어, 상인들 사이에서는 수로의 이권을 둘러싼 전쟁이 임박했다는 소문이 돌고 있었다.

“어르신이 뭐라시나?”

“육로는 아무래도 힘들어하십니다. 배편 기다리는 동안, 여기 사시는 친구분을 찾아보고 싶어 하시네요.”

“하아! 그럼 어쩌지?”

“포구 빠져나가서, 동쪽으로 따라가면 장강 변에 무한주루라고 있답니다. 일단 거기 묵으면서 결정하죠. 조장님이 먼저 가십시오. 어르신은 제가 모시겠습니다.”

피곤해하던 공손추는 무창에 들어서자 부쩍 기운을 차리고 있었다. 성내를 구경하고 싶다고 마부석 옆자리까지 앉았다.

“오랜만에 와 보니 많이 달라졌네. 이쪽에는 대부분 빈 터였는데.”

크고 작은 점포들이 즐비한 시전거리를 벗어나 조금 한적한 곳으로 빠져나왔다.

“맞구나! 이쪽이다. 저기 보이는 강이 장강이고.”

이제야 눈에 익은 길이 나타났는지, 안색이 편안해졌다.

무한주루.

장강 변 한적한 곳에 위치한 이곳은 일대에서 가장 오래된 주루 겸 객잔이라 여기 토박이에게도 유명한 곳이었다.

공손추는 일 층을 두리번거리다, 곧장 이 층으로 향했다. 이 층 입구에 눈치 빠르게 생긴 점소이가 대기하고 있다가 곧장 다가왔다.

"이보게? 여기 장한철 숙수라고 아직 있나?"

창가 자리에 앉자마자 점소이에게 물어봤다.

"장한철요? 우리 주루의 숙수님 중에 장씨가 있기는 한데, 장옥인데요."

"아…! 그렇기도 하겠다. 나도 참. 아직 현역에 있을 거라고 생각했다니."

공손추의 울적한 목소리에 괜히 이한의 마음마저 가라앉았다.

"제가 한번 수소문해 볼까요? 여기 오래 계셨으면 찾기가 어렵지는 않을 것 같은데요."

"음. 일단 주문부터 하자. 식사는 열간면(熱干面)으로 하고, 무창어도 주게. 여기 아직 수춘주 파나?"

"옛, 물론입지요. 무창어에는 역시 수춘주가 최고입니다."

점소이가 돌아가자 공손추는 창밖만 물끄러미 바라보고 있었다.

'아무래도 장한철이라는 분 찾아봐야겠다.'

정조장에게 부탁하려고 일어서다 뒷자리의 노인과 눈이 마주쳤다.

화복을 입고 있는 태가 이곳에 많은 뱃사람이나 포구의 막노동꾼은 아니었다. 지역의 부유한 유지정도? 무공을 익힌 흔적은 없었다.

"아… 혹시 장한철 숙수라고 했나?"

"아! 그분을 아십니까?"

"내가 여기 삼십 년 단골일세."

주씨 성을 가졌다고 소개했다.

처음에는 서로 점잖게 소개하고 데면데면하게 있던 두 노인은 수춘주가 몇 잔 들어가자 많이 친해졌다.

"이년인가? 아니 그 전인가에 여기를 떴지요. 아들이 하나 있었는데 이름이…."

"몽이요, 장우몽!"

"아! 맞다. 그 아들이 데려갔다오. 무공을 배워서 어디선가 크게 성공했다던데. 흠, 장숙수가 싫어했다는 소문도 있었지만, 뭐 사두마차로 극진히 모셔 갔다니. 하여간 장숙수의 요리 솜씨는 인근에서도 알아줬지요. 특히 이 무창어 요리는 지금도 가끔씩 생각나곤 한다오."

공손추는 장한철이 떠났다는 말에 자신의 무심함을 탓하는지, 소식을 전하지 않는 친구를 탓하는지 복잡한 표정으로 술잔을 단숨에 들이켰다.

분위기가 가라앉자, 마치 자기 잘못인 것처럼 죄스러워하던 주 노인은 화제를 돌렸다.

"그런데 여긴 어떻게?"

"아! 악양으로 가려고요."

아직 착잡한 표정의 공손추를 대신해 이한이 대답했다.

"우리 아들도 내일 악양으로 화물을 싣고 간다오."

"아드님이 화물선을 가지고 있나 보군요?"

"아니 선주는 아니고, 월 삯 받는 선장이지. 그래도 이 일대에서는 제법 인정받고 있다네."

"노야를 닮았으면 아드님이 어떤지는 안 봐도 알겠습니다. 제법이 아니라 아주 훌륭한 선장일 겁니다."

이한이 은근히 추켜 주자, 주 노인은 기분이 좋은지 호탕하게 웃었다.

객방 창으로 내려다보이는 어두운 장강은 낮의 분주함을 덮고 유유히 흘러가고 있었다.

주 노인과 헤어진 공손추는 과음을 했는지 일찍 자리에 누웠다. 잠시 객창 밖을 바라보고 있던 이한은 조용히 방문을 닫고 나왔다. 불침번을 서고 있던 조원에게 살짝 고개를 숙여주고 객잔을 빠져나왔다.

강변을 따라 걷다가 불빛이 거의 미치지 않는 한적한 곳에 멈췄다. 듬성듬성 자갈이 깔린 모래땅이 죽 펼쳐져 있었다.

훅—

화섭자(火攝子)를 불어 불을 붙였다. 곧 마른나무로 옮겨 붙으며 불길이 확 일었다. 무한주루에서 직접 증류한다는 수춘주를 한 모금 마시고, 불 옆에 놓았다. 요즘 들어 술이 조금씩 늘더니 이제는 가끔 당기기도 한다.

생각해야 할 것이 조금씩 많아져서인지?

무창포구에서 동창포두 강인철을 만났다. 도전인지 협상인지를 제의했다.

[먼저 사과하지. 내가 너무 가볍게 봤어. 근데 난 꼭 자네 입을 열고 싶단 말이야. 물론 우리 애들 복수도 하고. 한판 붙지. 오늘 밤에. 모든 걸 걸고 말이야.]

술병으로 다시 손이 가다가 멈췄다. 어둠 저쪽으로 희끔한 물체가 다가오고 있었다.

강인철과 장번이었다.

턱—

강인철은 책 상자를 아무렇게나 벗어던지고 멈춰 섰다.

"수하들 잔뜩 끌고 올 줄 알았더니 달랑 둘?"

"…."

강인철은 묵묵히 책 상자를 뒤지더니 단봉 두 개를 꺼내 들었다. 목을 몇 번 돌리고, 팔을 휘휘 젓더니 심호흡까지 했다.

휙—

급작스러운 도약으로 단번에 모닥불을 뛰어넘어 단봉을 내리쳐 왔다.

카캉—

도에 막힌 두 개의 단봉에서 쇳소리가 났다. 특별히 주조한 단봉으로 보였다. 겉면을 장식한 기하학적 무늬가 상당히 고급스럽게 보이기도 했다.

의외로 묵직한 힘이었다. 약간 경시하고 있던 이한은 급히 천단기를 더 끌어 올렸다.

도가 끼리릭 비틀어지며 단봉을 튕겨 내자마자, 빠르게 횡으로 베어 냈다. 손에 걸리는 감각이 없었다.

어느새 물러난 강인철은 단봉 하나는 앞세우고, 하나는 빙글빙글 돌리고 있었다. 신중하게 옆으로 한 걸음씩 내디뎠다.

모닥불 근처로 가자, 타고 있는 나무 하나를 차 냈다. 붙어있던 불이 꺼지면서 하얀 연기가 훅 날렸다.

이한은 얼굴로 날아오는 타다만 나무를 피하며, 바로 뒤따라오는 단봉을 막아 갔다.

강인철은 무지막지하게 단봉을 휘둘러 왔다. 좌우로 연

달아 내려치던 단봉이 이제 변화까지 했다. 한 번씩 회전하며 찌르고, 아래에서 쳐 올라오기도 하고.

카카카캉 하는 소리가 연달아 들리며, 모닥불의 불길이 한쪽으로 쓸리며 밀려났다가, 파르르륵 꺼질 듯 흔들리다 다시 살아나곤 했다.

'후읍.'

양쪽으로 정신없이 휘몰아치는 단봉에 이장 가까이나 퇴보를 밟고 있었다. 더 밀려서는 곤란하다고 느낀 이한은 심호흡과 함께 두 다리를 강하게 버텨 멈춰 섰다.

내려치던 단봉의 힘과 맞부딪치는 도의 힘이 강렬하게 충돌했다.

카카강—

이한은 휘청하는 허리를 지탱하고 혈들을 모조리 개방했다. 길게 끌 일이 아니었다. 천단기를 가득 채운 도가 파르르 떨었다. 단봉 하나를 튕겨 내고, 그 사이를 빠르게 베어 냈다. 도기가 사악 소리를 내며 단봉과 단봉 사이를 갈랐다. 얇은 실선 하나가 주욱 밀려 나갔다.

"헛!"

강인철의 입에서 헛바람이 나오며 훅 물러났다. 이어지는 이한의 쇄도!

좌우로 연속으로 베어 내는 이한의 강렬한 도기에 강인철의 단봉 하나가 걸리며 튕겨 나갔다.

퍽—

모닥불을 치고 나간 단봉에 불티들이 확 치솟으며 허공에 점점이 뿌려졌다. 그 사이로 강인철의 몸이 붕 떠 있었다. 도기를 피하자마자 날아든 회선각에 가슴을 빗맞았다.

그래도 끝까지 손에 쥔 단봉 하나를 이한에게 날리고 떨어져 굴렀다.

탁—

강인철은 바닥을 짚고 겨우 상체를 세웠다. 한 손은 가슴에 대고 있었다. 충격이 상당한지 마음대로 움직이지를 못했다. 자신이 던진 단봉을 쳐 내고 천천히 다가오는 이한을 노려보았다.

"크헉… 젠장… 진작 술 끊었어야 했는데."

장번이 슬그머니 다가오더니 앞을 막았다.

"끙. 비켜! 인마. 나 아직 안 죽었어."

"당두 때문에 이러는 거 아니오. 복수해야 한다면서요. 걔들 내가 지랄해서 데려온 거요."

강인철은 억지로 일어나 장빈을 밀치고 나섰다.

"걔들 복수는 이걸로 끝났어. 봤을 거다. 내가 상대도 안 되는걸. 난 최선을 다했다. 이 정도면 된 거야."

"그럼 지금 뭐 하려고?"

"인마! 쪽팔리게 여기서 물러나라고?"

서서히 다가서던 이한은 모닥불을 사이에 두고 우뚝 멈

춰 섰다. 어느새 도를 갈무리했다.

강인철은 주먹을 말아 쥐며 걸음을 뗐다. 모닥불을 뛰어넘어 자신의 장기인 비선각으로 이한의 머리를 그대로 찍어 내려왔다.

한걸음 물러나는 것으로 비선각을 피한 이한은 막 착지하는 강인철에게 파고들어 연환의 직격권을 퍼부었다.

타타다닥—

권을 막고 부딪치는 소리 끝에 강인철의 몸이 다시 붕 떴다. 권을 막아 가던 강인철의 팔을 잡고 비틀어 던져 버린 것이다.

"컥."

쿵 소리가 날 정도로 날아가 떨어진 강인철은 비틀대면서도 일어나기는 했다. 하지만 쇄도하던 이한에게 가슴이 고스란히 드러났다. 이한의 직격이 그대로 박혀 들다가 멈칫했다.

옆구리로 살기가 파고들었다.

몸을 급히 회전시켜 찔러 오던 단검을 피해 냈다. 단검을 잡은 장번의 손목을 꺾고, 옆구리를 차버렸다. 장번은 그대로 주저앉으며 무너졌다.

"허… 어헉."

강인철이 다시 쓰러졌다. 일어나려 버둥댔지만, 쉽지 않았다.

"더 해야 하오?"

"헉! 그래 새끼야. 니가… 헉 이겼다."

강인철은 손을 꿈틀꿈틀하다가 조금 들고 휘휘 젓고는 다시 푹 쓰러졌다.

이한이 떠난 강변의 모닥불 옆으로 강인철과 장번이 각기 편한 자세로 널브러져 있었다.

"저놈 따라붙는다."

"예?"

"저놈 쫓아다니다 보면 뭔가 큰 게 걸릴 것 같아. 이번 악양의 사태도 심상치 않고. 내 촉을 믿어 보기로 했다."

"저도 믿죠. 저만 믿어서 그렇지."

"자식이! 애들 좀 보내 달라고 요청해라. 켁켁! 뭔 술맛이 피 맛이야, 젠장. 무림맹 감시하다 큰 건 하나 잡았다고 해."

"당두나 되시는 분이 참. 농장이 그리 허술합니까?"

"그럼 한서왕부가 무림세력과 결탁했다는 꼬리를 잡았다고 해. 적당히 좀 꾸며 봐. 인마."

"휴우. 그게 통해도, 이곳 관 애들 끌어다 쓰라고 할 건데요."

"안 돼! 뭔가 얻으면 지들 쪽에 먼저 보고한단 말이야.

정 안 되면 몇이라도 보내 달라고 해."
"어휴. 술병 좀 줘 봐요."

악양으로 가는 배는 화물을 싣고, 사람이 타고 하느라 한동안 정신이 없을 지경이었다.
간단한 짐을 멘 호위대 다섯에 에워싸인, 공손추와 이한은 사람들에 떠밀려 배에 올랐다.
"저 녀석은 뭐냐?"
일정한 거리로 쫓아오는 강인철의 존재를 눈치챈 공손추가 이한을 쳐다봤다.
"동창당두입니다."
"음."
공손추는 궁금하기도 할 텐데, 별말이 없었다. 자기 이야기를 하는 줄 알아챘는지 강인철은 급히 다가와 공손추에게 인사를 했다.
"요즘 동창은 참 특이하게 출행을 하나 보네. 예전에는 흰 코 신발에 주름 잡힌 베옷을 주로 입었는데."
공손추가 강인철의 아래위를 훑어봤다.
그래도 치렁한 문사복을 벗어 던지고, 감색의 무복에 단봉 두 개를 등으로 꽂은 나름 산뜻한 모습이었다.

시원한 바람과 잔잔한 물결.

여객선은 유유히 장강을 거슬러 오르고 있었다.

“아.”

공손추도 호위대도 강의 풍광에 연신 감탄을 했다. 특히 깎아지는 절벽이 이어지는 협곡의 모습은 정말 볼 만 했다.

모두들 주변 풍광에 빠져 있을 때, 여객선이 서서히 소란해지기 시작했다. 이한은 급히 배 앞으로 나갔다.

‘수적!’

한나절 전에 앞서 출발했던 화물선이 거의 난장판이 되어 있었다.

“아이쿠! 저런.”

“저걸 어째.”

수적들의 공격은 거의 끝나 있었고, 약탈한 화물들도 정리를 했는지 서서히 돛을 올리고 있었다.

수적을 발견하고, 급히 회선하고 있는 이 배를 따라올 모양이다. 수적들은 무기를 흔들며 괴성에 가까운 고함을 질렀다.

여객선은 여간해서 공격을 자제하는데, 확실히 동정호 수로의 분위기는 심상치 않다.

“속도 높이고 빨리 틀어! 좌현, 좌현.”

노들의 움직임이 급박해졌다. 거의 최선의 각으로 배를 돌린 여객선은 물살을 타고 미끄러졌다. 하지만 날렵한 수적선의 속도에 금방 따라잡혔다.

쿠쿵—

옆구리를 받친 여객선이 휘청하다 제자리를 잡았다. 뒹굴고, 구르는 사람들과 짐으로 순식간에 아수라장이 되었다.

"아악."

"살려 주세요."

곳곳에서 비명과 고함이 터져 나오는 순간에도 수적선은 바싹 붙어 오고 있었다. 배가 요동을 멈추자마자, 호위대와 이한은 붙들고 있던 공손추를 급히 선실로 이끌었다.

"어르신! 이쪽으로…."

쿠당탕대는 소리를 뒤로하고 선실의 제일 구석으로 움직였다. 웅성거리며 겁에 질린 사람들 사이에서 공간을 찾았다.

"여기 계십시오."

"나가 봐라. 나는 괜찮다."

자신의 안전 때문에 망설이는 이한을 안심시키는 침착한 목소리였다. 이한의 시선이 정우한과 마주치며, 서로 고개를 끄덕였다.

도를 잡은 손아귀에 힘을 주고 바깥으로 뛰었다.

"어이! 같이 가지."

어느새 단봉을 빼 들은 강인철도 따라붙었다.

퍽—

배 사이에 걸쳐 놓은 발판이 터지며 판자들이 날았다. 막 여객선으로 뛰어넘던 수적의 목이 순식간에 날아갔다.

"허엇."

"뭐, 뭐야? 아악!"

쓰러져 있는 젊은 여자의 머리채를 질질 끌고 가던 팔이 깨끗하게 잘리며, 뿜어지는 피와 함께 갑판을 굴렀다.

쇄도하는 이한의 근처에 있던 수적이 안면이 함몰된 채, 배 밖으로 튕겨 날아갔다.

"아, 안 돼! 컥."

시커먼 귀두도로 노인을 위협하던 수적은 목을 부여잡고 비틀거렸다.

숫자가 너무 많다. 공포감을 뇌리에 심어줘야 한다.

도를 더욱 무자비하게 그으며, 물러서는 수적을 회선각으로 차 날렸다. 머리가 터진 채, 구석에 처박혔다.

한순간의 폭풍 같은 움직임이었다.

멍하던 정신들을 차리자, 이미 열 명 가까이 검붉은 피 속에 뒹굴고 있었다.

"상대는 한 놈이다. 정신 차려!"

수적선에서 들리는 독려의 고함에도 당황의 기색이 역력했다.

"저 자식이 미쳤나? 뭐, 한 놈! 나는 안 보이냐? 인마. 소리만 지르지 말고 이쪽으로 건너와 봐. 이 겁쟁이 수적 놈아."

수적들의 시체를 툭툭 차서 치우며 뒤따라온 강인철의 도발에도 조용했다.

더 이상 넘어오려는 수적은 없었다. 이한과 눈을 마주치지 않기 위해 슬그머니 피하기 바빴다.

갑자기 수적들의 틈이 쫙 갈라졌다.

시커먼 얼굴에 수염이 듬성한 노인이 천천히 그사이를 건더니, 걸쳐 놓은 발판 위로 올라섰다. 환도(環刀)를 서서히 뽑으며, 뿌드득 이를 갈았다.

"놈! 누구냐?"

"그러는 넌?"

"허! 이런이런. 그러니 이리 날뛰었지. 나 오살신군(五殺神君) 진달평을 모르나 보구나. 쯧쯧."

이한을 불쌍하다는 표정으로 바라보며 환도를 슬쩍 흔들었다.

도광이 번뜩했다.

[아! 오살마(五殺魔) 진달평이다. 동정채주 임중양의 심복이라는 구대당주의 일인이네. 당주급이 직접 수적질에 나서는 경우는 드문데?]

강인철의 전음을 들으며, 이한도 호위총단의 인명록을 떠올렸다. 동정채 흑상당주! 오살역도(五殺逆刀)라는 특이한도법을 익혔다던가?

"흐흐흐. 네 뒤를 봐라. 애송이! 저놈들은 힘이 없어 저리 찌부러져 있는 줄 아느냐?"

사실 그렇긴 했다.

승객들 중에 병장기를 소지한 이들이 여럿 보였다. 하지만 아무도 나설 생각을 못 하고 있었다. 그러고 보니 수적선의 깃발에 긴 송곳니의 검은 상어가 그려져 있었다.

"수적 주제에 자기 과신이 너무 강하군."

"크크크. 이제 봤더니 미친놈이구나!"

진달평은 비릿한 웃음과 함께, 환도를 번뜩이며 몸을 날렸다.

하지만 배를 건너지는 못했다.

이한도 발판 위로 오르며 도를 마주쳐 갔다. 불규칙한 선들이 주욱 뻗어 가며 진달평을 막았다. 처음부터 뇌선을 실은 도기였다.

카가강—

방심하나 겨우 이한의 도를 막은 진달평은 본래 자리까지 밀려나 얼굴이 심각하게 굳었다. 가슴의 옷자락이 한 자나 갈라져 있었다.

이한도 도를 늘어뜨려 잡고, 진달평을 바라보고 있었다. 진달평이 건너오는 걸 막긴 했지만, 기습적인 뇌선이 겨우 옷자락만 베어 냈다.

어떡하든 진달평이 넘어오는 것은 막아야 한다. 공포감으로 겨우 묶어 놓은, 저 백 명에 가까운 수적들도 뒤따라오게 된다. 난전으로 가면 큰일이다.

그렇다면 모험이라도 해봐야 한다.

이한은 결단을 내렸다.

혈들을 모조리 개방했다. 천단기가 시원스럽게 몰려들었다. 도 끝을 뒤로 돌리고, 신중하게 한 발을 내디디며, 중심을 잡았다.

진달평도 환도를 특이하게도 역수(逆手)로 잡고 천천히 가슴께로 끌어 올렸다.

'오살역도(五殺逆刀)!'

도를 거꾸로 잡아? 이한의 의문은 곧 풀렸다. 회전이었다.

진달평은 이한이 접근하자, 순간적으로 팽이처럼 몸을 회전시켜 자연스럽게 도를 그어왔다. 그것도 전후좌우 자유자재로 움직였다.

오살이라는 이유도 알았다. 몸을 횡으로 가르는 도기가 다섯 줄기였다. 오살역도에 다 걸리면 몸이 다섯 동강이 난단 말이었다.

카카칵—

'헉!'

진달평의 도를 막다가, 순간적으로 당황했다. 몸의 회전을 더한 그 힘과 빠르기가 예상 밖이었다. 특이한 만큼 방어하기도 어려웠다.

더 지체할 수 없었다.

지금 시도한다!

이한은 몸을 뒤로 확 띄우며 물러났다. 예상치 못한 기회를 잡은 진달평은 순간적으로 반대로 돌며 도를 그어 왔다.

허공에 뜬 채로, 천단기를 잔뜩 모은 이한의 도가 공간을 잘라 갔다.

쩌저적—

불규칙한 실선들이 진달평의 앞을 막으며 확 퍼져 나갔다. 아직 완전치는 않았지만, 뇌벽(雷壁)이었다.

진달평이 멈칫하는 그 틈!

비장의 무기가 또 하나 날았다.

뇌섬(雷閃)!

번뜩하는 느낌뿐이었다. 하지만 효과는 좋았다.

"끅."

진달평은 도를 내려뜨린 채, 발판 위에 그대로 서 있었다.

하지만 곧 도가 툭 떨어지고, 두 손이 목을 감쌌다. 비틀하는 사이로 목에서 피가 튀고, 진달평의 몸이 서서히 넘어갔다.

첨벙—

결국 발판 아래로 떨어지면서, 강물에 잠겨 들었다.

의외로 수적들의 동요는 적었다. 몇몇 탄식이 있었지만,

대부분은 아직 멍한 표정이었다.

강인철은 고개를 절레절레 저으며, 목을 손으로 쓰다듬었다. 그러다 안도의 한숨까지 쉬었다.

이한이 제일 바빴다. 무리한 기의 방출로 일시적인 공황 상태까지 갔다가 가까스로 정신을 차렸다. 펄떡이는 혈들을 진정시키느라 이를 악물고 있었다.

역시 틈틈이 수련을 했어도, 정상적인 대결에서 사용하기에는 무리가 있었다. 아직 폭뢰(爆雷)와 전뢰(戰雷)는 시도조차 못 해 봤으니, 갈 길이 멀었다.

이한이 움직이지 않자, 잠시 소강상태로 서로 눈치만 보고 있었다.

"대정방이다!"

수적선 뒤에서 들리는 이 소리! 모두를 깨우는 소리였다.

수적선이 급히 떨어져 나가기 시작했다. 여객선 안에도 웅성임과 환호성이 들렸다.

"괜찮은가?"

그제야 이한의 상태가 심상치 않음을 알아차린 강인철이 급히 다가왔다.

저 멀리로 대정방의 공격선인 거령선(巨嶺船)과 호위선인 세 척의 소령선들이 모습을 보이고 있었다.

"야아! 은침차(銀針茶)네요."

강인철이 호들갑을 떨며 침을 꼴깍 삼켰다.

뜨거운 물을 부으니 담황색 찻잎이 곧게 뜨다가 천천히 가라앉으며 오르락내리락했다. 실내로 맑은 향이 은은하게 퍼져 나가고 있었다.

대정방의 소령선에 옮겨 타고, 악양포구로 가고 있었다.

상선의 공손추의 이름값과 이한의 신위로 귀빈 대접을 받으며 선실에 머물 수 있었다. 동정호 일대의 최고의 명물이라는 은침차도 마시면서.

"유 호위! 그거 뭔가? 아까부터 계속 들고 다니더만."

"하아! 아까 그 젊은 부인이 줬는데요. 이거 어째 버릴 수도 없고 해서."

"뭔데?"

정우한은 유 호위가 들고 있는 작은 보퉁이를 받아 풀었다.

"어! 계란이네."

짚으로 감싼 계란 열두 개가 두 줄로 있었다. 수적에게 끌려가다 구함을 받는 감사의 표시였다.

"뭔 고민이오? 뱃속에 넣어 가면 되지."

강인철이 한 개를 집어갔다. 조원들이 머뭇거리다가 하

나씩 집어가자 공손추도 나섰다.

"허허. 원래 감사의 표시로 받은 이런 소소한 것이 맛있지. 나도 하나 주게."

"이 호위! 나머지는 자네 거야."

침을 등에 빽빽이 꽂은 이한이 고개를 돌렸다.

소령선이 악양포구에 도착하자, 대정방의 무사들이 마중을 나와 있었다.

"대정방 총관 막청운입니다. 여기서부터는 제가 모시겠습니다."

후리후리한 키의 중년인이었다. 패기가 넘치면서도 어딘가 모르게 날카로워 보였다. 공손추에게 깍듯이 인사를 했다.

"오호! 막씨면, 패산군과는?"

"제가 셋째입니다."

"그래. 패산군에게 용호 같은 세 아들이 있다더니, 자네가 막내구만."

공손추와 패산군 막여휘는 무림맹과 인연을 맺은 초기부터 안면이 있었다. 막여휘가 가업을 잇기 위해, 맹을 일찍 떠나는 바람에 그동안 잘 만나지는 못했다.

동정호 일대에서는 이제 막여휘라는 이름을 무시할 수 있는 사람은 아무도 없었다.

대정방을 지금의 성세로 키워 놓은 장본인이니. 십 년 전에 은퇴를 선언했어도 그 영향력은 조금도 줄지 않았다.

공손추를 태운 마차가 서서히 움직이자, 도열해 있던 대정방 무사들이 마차를 호위하는 형태로 자리를 잡았다. 민첩하고 절도 있는 움직임이었다.

"이 호위시죠? 무림맹 비무 대회 우승자를 직접 보게 되어 영광입니다."

기감을 퍼뜨려 경계에 집중하던 이한은 다가온 어린 무사에게 가볍게 고개를 끄덕여 주었다. 하지만 거기서 그만이었다.

무사의 얼굴이 샐쭉하게 변했다.

옆에 있던 강인철이 히죽 웃다가, 무사가 노려보자 정면을 주시하는 척했다.

잠시 두어 걸음 처졌던 무사가 다시 바싹 다가와 이한과 어깨를 나란히 했다.

"평소에도 그렇게 무뚝뚝해요?"

[막 소령, 대정방주 막태운의 막내딸일세. 위아래로 귀여움을 독차지하고 있는 존재지. 왜? 나는 뭐 공부 좀 하면 안 되나?]

그러고 보니 은은한 난향이 코끝을 자극했다. 강인철에

게 향했던 시선을 돌려 막 소령을 바라봤다. 아담한 키에 오밀조밀하니 귀엽게 생긴 얼굴이었다.

"임무 중에는 집중해야지. 자리로 돌아가거라."

조용한 이한의 말에 막 소령은 혀를 한번 쏙 내밀고는, 뒤로 쳐졌다.

대정방은 악양성 북쪽에 넓게 터를 잡고 위치해 있었다.

빙 둘러쳐진 높은 담장 사이로 커다란 정문이 보였다.

가까이 다가가니 담장 아래로 수로가 나 있었다. 꽤 넓은 수로라 어찌 보면 대정방을 하나의 섬처럼 보이게 했다.

정문으로 들어서는 수어교(守禦橋)에는 꽤 많은 무사들이 나와 있었다. 도열해 있는 무사들을 통과해 정문에 연결된 광장에서 마차가 멈췄다.

장로 감수혁이 마차에서 내리는 공손추를 반갑게 맞았다.

"어서 오시오. 상선의. 이게 도대체 얼마 만이오."

"어! 추혼도(追魂刀) 감형이 이곳에 계셨었소?"

서로 분주하게 안부를 묻고, 소개를 주고받았다.

"들어가십시다. 노 방주가 이제나저제나 기다리고 있었소."

의사청에는 패산군 막여휘와 현 대정방 주인 막태운이

심각하게 이야기를 나누고 있었다.

"아버님! 상선의가 과연 힘이 되어 줄까요?"

"지금 앞뒤 가릴 처지가 아니다. 가능성이 있다면 시도해 봐야지."

막여휘는 늙은 나이에도 아직 허리를 꼿꼿이 펴고 앉아 있었다. 예전만 못해도 패도적인 기운이 여전했다.

"상선의는 무인이기 이전에 의원이다. 성격이 까다롭기는 해도 적보다 친구를 더 많이 만들 수밖에 없지. 무림맹 내에서도 아직 발언권이 강해서, 분명히 도움이 될 거다."

장강

작은 목선을 타고 군산도로 향했다.

장강수로채의 맹주인 동정수채의 총채주 임중양이 소집령을 내렸다는 소문은 일대에도 파다하게 퍼졌다. 곳곳에 보이지 않는 눈들도 늘었고, 긴장감도 팽배했다.

“주변을 다 끌어모아서 대정방 자체로 대적은 가능하겠지만, 피해가 막심할 거야. 이겨도 이긴 게 아니지. 수적들이라 배상을 받을 것도 아니고.”

“그럼 대정방에서 이르신을 모신 것은?”

“다른 곳의 도움을 받기 어려우니, 맹이 개입해 주기를 바라는 거지. 좀 도와주기로 했다. 잘 될지는 모르지만.”

악양포구에서 눈으로도 보이는 섬이라, 동정호의 물길을 헤치고 금방 도착했다.

군산서원은 섬의 동쪽에 있었다.

앞으로는 동정호가 훤히 보였고, 뒤로는 낮은 구릉 같은 숲으로 둘러싸여 있었다.

숲의 듬성듬성한 나무 사이로 곳곳에 차밭이 만들어져 있었다. 이곳의 명물인 품질 좋은 은침차가 생산되는 곳이었다.

"말은 많이 들었는데, 정말로 좋긴 하네."

강인철은 섬의 수려한 풍광에 연신 감탄을 했다.

"그리 넓지는 않지만, 둘러보실 만은 할 겁니다."

일행을 안내해 한발 앞서 걷던, 이연학으로 소개한 유생이 뒤돌아보며 말했다.

"생각보다 서원에 건물이 많네요?"

"원래는 서너 채만 있었는데, 스승님이 들어오시고 나서 많이 늘었습니다. 지금은 배우는 유생만 삼백 명이 넘습니다."

별것 아닌 질문에 이연학은 어색하게 웃었다.

이한은 고개를 끄덕이며, 지나가는 유생들이며 수십여 채의 건물들을 두리번거렸다.

입구에서 얼마 떨어지지 않은 별채로 안내되어 여장을 풀자마자, 강인철도 곧 일어났다.

"섬이라도 둘러 봐야지. 이런 기회도 흔치 않아. 언제 또 와보겠나? 같이… 아! 호위 중이지."

이한은 은근한 말투로 약을 올리던 강인철이 휑하니 나

가자, 기감을 끌어 올려 주변을 찬찬히 살펴 갔다.

"벽계 선생을 만나러 갈 때, 같이 가겠습니다."

"왜?"

"별 이상은 없습니다만, 이곳이 좀… 분위기도 그렇고, 공부하는 유생치고 발걸음이 가벼운 이가 좀 됩니다."

경계의 눈빛을 하고 있는 이한을 보며 공손추가 고개를 끄덕였다.

다행히도 별 일없이 벽계 선생을 만나고 돌아오니, 군사부의 암영이 기다리고 있었다.

이학유 군사의 호위 임무가 적힌, 호위총단의 전서를 받았다.

무림맹 개편 이후 수석 군사에 오른 이학유였다. 군사부 이인자가 직접 올 정도면, 이미 뭔 일이 일어났다는 것이다.

"마침 막총관이 맹으로 간다니, 우리는 대정방과 함께 움직이겠다. 너는 일 보거라."

천문집해의 해독에만 꽤 여러 날 걸린다니 마냥 기다릴 수도 없고, 대정방에 부탁을 해 놓고 공손추는 맹으로 돌아가기로 했다.

하루 종일 달린 말이 지친 모양인지, 푸득푸득 대며 머리를 자꾸 휘저었다.

이곳에 파견된 백암대를 만나고 오는 길이라 꽤 서둘렀다. 말도 지치긴 했을 거다.

오랜만에 보는 이신후는 연륜과 더불어 무게감이 더해 보였다. 책임감이 막중한 백암대주라는 위치가 그렇게 보이게 하는지도 몰랐다.

무맹단은 무림맹의 정예중의 정예였다.

전궁대(戰弓隊), 화기대(火器隊), 철기대(鐵騎隊), 백암대(白巖隊).

일반 문파에서 이들을 양성하기 힘든 부분이 있었다.

그래서 맹의 직할단으로 편성된 것이다. 맹이 참전하는 대규모의 전투에만 투입한다는 암묵적인 조건도 붙어 있었다.

이런 제약 때문에 어려움이 있다가, 이번 개편에서 백암대를 독립시킨 것이다.

이한은 말에서 내려 고삐를 끌었다.

어두워지는 하늘을 바라보다가, 관도를 이탈해 하천 둑을 따라 내려갔다.

멀리 하천이 굽이치는 모퉁이에 보이는 불빛이 아늑해

보였다. 이학유를 만나기로 한 장소였다.

이한은 풀이 많은 곳에 말을 매어두고 천천히 다가갔다. 적당한 거리라고 느껴지자, 몸을 은신하며 아예 드러누웠다.

'암영대 둘!'

요즘 들어 기감이 더 예민해지고 넓어졌다.

깊이가 더해가는 천단공 때문이겠지만, 한동안 많은 무리를 접하면서 무공에 대한 시각이 달라진 영향도 있지 싶었다.

하여튼 좋은 현상이었다.

'이 군사와 군사부 호위 둘!'

이학유가 왔다. 감고 있던 눈을 뜨고, 조용히 주위를 더 살피다가 하천으로 내려갔다.

"그래. 백암대는 어떻던가?"

"형주 인근에서 검귀대와 한차례 접전 후에 동정호 북쪽에 있는 면양으로 빠르게 이동하고 있습니다. 지금쯤이면 도착했을 겁니다. 거기서 대기하겠답니다."

"검귀대?"

"이곳에서는 검귀대(劍鬼隊)라고 부릅니다만, 정확한 정체는 아직 모릅니다. 검마의 무공으로 추정되는 인마검(刃

魔劍)과 비슷한 검을 쓰고, 백암대 대원 두 명이 협공을 해야 제압할 만큼 강하다고 합니다."

어둠이 점점 짙어지면서, 조용한 목소리들은 타오르는 장작불의 타닥거리는 소리와 잘 어우러졌다.

"정체불명의 집단이 마교라? 아니면 마교의 분열 때 검마 일파가 천산을 떠났던 건가? 음, 그랬을 수도 있지."

이학유는 스스로에게 묻고 답하며 중얼거렸다.

"몇이라든가?"

"백암대와 대적한 자들은 서른 명 정도지만, 남궁세가의 창천대에 막대한 피해를 입히고 있는 걸로 봐서는 이백 정도로 예상하고 있습니다."

"절정에 가까운 고수가 이백? 후우! 좀 많군. 그만한 고수들이 갑자기 하늘에서 뚝 떨어지지는 못할 거고. 한 명의 무사를 키우기 위해 들여야 하는 공이 얼마인가? 금력, 무력은 기본이고 오랜 수련 기간까지. 하지만 그 인원이 마교 봉쇄선을 뚫고 나왔다는 건 좀?"

이학유는 한 손으로 이마를 짚고 생각을 정리하는 듯했다.

"마교가 잠잠한지 꽤 흘렀습니다. 장강수채들이 좋은 발판이 되었을 수도 있지 않겠습니까?"

"그것만으로는 부족해. 장강수채는 채주도 수시로 바뀌는 곳이오. 수채의 특성상 그렇게 장기간 정보를 차단하기는 어려운 곳이기도 하고."

암영대주의 말에 이학유는 고개를 저었다.

"남궁세가의 움직임도 심상치 않습니다. 무창 인근에서 검귀대와 접전이 있었는데, 일 개 대 정도가 피해를 입었습니다. 그런데 창천대가 왜 소문도 없이 무창에 들어와 있었을까요? 그곳은 대정방의 세력권인데, 통고도 없이 들어왔다는 것은 맹의 암묵적인 합의를 무시했다는 겁니다."

"남궁세가의 대연각 요원들도 움직이고 있다면서요?"

"예. 암영들이 감시는 하고 있습니다."

대정방과 수로채에 이어 남궁세가까지 얽히는 상황이라 이학유의 얼굴이 밝지 않았다.

"일단 대정방으로 가서 상황을 좀 봅시다."

다시 찾은 대정방의 분위기는 많이 달라져 있었다.

수로위에 웅장하게 자리를 잡은 겉모습은 그대로였지만, 흙먼지를 일으키며 내닫는 전령들하며, 서로 다른 복장의 무사들이 바쁘게 오가고 있었다.

"이제야 전쟁이 실감 나는군."

이학유가 빙 둘러 쳐진 높은 담장 사이의 커다란 정문을 바라보며 말했다.

수어교(守禦橋) 앞에 감수혁 장로가 기다리고 있었다. 여기까지 오는 길목마다 있던 경비 초소에서 미리 연락을 한 모양이었다.

"어서 오시오. 대무림맹 수석 군사께서 험한 이곳까지 어인 걸음이시오."

말에 가시가 숨어 있었다.

대정방의 개입 요청에 여전히 미온적인 무림맹에 불만이 많은 건지? 아니면 이제 도움이 필요 없다는 건지? 감수혁의 태도는 예상 밖이었다.

"오히려 늦어서 죄송합니다. 감장로께 이런 수고를 끼쳐서 더욱 송구합니다."

이학유의 낮고 낮은 자세에 감수혁은 잠시 멈칫했다.

"들어가시지요."

여전히 냉랭한 표정을 풀지는 않았지만, 태도는 정중해졌다.

이학유가 감장로의 안내로 대정방의 의사청으로 들자, 접객원에 남겨진 이한은 생각에 잠겨 있다가 눈을 떴다.

"어이! 몇 년 만에 보는 것도 아닌데, 반가운 이유는 뭘까?"

강인철이 막 소령과 접객원으로 들어섰다.

"안녕하세요? 오라버니."

"그래. 잘 지냈느냐? 강당두는 대정방에 아예 눌러 사셨던 모양입니다?"

"그러게요. 아주 밥만 축내고 있다니까요."

"그런 소리 마라. 요즘에 나 아니면 누가 너하고 놀아 주니?"

"헹."

강당두와 막 소령은 많이 친해졌는지 스스럼이 없었다.

"이 녀석 말이야, 갑자기 혼인하게 될지 모르게 됐어."

강인철의 말에 막 소령의 표정이 어두워졌다. 이한은 사정이 금방 이해가 됐다. 정략혼인일 거다. 대개 그러니.

"그러게요. 무림방파에 태어난 죄죠, 뭐. 기분도 그런데 우리 나가요. 오랜만에 만났으니 한잔해야죠."

억지로 표정을 밝게 한 막 소령이 이한을 잡아끌었다.

"그게… 안 된다. 대기 상태야."

"아유! 여전히 고지식하기는. 그럼 기다려요. 백량주라고 진짜 최고인 술을 맛보게 해 줄게요."

막 소령이 팔랑거리며 뛰어나갔다.

강인철은 안쓰러운 표정으로 막 소령이 사라질 때까지 쳐다보다가 순식간에 표정을 바꿨다.

"이제 일 좀 하자고."

이한은 갑자기 정색을 하는 강인철을 보며 피식 웃었다.

"무슨 일요? 관부 일에는 끼어들 마음이 전혀 없다니까요."

"아아, 한서왕부 일은 됐고, 무림맹 동향이나 알려 줘."

이한은 자세를 바로 하고, 강인철을 뚫어지게 바라보았다.

"상부상조합시다."

"좋네. 자네 먼저."

"도대체 무슨 생각인지 모르겠어. 맹의 지원을 거절한다니. 아직 설립도 되지 않은 장강연맹이라는 걸 너무 믿는 거 아닌가? 아무리 맹에 섭섭한 감정이 있어도 이건 아니지."

접객원으로 돌아온 이학유의 안색이 펴지지 않고 있었다.

"허! 의창의 노호방, 형주의 한수회, 악양의 대정방, 남경의 장선방, 소주의 해룡방까지. 서로의 이권이 물고 물리는 이들 아닌가? 그런데 하나의 고리로 묶였다? 이 호위! 자네 생각은 이게 가능하다고 보나?"

확실히 사태가 변했다. 얼마 전까지만 해도, 한 곳이라도 더 우군으로 끌어오려던 대정방이 변했다. 불가능할 것 같던 장강 유역의 방파들이 손을 잡은 것이다.

"이미 실현 단계라지 않습니까? 대정방의 패산군은 아닌 것 같고, 누군지 모르지만 대단한 능력인데요."

"엇! 이미 실현 단계? 자네가 그걸 어떻게 아나? 장강연맹도 내가 방금 이야기해 줬는데."

"어쩌다 알게 된 소식통이 있어서 귀동냥 좀 했습니다.

그것보다 며칠 후에 장강 전역에서 수로채에 대한 공격이 있을 거라 합니다."

"방어가 아니고 공격?"

이학유가 놀란 눈으로 바라보았다.

"남궁세가에서는 소가주인 남궁천이 창천대 오백을 이끌고 남하하고 있습니다. 현재 안휘의 경계는 넘었을 겁니다."

"믿을 만한 정보인가?"

이한은 대답 대신 고개를 가볍게 끄덕였다.

이학유는 한동안 생각에 잠겨 있었다.

"아무리 생각해도 결국은 남궁세가와 장강연맹의 전면전이군."

"너무 비약하신 것 아닙니까?"

"장강연맹은 이제 이권의 일부를 떼 주면서까지 외부 세력의 힘을 빌리려 하지 않을 것이고, 남궁세가는 어떻게든 이 기회에 장강에 자리를 잡으려고 할 거네. 장강연맹이 디 곤어지면 남궁세가는 앞으로 이곳을 넘보기 힘들어져."

남궁세가는 안휘의 성도인 합비에 있었다.

안휘를 아래로 관통하는 장강의 서쪽은 완전한 노른자 땅이다. 무창에서 악양, 형주를 거쳐 의창까지.

이곳들은 수로를 따라 이동하는 어마어마한 화물들의 중간 기착지였다. 남궁세가가 항상 눈독을 들이고 있는 곳이기도 했다.

"그렇다고 같은 정파끼리 전면전까지야."

"사소한 자존심 하나에 목숨을 거는 수도 있지. 이미 검귀대에 많이 당했네. 위신이란 게 의외로 중요하다네."

하긴. 이미 발을 들였으니, 성과 없이 퇴각하기도 어려울 것이다.

"나도 내 생각이 틀렸으면 좋겠네."

이학유는 고개를 절레절레 흔들며 말했다.

"우선은 장강연맹을 구상한 배후부터 밝혀 보세. 그러면 답이 나오겠지."

[한수회 회주 하정호! 근래에 급부상한 인물이네. 이제 겨우 삼십 언저리. 이만한 세력을 집어삼켰다면 능력은 뭐 말할 것도 없지. 이번 장강연맹의 결성에 가장 중요한 역할을 했네.

요주의 인물인데, 암영들이 형주에 있는 한수회 잠입에 실패했어.]

[제가 가 보겠습니다.]

[그래. 백암대에 맡기는 것보다, 자네가 나을 것 같아. 지금 대정방에 와 있으니, 나도 가까이서 살펴보겠네.]

한수회의 본단은 장강을 끼고 있었다.

백여 척의 배들이 정박해 있는 포구와 나지막한 산을 배경으로 수십 채의 고루거각들이 즐비했다. 때가 때인지라 경비 무사의 수가 좀 많았다.

암영들이 여러 날에 걸쳐 파악해 놓은 침투로는 여전히 유용했다. 이한은 어둠 속으로 조금씩 움직여 갔다.

경비 무사의 수가 현저히 줄어드는 것이 느껴졌다. 하지만 기감에 걸리는 기척은 훨씬 은밀하다. 소수의 고수가 은신해 있다는 것이다.

'내원이 가까워졌다!'

담벼락의 어둠에 바싹 엎드려, 지나가는 경비 무사의 발걸음 숫자를 셌다. 횃불을 든 두 명이 막 지났다.

휙—

담을 넘자마자 보이는 넓은 정원! 자연스럽게 굴곡이 진 연못까지 있었다. 어둠 속에서도 정성 들여 가꾼 흔적이 느껴졌다.

암영들이 여러 명의 희생에도, 뚫지 못하고 물러난 곳이기도 했다.

'투명살진(透明殺陳)!'

한참을 살피다가 내린 결론이었다.

저 우아한 정원의 이면에는 각종 암기와 죽음의 실들이 걸려 있을 거고, 섬뜩한 도검이 꽂힌 함정이 있을 거다. 왜곡된 공간이 그걸 가리고 있을 뿐.

하지만 어떻게 흐릿한 달빛이 유일한 이 밤에 투명살진을?

진이라고 아무 곳에나, 어느 때나 펼칠 수 있는 것은 아니다.

진에 맞는 지형이나 지세. 그리고 때가 있다. 빛과 바람, 습기와 공기의 밀도 등 자연환경과 하루 중 어느 시각인지도 고려해야 한다.

빛의 각을 이용해야 하는 이 진이 어둠에도 작동을 한다는 건, 분명 흥미로웠다. 넘치는 궁금증을 애써 삭히며, 일단 진속으로 파고들었다.

'수룡각(水龍閣)!'

진을 통과해, 어둠에 은신한 자들을 피하자 하정호의 거처는 금방 찾았다. 하정호와 한수회의 수뇌 일부가 대정방으로 가 있어서 그런지, 조금 느슨한 감이 있었다.

하지만 희뿌연 기운이 밝아오는 것이 벌써 새벽이 오고 있었다. 너무 지체를 했다.

'후우흡.'

이한은 심호흡과 함께, 수룡각을 지탱한 아름드리 기둥을 박차고 안으로 빨려 들었다. 이럴 때마다 암월행을 얻은 것이 천운이라 느껴졌다.

"아우웅! 회주님도 안 계신데, 뭔 청소를 매일 하래."

"그러게."

멀리로 들리는 시녀들의 목소리를 들으며, 이한은 다시 벽면을 세세히 살폈다.

하정호의 집무실 탁자의 뒤쪽 벽면! 각종 서책과 서류들이 꽂혀 있었다. 이한은 가장 두툼한 책 한 권을 잡았다. 역시 손때가 제일 많았다.

드륵—

한자 반 정도의 공간이 열리며, 작은 방이 보였다. 책을 꽂고, 일단 몸부터 밀어 넣었다. 서서히 닫치기 시작했다. 턱 소리와 함께 공간이 사라지자마자, 집무실 문 여는 소리가 들렸다.

"야! 근데 우리 회주님 하고 혼인 말 오가는 개, 이제 열여섯인가 그렇다며?"

"아우 씨. 꼬맹이가 회주님 옆에서 알랑거리는 거 어떻게 보냐? 대정방 위세 믿고 까부는 꼴은 또 어떻게 보고."

"그러게 내가 진작 회주님을 유혹했어야 하는데. 까르르르."

이한은 시녀들의 수다를 들으며 조용히 주위를 살폈다. 이제 어쩔 수 없다. 다시 밤이 될 때까지 이곳에서 기다리는 수밖에.

선박의 설계도면들과 장부들. 별것이 없었다. 방안에 특별한 비밀공간도 찾지 못했다. 장부들을 원래대로 정리해두다가, 뚝 떨어지는 봉서 하나를 주웠다.

전혀 어울리지 않는 곳에 섞여 있는 이것?

백여 명의 이름이 주룩 있었다. 몇몇 이름 옆에는 장강연맹의 것으로 보이는 직책까지. 거의 책사와 서무업무였다.

'이연학, 사공표? 군산서원이다!'

공손추를 호위해 들른 군산서원, 그곳에서 안내를 해주던 서생들의 이름이 그곳에 있었다.

대기하고 있던 남궁연범이 벌떡 일어났다.

남궁세가 가주전으로 침착하고 깊은 눈을 가진 중년인, 가주 남궁연후가 들어서고 있었다.

남궁연범은 세가의 정보를 총괄하는 대연각의 각주이자, 가주의 친동생이면서도 남궁연후를 대하는 자세가 깍듯했다.

"어떻게…?"

"뭐 별거 있나. 노인네들이 항상 하는 말들이지."

남궁연후는 손을 휘휘 젓고는 자리에 앉았다. 원로전에

다녀오는 길이었다. 장강 사태에 대한 따가운 질책이 있었지만, 뒷방 노인네들의 푸념으로 흘러들었다.

장자상속을 원했던 원로전은 예전부터 이복형인 남궁연중에게 기울어져 있었다. 가주로 취임한 초기에는 많이도 부딪혔지만, 지금은 그나마 나은 편이었다.

"장강 상황은 어떻게 돌아가고 있나?"

"대정방을 중심으로 장강연맹을 결성한 뒤로, 수로채에 대한 대대적인 토벌이 진행되고 있습니다. 쌍방의 피해가 상당하답니다."

"좋은 기회인데, 검귀대라니. 하늘에서 갑자기 떨어진 놈들은 아닐 거고."

남궁연후의 손가락이 탁자를 가볍게 두드렸다. 뭔가 마음에 들지 않을 때의 버릇이었다.

"대연각의 요원들을 추가로 급파했는데 아직 성과가 없습니다."

"계속 알아봐. 그런데 검마는 무슨 소리인가?"

"생존자의 증언이나 상처들을 분석해보니 검마의 검법과 비슷하다는 결론입니다."

"마교가 움직였다면, 천산봉쇄령에 틈이라도 생겼다는 말인가?"

"그건 아닙니다. 아직 어떤 곳에서도 마교가 움직였다는 보고는 없습니다. 그렇다고 드러난 정보를 일부러 부정할 수도 없는 것 아니겠습니까? 우리에게는 기든 아니든 기회일 수도 있고 말입니다.”

남궁연후는 가볍게 고개를 끄덕였다.

“어쨌든 이대로는 우리 입장이 곤란해. 물러나더라도 장강연맹이 수로채와의 전쟁을 끝내기 전에 얻을 건 얻어야지.”

“형님! 세가의 희생이 만만치 않습니다. 차라리 맹을 이용하는 게 좋겠습니다. 백암대가 악양 근처에 대기하고 있지 않습니까?”

“백암대는 대군사를 실각시킬 올가미로 사용해야 해.”

“다른 기회도 많습니다.”

남궁연후는 다시 손가락으로 탁자를 두드려 대기 시작했다.

“그건… 그렇게 해. 그리고 진이를 소환하게. 창천대 삼백을 붙여 줘서 장강으로 보내.”

남궁진! 죽은 남궁연중의 유복자.

남궁연후는 은근히 소가주 남궁천을 성장시키는 자극제로 이 패를 자주 사용한다. 지난 비무 대회 때도 그렇고. 하지만 더 키우는 건 위험하다.

남궁연범은 일단 만류해 보기로 했다.

“형님 뜻은 알겠지만, 천이에게 부담이 될 겁니다.”

“그 정도도 이겨 내야지.”

단호한 말에 남궁연범은 잠시 말을 멈추었다가, 조심스레 남궁연후를 쳐다보았다.

"세가 내에서 진이에게 줄을 대는 무사들이 늘고 있습니다."

"무슨 소리야?"

"돌아가신 연중 형님이 사실 피살됐다는 소문이 돌고 있습니다. 더구나 가주 형님이 관련됐다는…."

"쯧쯧쯧, 세가를 흔들기 위한 그따위 유언비어에 현혹되다니."

"좀 더 철저하게 단속하겠습니다."

"놔 둬. 반응하면 역효과만 날 거야. 이번 기회에 천이와 진이에게 실력을 입증할 기회를 공평하게 줘 봐."

말은 그렇게 했지만, 남궁연후의 심기가 편해 보이지는 않았다.

"검귀대는 백암대에 맡기고, 장강연맹의 고리를 끊는 데 주력하라고 해. 약간의 충돌도 어쩔 수 없겠지."

"알겠습니다. 맹에 검마의 출현도 정식으로 알리겠습니다."

"그래. 검마든 아니든 그쪽으로 밀어붙여. 장강 일대에 소문도 퍼뜨리고. 장강연맹이 마교로 보이는 세력과 결탁했다는 소문이면 적당할 거야. 일단 여론전에 이기고 봐야 명분이 생겨. 그리고 유사시를 대비해서 창궁대(蒼穹隊)를 태호에 대기시키게."

"창궁대까지요? 너무 자극하는 게 아닐까요? 정말로 장강연맹과 전면전이 벌어지면 감당하기 힘들어집니다."

"밟을 때 철저히 밟아야지."

무심하게 내뱉는 남궁연후의 말에 남궁연범이 잠시 멈칫했다.

'하아! 정말 전면전을? 창궁대주 남궁석은 너무 극단적인데.'

남궁세가에서 대외적으로 가장 많이 알려진 곳은 창천대(蒼天隊)다. 이삼십 대의 젊은 무사들로 구성되어 활동이 가장 왕성하기 때문이다.

하지만 실질적 무력은 창천대를 거친 검사들이 모인 창궁대(蒼穹隊), 창궁대에서 살아남은 이들이 모인 의검대(義劍隊)에 비할 바가 못 되었다.

창궁대와 의검대야말로 세가의 실질적인 주력이었다.

남궁연범이 나가고 나자, 남궁연후는 찻잔을 들려다 다시 내려놓았다.

"한당!"

줄무늬의 잠행복에 복면을 한 인물이 떨어져 내렸다.

"수하 몇을 천이에게 붙여 주게. 아! 아니야. 아예 자네가 직접 가는 게 좋겠어."

가주의 비밀호위인 한당은 가볍게 고개를 숙였다.

"그리고 불온 세력이 세가 내에 늘고 있다니, 조용히 내사를 해 봐."

한당은 남궁연후의 지시를 잠시 더 기다리다가 조용히 사라졌다.

어둠이 군산서원 주변의 차밭을 더욱 깜깜하게 만들고 있었다.

늦은 밤이어서 서원의 건물 중에 불빛이 있는 곳이 몇 없었다. 이한은 조심스레 몇몇 별채들의 동정을 살피며 점점 깊숙이 들어갔다.

집강헌(執綱軒)이라는 편액이 걸린 건물을 막 지나려다 멈췄다. 은은히 들리는 말소리. 일전에 서원을 안내했던 이연학과 사공표가 희미한 불빛 아래에서 서류를 정리하고 있었다

"아휴, 한꺼번에 하려니 양이 많네."

사공표는 의자에서 일어나 기지개를 켰다.

"사제! 정말 괜찮겠지?"

이연학의 물음에 막 들었던 팔을 내리려던, 사공표의 얼굴에 짜증이 어렸다.

"아유, 사형도 참. 몇 번을 묻는 겁니까?"

"난 아무래도 확신이 안 서."

"사형! 자운 사형이 언제 우리를 실망시킨 적 있습니까?"

"그렇긴 하지만, 벌써 수백 명이 죽었대. 다친 사람은 그보다 훨씬 많고. 더 큰일은 일이 없어서 변두리의 빈촌에는 굶어 죽은 사람이 나오고 있다더라."

"그걸 왜 사형이 걱정해요? 에이."

이한은 두 사람을 어떻게 할지 망설이다가, 본래 계획대로 벽계 선생의 거처로 몸을 날렸다.

완만한 경사의 서원에서 제일 위쪽. 작은 정자가 딸린 아담한 소축(小築)이 벽계 선생의 거처였다.

"들어오시게."

벽계 선생은 단정하게 정리된 흰 수염과 머리카락에, 검은색 깃이 달린 새하얀 문사복을 입고 있어 탈속한 분위기를 자아냈다.

체구와 상관없이, 내면의 위엄이 자연스럽게 드러나 방을 채우고 있었다.

"흐음."

늦은 밤. 갑작스런 방문에도 놀라는 눈치는 아니었다. 하지만 눈빛에 담긴 고뇌는 숨길 수 없었다. 이미 이한이 찾아온 이유를 알고 있는 듯했다.

"몇 년 전부터 서원의 서생들이 대폭 바뀌었더군요. 과거시험은 보지 않고, 거의 대정방에 출사를 하고. 아! 지금은 장강연맹이지만. 헌데 그 출신이 거의 상향촌….”

“그만해도 되네!”

조용한 목소리에 이한은 말을 멈췄다.

“…참으로 아끼던 아이였네.”

느닷없이 벽계 선생은 자신의 제자 이야기를 꺼냈다.

구자운!

벽계 선생의 제자 중 단연 두각을 나타내던 천재.

하지만 몇 년 전에, 전시를 치러 황도를 다녀온 뒤가 문제였다. 뛰어난 실력에도 미천한 출신이 발목을 잡아, 낙방했다는 소문이 돌았다.

“그래도 한동안 서원 일에 열심이었지. 하지만 최근에 알았네. 서생들의 인적 사항을 조작해 주고, 서원의 이름으로 신원 증명을 해주고 있다는 걸 말일세.”

벽계 선생의 시선이 허공을 잠시 맴돌았다.

“이번 전란 소식에 직감적으로 떠올랐네. 그 아이의 이름이.”

검마 일족과 그 추종 세력이 마교를 빠져 나왔다고 가정해 봤다.

상향촌 일대에 자리를 잡고 정체를 숨기며 살게 되었다.

하지만 아이들이 자라면서 문제가 생겼다. 무사로는 검마의 무공이, 문사로는 출신이 걸렸다.

결국 구자운은 상향촌의 무사들로 검귀대를 만들어 남궁세가를 견제하고, 문사들을 장강 세력에 들여보내 장강연맹을 만들어 냈다.

하지만 이 결론, 허점이 많았다.

장강수로채도 구자운이 움직인 것인지? 드러난 검귀대는 결국 소탕될 건데, 그 희생의 대가가 뭔지? 아무리 책사라 해도, 이렇게 빨리 각 세력을 설득해 냈다고?

이면에 뭔가 더 있다는 생각이 머리를 떠나지 않았다.

일단 구자운을 찾는 것이 급선무였다.

장강연맹 다섯 세력의 수장들이 모두 모인 대정방은 분주했다.

수로채의 소탕은 거의 마무리되고 있었다. 하지만 아직 검귀대가 남아있고, 남궁세가도 있었다. 앞으로의 대처를 위한 긴급회의가 열렸다.

이한은 나름대로 대정방을 둘러보며 구자운의 흔적을 찾는 중이었다.

"대정방에서 회의에 참석해 달라고 하네."

"대충 결론이 난 모양이군요."

이학유는 말없이 고개를 끄덕였지만 걱정스런 눈빛이었다.

"남궁세가의 움직임이 이들을 너무 압박하는 것 같아 걱정이네. 자네는 백암대에 좀 다녀오게."

품속에서 서찰을 꺼냈다.

"이건 대군사가 보낸 서찰이네. 이대주에게 주면 알아서 할 테니, 전해 주기만 하면 되네. 절대 외부로 나가서는 안 될 기밀이네."

이한은 마지막 말을 아주 작게 속삭이는 이학유에게 고개를 가볍게 끄덕였다.

"정보의 바다라는 대정방에서 여유롭게 헤엄치는 게 좋다면서요?"

"자네를 따라가는 게 더 짭짤하겠다는 촉이 와서 말이야. 그리고 밥만 먹고 하늘 쳐다보며 놀기는 뭐 쉬운 일인가?"

이한은 기어코 따라오는 강인철을 보며 고개를 저었다.

"소령이는요?"

"그 녀석은… 휴, 한수회(漢水會)의 하정호 회주와 혼약이 확정적이야. 단속이 심해서 한 번밖에 못 봤는데, 얼굴이 반쪽이 됐더만."

하정호! 구자운과 모종의 관계가 있을 것으로 의심되는 인물이었다.

가지고 있던 군산서원의 명단도 그렇고. 이 군사가 암영들로 뒤를 캐고 있다는데, 아직 성과는 없는 모양이었다. 소령이가 걱정되기는 했다.

'이미 내 손을 떠난 일이니.'

"하정호 회주라면 심지 굳어 보이고, 그 나이에 그만한 세력을 일군 걸 보면 소령이도 별 불만 없어 보이는데요. 형주가 본거지라 여기와 가깝기도 하고요."

"딸 가진 부모가 만족이 어디 있겠나? 그 녀석은 어찌 진짜 내 딸 같단 말이야."

강인철은 아끼는 물건을 잃어버린 듯이 허전해했다.

"나 참! 시집간다고 못 보는 것도 아니고, 너무 유난 떠는 것 아닙니까?"

"그건 그렇고, 우리 어디로 가나?"

백암대는 높지 않은 산을 둘러선 고성 터에 주둔하고 있었다. 옛날부터 전쟁이 빈번한 지역이라 곳곳에 빈 성터들이 많았다.

대군사의 밀서를 다 읽은 이신후는 서찰을 불에 갖다 대었다.

"조장들에게 이동 준비하라고 전하게."

대원에게 지시를 하고 이한에게 다가왔다.

"어찌 심기가 편치 않아 보입니다?"

"음, 좀 그렇군. 우리는 무창으로 이동해야 해. 검귀대를 쫓는 척이라도 해야지."

"역시."

"대군사는 떠날 생각을 굳힌 모양이야. 어차피 쫓아내지 못해 안달인데, 얼마나 버틸지도 모르는 거지만."

"그럼 유사시엔 장강연맹을 도우라고 하셨겠네요?"

이신후는 대답 대신 이한을 바라보며 씩 웃었다.

"우리하고 같이 움직일 필요는 없고, 이 기회에 주위를 좀 둘러보다가 군사께 돌아가."

이한은 바쁘게 짐을 싸는 무사들을 바라보며 멀뚱히 서 있는 강인철을 데리고 백암대를 떠났다.

이 기회에 상향촌을 가 볼 생각이었다.

태호에서 무창으로 넘어가는 길목에 있는 구봉산.

그림자가 드리운 산자락에 백 명이 넘는 무사들이 모여 있었다.

아무도 기척을 내지 않는 무거운 분위기였다. 검귀대 대주인 구장무가 가부좌를 풀고 천천히 일어났다.

모두들 전혀 동요 없이 품속에서 검은색 단환을 꺼내 삼켰다. 가볍게 몸을 떨어대는 무사들을 보면서 구장무도 단환을 삼켰다.

"나는 다시 태어나도 우리가 함께한 것을 자랑스러워할 겁니다. 형제들!"

구장무를 선두로 일제히 몸을 날렸다. 일체의 파공음도 없는 놀라운 경공이었다.

가속도가 붙어 점점 빨라지는 검귀대 앞에 남궁세가의 야영지가 보였다. 두견화 군락지라 흐드러진 꽃이 지천이었다. 일제히 서늘한 빛이 서린 검을 뽑았다.

보초를 서던 창천대 무사들의 놀란 표정이, 순식간에 고통으로 일그러지며 쓰러졌다.

마치 파도가 모래를 쓸어버리듯 쇄도하는 기세에 창천대는 혼란에 빠졌다. 비명과 신음 소리가 사방으로 퍼지며 막사들이 뒤집어졌다.

"검귀대다. 막아라. 막아… 억!"

놀란 남궁진과 창천 오대주인 양수명이 막사를 박차고 뛰어나왔다.

"검귀대! 이놈들이 기습을."

"양 대주! 빨리 전열을 정비하시오."

양수명이 다급히 뛰어나가자 남궁진은 전황을 살피며 수하를 불렀다.

"빨리 태호로 지원 요청해."

기습으로 우왕좌왕하던 창천대도 약간 정신을 차렸는지, 검귀대의 기세가 주춤했다.

"당황하지 말고, 창궁검진을 펼쳐라."

대적을 독려하던 양수명은 날아드는 검을 쳐내고 앞으로 나갔다. 검은 그림자가 확 덮쳐왔다. 무의식적으로 검을 막다가 손목이 꺾여 나가는 충격에 뒤로 튕겨 나갔다.

한 걸음 물러났던 구장무의 서늘한 검기가 재차 양수명을 휩쓸어왔다.

퍼벅—

거침없이 뚫어버릴 것 같던 검기가 막히면서 폭음이 터졌다. 양수명의 시야로 남궁진이 비틀거리며 물러나는 것이 보였다.

양수명의 위기를 보고 뛰어들었던 남궁진은 착잡했다. 창궁대연신공이 깃든 무애검이 이렇게나 밀리다니! 하지만 균형을 잡자마자, 사력을 다해 다시 검을 날렸다.

양수명과 남궁진의 합격이 먹혀들었는지, 구장무의 움직임이 많이 둔화되고 있었다.

비록 많은 사상자가 났지만, 창천대가 어설픈 검진이라도 형성하자 피해는 확연히 줄어들었다. 캄캄한 어둠이 짖어지면서 검귀대의 움직임도 많이 느려져 갔다.

서늘하다 못해 새파란 검기를 쭉 뻗어 낸 구장무는 갑자기 뒤로 훌쩍 물러났다.

남궁진을 향해 기괴한 웃음을 짓다가 몸을 날렸다. 사라지는 검귀대를 보면서 남궁진은 무릎을 휘청했다.

"공자님!"

양수명의 부축을 받으며 겨우 일어났다.

"쫓을까요?"

남궁진은 씁쓸하게 고개를 저었다.

'우물 안 개구리!'

실전 경험이 많지는 않았지만, 구장무의 신랄한 검세는 충격적이었다.

나름 자부심을 가졌던 세가의 검이 이렇게 허무하게 깨질 줄은 몰랐다. 알 것 같았다. 검귀대의 우두머리로 보이는 자의 기괴한 웃음의 의미를.

"양 대주, 정리 좀 부탁합니다."

들끓는 기혈을 겨우 진정시키며 막사로 천천히 걸어갔다.

'하, 목숨 하나 적선 받았어. 기분 더럽다는 게 이런 건가?'

자신을 죽일 수 있는 기회마다 비껴가던 검귀대 우두머리의 검이 머리를 떠나지 않았다.

"공자님, 검귀대 한 놈이 아직 목숨이 붙어 있습니다."

불을 켜지 않아 어두컴컴한 막사로 양수명이 뛰어들었다. 흥분된 어조였다.

"무장해제 시키고, 혹시나 해서 재갈을 물렸습니다."

상처투성이의 사내를 한동안 물끄러미 바라보던 남궁진은 그냥 뒤돌아섰다.

"창궁대가 도착할 때까지 살려 놓으세요."

"공자님, 제가 직접 고문이라도 해 보겠습니다."

양수명은 주위에 둘러선 창천대 대원들을 의식해 남궁진 가까이로 급히 따라붙으며 말했다.

호탕한 척하지만, 어딘지 가식이 느껴지는 남궁천 보다는 오래전부터 남궁진에게 마음이 있었다. 공을 세울 수 있는 절호의 기회를 스스로 차버리는 남궁진이 안타까웠다.

"양 대주! 지금은 창궁대 선배들의 식견을 빌려야 할 때입니다. 세가의 깃발 아래에서는 우리 모두가 하나입니다."

양수명은 막사로 돌아가는 남궁진의 등을 씁쓸히 바라볼 수밖에 없었다.

이한과 강인철은 묻고 물어서야 상향촌으로 가는 마지막 고개를 넘고 있었다.

"휴, 이런 깡촌일 줄이야! 여긴 또 뭔데 가보자는 거야?"

강인철은 고갯마루에서 멀리 보이는 촌락을 바라봤다. 끝까지 따라붙는 바람에 떼 내지 못하고 결국 동행하고 말았다.

"여기서 좀 쉬었다 갑시다."

이한은 수백 년은 족히 넘어 보이는 은행나무 아래에 아무렇게나 앉았다. 몇 아름이나 되는 은행나무를 한 바퀴 돌고 온 강인철도 옆에 앉았다.

"이봐, 이 호위! 나도 은퇴하면 이런 조용한 동네에서 여생을 보내게 될까?"

"그걸 왜 나한테 물어봅니까?"

"자네나 나나 칼끝에서 춤추는 인생 아닌가? 그런 복이 있으려나 하는 거지?"

"강당두는 가능할지 모르오."

강인철은 이유를 묻는 눈으로 이한을 쳐다보았다.

"내가 잘 나가게 되면 그 소원 들어주죠, 뭐."

둘러선 산들 사이로 아담한 분지가 나타났다.

마을을 감고 도는 작은 하천이 논밭과 동네의 경계를 이루며, 이백여 호도 넘는 집들이 듬성듬성 넓게 퍼져 있었다.

"와우! 멀리서 볼 때보다 마을이 상당히 크네."

외지인에 대한 경계심 때문인지 먼저 말을 걸어오지는 않았지만, 여느 촌락과 다름없는 평범한 마을이었다.

우물이 보이자 성큼성큼 다가선 강인철 때문에 아이의 옷을 빨고 있던 노인네가 놀라서 엉거주춤한 자세로 있었다.

"할머니, 물 좀 마실게요. 우리 나쁜 사람들 아닙니다."

강인철은 나름 부드러운 표정과 목소리를 내려고 노력했다. 그래도 경계심이 풀리지 않는지, 두레박을 밀어 주고 시선을 피했다.

"아유, 물맛 정말 좋네. 고맙습니다. 할머니!"

강인철이 두레박을 건네려고 할 때, 어린아이가 뛰어오고 있었다.

"할머니… 어!"

"해산아, 이리로 와."

아이는 할머니의 눈치를 보면서도, 이한의 도에 시선이 집중되어 있었다.

"아저씨! 그거 진짜 칼 맞죠?"

"그래. 이게 마음에 드는 모양이구나?"

아이는 눈을 크게 뜨고 도를 이리저리 살폈다.

"해산아!"

할머니의 화난 음성에 정신을 차린 듯했다.

"우리 아버지가 돈 많이 벌어 오면, 그것보다 좋은 진짜 칼 사 준다고 했어요."

그러고 보니 아이의 허리춤에 조잡하게 깎은 목검이 걸려 있었다.

"해산아! 이놈의 자식이…."

할머니의 손에 끌려가면서도 이한의 도를 힐끔거렸다.

"하하하. 저 녀석 나중에 일세를 풍미할 무인이 될지도 모르겠는걸."

마을을 한 바퀴 둘러본 이한은 하천의 징검다리를 건넛마을을 빠져나가고 있었다.

"뭐야? 그냥 가려고?"

"아녀자와 어린애들만 있는 동네에서 뭐 하게요."

강인철은 뭐라고 하려다 군말 없이 이한을 따라 마을을 빠져나왔다.

"이보게. 이리 와서 술이나 한 잔씩 하고 가게."

밭에서 잡초를 뽑아내고 있던 노인이 이쪽을 보면서 웃고 있었다. 술병을 들어 보이며 손짓까지 했다.

"아이구, 감사합니다. 어르신. 마침 목도 말랐는데."

강인철이 날름 노인이 있는 밭으로 내려서자, 잔뜩 경계를 하던 이한도 노인에게 다가갔다. 거의 나이를 짐작하기 어려운 노인이었다.

'설마. 검마…? 휴우, 아닌 것 같다. 하긴 아직까지 살아 있기는 어렵지.'

아예 무공을 익힌 흔적이 없었다.

노인은 강인철이 마시고 내준 투박한 그릇을 내밀었다. 순간 멈칫하던 이한이 아주 공손하게 잔을 받았다.

쪼르르—

맑은 빛의 술이 채워지면서, 이한의 시선이 노인의 눈을 향했다. 순간 띵한 어지러움을 느꼈다. 눈빛 너머로 보이는 저 고요함! 냉기마저 느껴지는 절대적인 무심함이었다.

'헉!'

가슴이 답답해지며, 빠져나올 수가 없었다. 순간 혈들이 일제히 반항을 하며 펄떡였다. 천단기가 제멋대로 몰리더니 폭주를 했다. 온몸이 터질 것 같은 고통에 꼼짝할 수가 없었다.

천단기가 술잔을 잡은 손으로 일시에 몰려들었다. 더 나갈 곳이 없었다. 확 발산되어야 하는데, 뭔가에 막혔다. 손이 부르르 떨렸다.

"이 호위! 뭐 하나? 술을 받았으면 마셔야지?"

'응?'

찰랑이는 술이 가득한 그릇을 들고 있는, 멀쩡한 손이 보였다. 혈들도 아무 미동이 없었다. 다시 바라본 노인의 눈도 처음과 같이 온화하게 웃고 있었다.

'뭐였지?'

꿈은 아니고. 잠시 환각에 빠졌었나?

"어서 마시게. 사람들이 데면데면하지? 외지인을 많이 못 봐서 그래."

노인의 말투도 여전히 친근했다.

"불쑥 찾아온 저희의 불찰입니다."

"허허, 이해해 주니 고맙네. 자네들 술을 아주 달게 마시는구먼. 나도 한잔해야지"

노인은 목젖이 울리도록 꿀꺽대며 마시고는, 수염에 묻은 술을 털어 냈다.

"아, 좋다. 사람 산다는 게 뭐 있나? 이런 맛이지."

노인은 기분이 좋은지 콧노래를 흥얼거렸다.

"이제 그만 일어들 나게. 산중이라 해가 빨리 떨어져. 꾸물대다가는 산에서 밤을 지내야 할 지 몰라."

노인의 배웅을 받으며 상향촌을 떠났다.

"감각이 많이 특이한 녀석이군. 내공도 수상하고. 허허. 저 나이에 내 허무경(虛無境)을 엿보다니."

멀어지는 이한의 등을 보며 노인이 중얼거렸다.

"이봐, 이봐! 뭔 생각을 그렇게 하나? 혼자 심심하게. 그런데 이상하지 않나? 마을에 장정들은 없고 노인네와 아낙들, 아이들만 있는 경우는 거의 없는데? 다들 전쟁터로 징발된 것도 아니고."

"외지로 돈 벌러 갔대잖아요."

무성의한 이한의 말에 강인철은 고개를 절레절레 저었다.

"자네, 너무 풀어진 느낌이야. 좀 수상하기는 한데, 사람이 뭐 그럴 때도 있으니 내가 봐주는 걸로 하지."

이한은 강인철의 말을 무시하고 상향촌을 뒤돌아보았다.

"십 년 후에는 어쩌면…."

"어쩌면?"

"이곳 출신의 고수들을 귀가 따갑도록 들어야 할지 모르겠네요."

이한은 나이를 짐작할 수 없었던 노인의 모습이 자꾸 떠올랐다.

노호방의 전투선인 비룡선들은 날렵한 모습처럼 속도도 빨랐다. 등영협을 지배하던 흑풍호가 두 척의 비룡선에게 진로가 막혀 애를 먹고 있었다.

비룡선의 선미가 틀리며, 흑풍호의 선수에 부딪치고 튕겨 나갔다. 충격으로 배가 심하게 흔들렸다.

"저 새끼들이 같이 빠져 죽자는 말인가? 개자식들. 오냐, 한번 죽어 보자."

조타륜[操舵輪]이 거칠게 돌려지자, 배가 물결치듯 좌우로 흔들렸다. 흑풍호의 거친 움직임에 잠시 떨어졌던 비룡선이 틈을 보나가 다시 붙어왔다.

"이런 젠장 할. 조금만 더 가면 서릉협의 거친 물살을 이용해 어떻게 해 볼 텐데."

흑풍채 채주 진소방은 안타까움이 가득한 눈으로 장강의 물길을 바라보았다.

갑자기 선미에서 거령선이라는 외침이 들려오면서, 수적들의 사기가 확 꺾였다. 때를 맞춰 비룡선에서 쇠갈퀴들이 날아왔다.

“화살을 있는 대로 날려. 뭘 멍청히 보고 있나. 갈퀴의 줄을 끊어 내.”

비룡선에서 노호방 무사들이 날아왔다.

무기 부딪치는 소리와 비명 소리가 뒤섞이며 흑풍호는 순식간에 아비규환으로 변했다.

장강이 내려 보이는 협곡의 정상에 두 사람이 뒷짐을 진 채, 침몰해가는 흑풍호를 보고 있었다.

“형님! 이것으로 수로채에 대한 공격은 더 없을 겁니다.”

“그래, 우리도 명맥은 유지해야지. 한 고비 넘겼구나. 수고했다.”

“고생하며 키워 놓은 세력을 거의 내놓으신 형님 앞에서 수고가 어디 있습니까?”

“잘 하리라 믿지만, 다음이 더 중요해. 나는 당분간 잠적해 있겠다. 정호와 장무에게 안부 전해라. 특히 장무에겐… 흠.”

“변형된 검마님의 무공에 적응을 못 하신 분들이라, 앞으로 활동이 어렵습니다. 스스로 후진들을 위해 나서신 거니, 저희가 앞으로 잘 해야지요.”

마교 분열 시기에, 의형이었던 검마와 함께 탈출한 거령마의 후예인 임중양은 구자운의 인사를 받으며 협곡을 내려갔다.

앞서 가던 이한은 코를 찡긋했다. 토굴에서 나는 환각약초들의 냄새가 너무 짙었다.

이학유는 아예 면사로 얼굴을 가리고 있었다. 군사부 호위들도 보고를 하면서 가끔씩 숨을 길게 내뿜었다.

"남궁세가에서 몇 번이나 뒤져서 볼 것이 없습니다."

"생존자는 없다고 했지?"

"환각제에 취해 광인들처럼 날뛰는 바람에, 포로고 뭐고 뒷일은 생각도 못 했다 합니다."

검귀대의 본거지가 운무곡이라는 자백을 받는데 한 열흘 걸렸다 한다. 창궁대주 남궁석이 직접 심문까지 하며 어렵게 알아냈다.

운무곡을 먼저 들이친 것은 남궁천이었다. 하지만 창천대 사백이 밀릴 정도로 검귀대의 저항은 거셌다. 이성을 잃고 마구잡이로 휘두르는 광란의 검에 속수무책으로 밀려났다.

뒤따라온 남궁석과 남궁진이 아니었으면 낭패를 당했을 것이 자명했다.

전력의 열세 속에서도 검귀대는 남궁세가에 막대한 피해를 입혔다. 장강으로 진입한 창천대 거의 반이 날아갔다.

"후아."

토굴을 나서자마자 일행은 누구라고 할 것 없이 심호흡을 했다.

"지옥에서 온 악귀들 같았다고 하더니 이해가 되는군."

이학유는 더 둘러볼 엄두를 못 내고 철수하기로 했다. 곡 입구에 급하게 만든 커다란 봉분이 있었다. 검귀대의 사체를 한꺼번에 매장한 것이다.

"서두르시지요."

"무슨 일인가? 이 호위."

"암영대가 기다리고 있습니다."

급히 달려왔는지 먼지투성이의 암영대 대원이 나타났다.

"군사님, 악양 북쪽에 있는 평강호에 남궁세가와 대정방의 무사들이 몰리고 있습니다. 백암대도 그쪽으로 가고 있습니다."

"이런! 빨리 가세."

이학유는 서둘러 말에 올라, 평강호로 내달리기 시작했다.

네 필의 말이 무섭게 질주하며 흙먼지를 휘날렸다.

"헛!"

이한은 전면을 쏘아오는 번뜩하는 빛에 반사적으로 도를 쳐냈다. 티딩 소리와 함께 작은 화살들이 튕겼다. 암기

틀로 쏘아 낸 화살이었다.

"암습입니다. 속도 줄이지 마십시오. 돌파합니다."

이한의 외침에 이학유는 말 등에 몸을 바싹 붙이고 박차를 연신 찼다. 말들이 발작을 하듯 내디뎠다.

"장애물!"

외침과 동시에 고삐를 감아 채며, 몸을 숙였다. 이한의 말이 앞발을 접어 쓰러져있는 나무를 건너뛰었다.

'셋!'

나무 뒤로 은신하고 있는 검은 복면들이 보였다. 달리는 말의 고삐를 대충 당겨놓고, 몸부터 띄웠다. 이학유와 군사부 호위들이 막 나무를 뛰어넘고 있었다.

긴 막대들이 말의 다리를 후려쳐 갔다.

군사부 호위들의 검이 베어지면서, 막대들이 튕겨 나갔다. 다시 쳐가는 막대기들 사이로 이번에는 이한이 그은 뇌선의 불규칙한 선들이 파고들었다.

그사이 이학유의 말이 무사히 장애물을 통과했다.

"계속 가요."

내미는 군사부 호위의 손을 잡고 말 위로 뛰어오르려다, 새파랗게 쏘아오는 검기에 포기했다.

카강—

일단 급하게 검부터 튕겨 냈다. 만만치 않은 내공이 느껴졌다. 혈들을 더 개방해 갔다.

세 복면인이 검을 세워 들고 이한을 주시하고 있었다.

'청부살수들?'

서두르지 않는 것을 보면, 앞에도 뭔가가 있다는 것이다.

마음이 급해졌다. 저들을 상대하는 게 중요한 것이 아니다. 호위는 호위대상의 안전이 가장 우선이다. 빨리 몸을 빼내야 했다.

이전부터 집중시키던 기로 도가 더욱 묵직해지는 느낌이었다.

복면인들이 막 움직이려는 순간, 이한의 도가 확 그어지며 실선들이 주룩 뻗어 흩어졌다.

카가강—

"어헉."

검이 부딪히는 충격음과 약한 신음성까지. 모든 것을 뒤로하고, 이한은 극성의 암월행으로 빠르게 쏘아갔다.

얼마 가지 않아 이한의 말이 길가에서 한가롭게 풀을 뜯고 있었다. 말 등에 오르자마자 고삐를 모두 풀어 주고 박차를 가하며 달리기 시작했다.

앞에서 검 부딪히는 소리와 고함 소리가 들렸다. 군사부 호위 양석이 두 명의 복면인에게 협공을 받고 있었다.

"허헉. 이 호위! 빨리 가. 더 있어."

바위와 통나무에 길이 막혀 있었다. 또 한 명의 군사부 호위가 복면인에 막혀 있는 사이, 다른 복면인이 우회할

길을 찾고 있는 이학유에게 날아들고 있었다. 치켜든 검이 번쩍거렸다.

헉!

급하다. 하지만 섬뢰(閃雷)가 닿기에는 거리가 너무 멀었다. 군사부 호위가 이학유를 향해 뭐라고 고함을 쳤다. 돌아보는 이학유의 얼굴이 보였다.

이기투도술(以氣投刀術)!

머리에 번뜩 떠오르는 순간, 이미 도는 이한의 손을 떠나 날고 있었다. 무각에서 읽으면서 이게 가능할까 하던 의구심 따위는 없었다. 그냥 사력을 다해 던졌다.

“컥.”

비록 겨냥한 목이 아니라 등을 때렸지만, 복면인은 이학유 바로 앞에서 뚝 떨어져 내렸다.

안도의 한숨을 쉴 새도 없이, 쇄도해 들었다.

광무의 방패에 수없이 부딪친 경험으로, 군사부 호위를 막은 복면인의 가슴으로 파고들었다. 어깨에 걸리는 묵직한 느낌! 그대로 돌진했다.

퍽—

튕겨 나는 복면인을 뚫었다. 도를 맞고 떨어졌다가, 비틀거리며 일어나는 복면인을 향해 도약했다.

긴 체공감에 이어, 회선각이 정확히 머리를 내리찍었다. 비명도 없이 그대로 폭삭 주저앉은 복면인을 지나 이학유의 앞을 막아섰다.

'허헉.'

순간적인 기의 과도한 사용으로 가슴이 답답했지만, 한 손으로 바닥을 짚고 전방을 주시했다.

이제야 여유가 생겼는지, 시야가 넓게 펼쳐졌다.

갑작스런 사태에 복면인들이 주춤하다가, 군사부 호위들의 검에 속속 쓰러지고 있었다.

호수 변에서 대치하고 있는 남궁세가와 대정방 사이에 팽팽한 긴장이 흐르고 있었다.

"본 세가는 마교의 잔당으로 의심받는 검귀대를 없애는 과정에서, 검귀대가 대정방을 비롯한 장강연맹의 비호를 받지 않았나 강하게 의심하고 있습니다."

남궁천의 말에 대정방주 막태운이 발끈해서 나섰다.

"이보시오. 소가주! 지금 제정신으로 말하고 있는 거요? 어디서 그런 헛소문으로 우리를 협박한단 말이오. 남궁세가야 말로 맹의 규약을 어기고 우리 세력권을 무단으로 침입했을 뿐 아니라, 되지도 않을 억지로 우리를 핍박하고 있지 않소."

막태운의 말이 끝나자마자 대정방 진영에서 요란한 함

성과 함께 남궁세가를 성토하는 고함들이 튀어나왔다.

"궁색한 괴변으로 일관하자니 부끄럽지 않소? 계속 억지를 부릴 거면, 긴말 필요 없소. 우리는 마지막 한 명까지 맞서 싸울 것이오."

막태운의 뒤에 있던 대정방 총관 막청운이 앞으로 나왔다. 결연한 의지를 보이려는지 이미 검 자루에 손을 얹고 있었다.

전면전까지는 세가도 바라는 바가 아님을 잘 아는 남궁천은 일시적으로 판단에 혼란을 느꼈다. 뒤쪽을 힐끗 봤다. 창궁대주 남궁석이 고개를 살짝 끄덕였다.

힘이 곧 정의고, 세상인심은 승자들만 기억한다는 사실을 믿는 남궁석은 이런 입씨름조차 마음에 들지 않았다. 확 짓밟고 볼 일이었다.

어차피 서로 끝까지 가지는 못한다.

협상에서 유리한 고지를 점하기 위해서라도 압도적인 힘의 우위를 보여 줄 필요가 있다. 방설이는 남궁천을 향해 엄한 눈짓을 했다.

남궁천은 입술을 살짝 깨물며 마음의 결정을 내렸다.

"이 사태는 그쪽이 자초한 거니 후회하지 마시오."

남궁천이 도열해 있는 남궁세가 무사들을 둘러보았다. 대정방도 순간적으로 분위기가 경직되었다.

"기다리시오."

백암대의 이신후가 팽팽한 긴장 사이로 들어왔다.

양 세력의 대치를 지켜보고 있던 이신후는 더 이상 이학유를 기다릴 수 없었다.

"백암대는 먼저 공격하는 쪽을 맹의 규약을 어긴 것으로 간주하겠소. 공격명령이 떨어지는 순간 그쪽은 무림맹의 적이오."

듣기에는 중립적인 입장의 말이지만, 실상은 대정방을 엄호하는 발언이었다.

"이대주도 검귀대가 장강연맹을 도운 정황이 여기저기 드러난 것을 알지 않소?"

창궁대주 남궁석이 이신후에게 크게 소리쳤다.

"남궁대주! 이렇게 밀어붙여서 어쩌겠다는 거요? 남궁세가도 대정방도 수많은 피 속에 맹을 지켜온 전우요. 자중했으면 하오. 지금 많은 눈들이 이곳을 주시하고 있다는 것을 잊지 마시오."

이신후의 말에 남궁석은 오히려 더 남궁천을 압박했다.

"소가주! 빨리 결단을 내리시오. 저들이 이토록 우리를 무시하는 것을 보면, 의검천추의 세가가 그동안 얼마나 자중했는지 전혀 모르고 있다는 것을 확실히 알았소. 오늘만큼은 저들의 방자함을 필히 징계해야 할 것이오."

남궁천의 고민이 깊어질 때, 갑자기 요란한 말발굽 소리와 함께 백암대가 쫙 갈라졌다.

이학유는 앞발을 치켜세우며 흥분하는 말을 진정시키고, 대치하고 있는 양 세력의 중간지점으로 들어갔다.

"무림맹 수석군사 이학유라 합니다."

남궁석은 이학유의 등장에 안색이 굳어졌다. 우려했던 상황이 벌어진 것이다.

이학유는 백암대 대주 이신후와는 격이 다른 인물이다. 군사부의 이인자일 뿐만 아니라, 장강일대에서는 맹의 공식적인 대변인이다.

후일이야 어떻든 현 상황에서는 이학유의 말이 맹의 의사다. 맹의 결정까지 거스르며 대정방을 공격하기에는 명분이 너무 약했다.

남궁석은 어금니를 지그시 물었다.

이학유가 이 자리에 오는 것을 막기 위해 약간의 조치를 취했는데, 실패했나 보다. 뼈아픈 실패였다.

막 출발하려다, 뒤에서 울리는 말발굽 소리를 들었다. 처음의 복면인들!

"제가 처리하겠습니다."

한시가 급한 이학유를 먼저 보내고, 복면인들을 기다리던 이한은 숲을 힐끗 봤다. 낯선 느낌이 기감에 걸렸다. 복면인들과 같은 부류는 아니었다.

히이이잉—

말 울음 소리와 투레질 소리. 장내에 도착한 복면인들은 금세 상황을 파악했다. 일제히 검을 빼 들며 쳐올 기세였다.

하지만.

피잉—

검이 움직이려 일렁이다가, 날아오는 화살을 급히 쳐냈다. 복면인들을 향해 몇 대의 화살이 더 날아왔다.

복면인들의 시선이 얽히더니 물러나기 시작했다.

나무둥치에 아무렇게나 기대어 있는 이한을 향해 세 명의 사내가 천천히 다가왔다.

"호오! 상향촌 출신의 고수들은 십 년 뒤에나 볼 수 있을 줄 알았는데, 아니군."

이한의 중얼거림을 들었는지 걸음을 멈췄다.

"구자운!"

앞서 있던 청년검수의 손이 검에 닿았다. 검은 무복에 날렵한 몸매, 차가운 안광. 보기에도 상당한 경지의 검사로 보였다. 검을 빼지는 못했다.

"장후야!"

구자운이 제지를 하며 나섰다.

"오면서 생각이 많았습니다. 제거해야 하나, 말아야 하나? 제거한다면, 어떤 방식이 가장 잡음이 없을까? 솔직히 지금도 결정을 못 내렸습니다만."

구자운은 말을 하면서도 이한에게 시선을 떼지 않았다.

"우리가 나타날 줄 알았다는 태도가 곤혹스럽군요. 이호위 같은 분이 자신의 유고를 대비하지 않았을 리는 없고. 책사로서 상대에게 수를 읽혔다는 자괴감마저 드는 것이, 마음 같아서는 단칼에 베어 버리고 싶습니다."

이한은 빙긋 웃다가 구자운의 뒤에 서 있는 장한에게 가볍게 고개를 끄덕였다.

"도와줘서 고맙소."

얼굴의 반이 빽빽한 수염으로 덮여있고, 우람한 체구지만 나이는 많아 보이지 않았다. 기형의 도와 궁을 어깨에 걸치고 있었다. 텁석부리 장한은 순간 당황해서 움찔했다. 어쩐지 순진한 느낌이 마음에 들었다.

"수로채의 힘을 과장해 장강 세력들을 결집시킨다. 남궁세가를 장강연맹의 한 축으로 끌어들이면서도, 검귀대를 이용해 세를 약화시켜 균형을 맞춘다. 이면의 사정이야 알 수가 없지만, 이백에 가까운 일족을 희생시킬 가치가 있었는지 궁금합니다."

"우리는 자유로이 꿈꿀 수 있는 미래를 원할 뿐입니다."

'허!'

너무 뜻밖의 대답이었다. 하지만 구자운의 진지한 표정에 고개를 저었다.

"아주 현학적이고 이상적인 목표네요. 사람들을 선동하기에는 딱 좋지요. 자유로이 꿈꾸겠다는데, 방해하고 싶은 생각은 없소. 그것이 잘못된 꿈만 아니면, 앞으로 부딪칠 일도 없을 거고."

서로를 똑바로 쳐다보며 움직이지 않다가, 이한이 먼저 돌아섰다. 구자운은 끝내 공격하란 소리를 하지 않았다.

"형님! 저자를 믿을 수 있겠습니까?"

청년 검수가 걱정 어린 시선을 보냈다.

"아직 우리의 대사(大事)는 눈치채지 못한 것 같다. 나머지야 뭐. 어차피 장강연맹의 그늘에 있을 날도 많지 않으니 상관없다."

구자운도 멀어지는 이한에게서 눈을 떼고 돌아섰다.

"내가 과소평가 했어. 너와 산이가 제거하기엔 좀 벅차 보여."

구중천도

장강의 사태는 대충 봉합이 되었다.

이학유 군사의 중재로 남궁세가가 일정 지분을 투자하고, 장강연맹에 들어가는 것으로 일단락됐다. 서로 불만이 있겠지만, 모양새는 좋았다.

남궁세가는 희수고대하던 장강으로의 진출에 교두보를 놓았고, 장강연맹은 남궁세가의 공세를 선방한 것으로 자위했다.

더구나 최대 골칫거리였던 수로채를 거의 괴멸시켰으니, 앞으로의 사업에는 순풍을 만난 거고.

구자운의 행보에 미심쩍은 구석이 있다는 것을 알면서도, 이 군사를 따라 철수할 수밖에 없었다.

남궁세가를 끌어안은 거대한 장강연맹의 설립이 다는 아닌 것 같다. 그곳이 자신의 일족이 마음껏 꿈꿀 수 있는 곳이라 생각할까? 그건 아닐 것이다.

더 큰 그림이 있을 것 같지만, 사실 깊이 관여하고 싶지는 않다. 그래서 이 군사에게 세세한 것까지 다 보고하지는 않았다. 왜 그랬는지는 아직도 확신을 못 하겠다.

구자운이 어디까지 갈지, 그 끝을 보고 싶다는 마음이 강하긴 하다.

아!

그 와중에도 벽계 선생이 천문집해의 해독을 마쳤다.

[…선인께서 하늘의 문이 닫혀 가는 것을 안타까워하셨다. 마침내 천 일의 참오 끝에 천문을 내리시니, 인족이 하늘의 문을 열 수 있는 해(解)라 하셨다… 선의 길은 멀고도 험해 알려고 하는 이가 드물어졌다. 잠혈을 이용해 마의 길을 기웃거리는 이가 늘어남에, 실망한 나는 봉인을 결정했다.]

천단경과 관련이 있는지 없는지도 모호한 내용이었다. 상선의 어르신이 실망은 하겠지만, 급할 건 없으니 다시 찬찬히 찾아볼 생각이다.

하여튼 생각보다 오래 머무른 장강에서 그렇게 귀환했다.

벽면을 다 채운 빽빽한 서고가 인상적인, 무림맹 군사부의 대군사 집무실은 꽤나 넓어 보였다.

대군사 사마소는 맹의 이인자란 위상에 비공식적으로는 연맹파의 수장이었다. 원형 탁자에 수석군사 이학유와 조촐한 술상을 받아 놓고 앉아 있었다.

"결국은 남궁세가가 장강연맹의 일원으로 합류했다는 거군요. 어찌 작위적인 냄새가 강한 것 같습니다."

"암영대를 풀어 추적을 하다가 철수했습니다. 대세에 영향을 줄 정도는 아니고, 약간의 변수를 남겨 두는 것도 재미있을 것 같아서요."

"허허허, 이 군사도 나이가 드시나 봅니다. 악취미가 느신 걸 보면."

이학유는 빙긋 웃으며 잔을 들었다.

"한잔하시지요."

가벼운 일상의 대화로 술자리도 무르익어 갔다.

"우리가 같이 한지도 십 년을 훌쩍 넘겼습니다. 요즘 들어 무엇을 위해 그렇게 아등바등했나 하는 생각이 듭니다. 내가 처음 대군사로 취임했을 때나 지금이나 변한 게 없어요. 그렇게 치열하게 싸웠는데. 지금도 싸우고 있고요."

사마소는 잠시 말을 끊고 잔을 비웠다.

"하아, 맹은 그때의 맹과 같아서 변한 게 없고, 사람들만 늙어 있네요. 맹을 변화시키고자 한 노력들이 다 어디로 갔는지 흔적도 없어요. 하긴 어느 누가 득세를 한들 무림맹이 무림맹이지 다른 거겠습니까 만은."

이학유는 조용히 사마소의 잔을 채워 주었다.

"내가 물러나도 군사부야 이 군사가 있으니 걱정을 덜었습니다만, 맹에 눈에 띄는 인재들이 많지 않아 걱정입니다. 인재 확보에는 차질이 없지요?"

"현재까지 열두어 명을 관리하고 있습니다. 총관부 기재당의 백호 무사는 탈락시켰습니다. 인성 면에서 부족하다는 평가입니다."

"저런! 한 명이라도 아쉬운데. 새로운 피를 계속 채워야 조직이 유지됩니다. 아무래도 수련 무사 출신에서 찾자니 어렵겠지요. 차제에 맹 밖이라도 숨어 있는 인재를 발탁하고 키우는 방안을 연구해야 할 겁니다."

"고려하겠습니다. 대군사."

"호위총단의 이한 호위가 이번에도 일을 잘 했다면서요? 어떻습니까?"

"무공이야 비무 대회에서 보신대로고, 이제는 맹의 잡다한 일 정도는 독자적으로 처리할 정도입니다. 각 파벌의 후기지수 선두 주자들에게 전혀 밀리지 않습니다."

"허허허."

사마소는 자신이 칭찬을 받는 양 기분이 좋아 보였다.

"좋군요. 좋아. 차세대 우리 연맹파를 이끌 유력한 후보니 잘 살펴보세요."

"예."

사마소는 자리에서 일어나 서가를 한 바퀴 천천히 돌았다.

"그러고 보니 비무 대회에서 우승을 해서 우리 체면을 톡톡히 살려 주었는데, 개인적으로 해 준 게 없었어요."

사마소는 나름 고민인 양, 서성이다가 한 곳으로 시선을 고정시켰다. 서가 구석에서 먼지가 가득한 작은 상자를 찾아 탁자 위에 놓았다.

"헉! 이것은…."

이학유는 상자를 열어, 여러 장의 양피지 중 하나를 꺼내 들다가 헛바람을 내며 몸이 굳어졌다.

"무광자(武狂子)의 구중천도(九重天圖)입니다."

"대군사! 이것 때문에 얼마나 많은 피바람이 불었습니까? 이게 다시 나타나면…."

이학유는 놀람을 넘어 몸이 경직되어 있었다.

무광자 송여림은 이백여 년 전 황궁 도화원에 소속되어 있던 뛰어난 화공(畵工)이었다. 어느 순간 미쳤다는 판정을 받고, 궁에서 쫓겨나면서 천하를 떠돌았다. 비무가 있는 장소에는 어김없이 나타나 조롱의 의미로 무광자(武狂子)라 불렸다.

하지만 사도의 고수였던 암혼시마를 사소한 시비로 일도에 갈라버리고, 당시 오천 중 한 명이었던 검중천 곽연이 송여림에게 패했다는 소문이 돌면서, 무광자란 별호는 세간의 제일 관심사였다.

돌연 항주의 뒷골목에서 다 죽어가는 모습으로 발견되었다. 구중천자라는 말과 함께, 그가 남긴 유일한 물건이 구중천도였다.

당연히 피비린내 나는 쟁탈전이 벌어졌다. 몇 번을 주인이 바뀌면서 흘러 다닌 구중천도는 언제부턴가 소문이 잠잠해지며 사라져 버렸다.

그것을 사마소가 가지고 있을 줄이야!

사마소는 구중천도의 출처에 대해서는 말하지 않았다. 어떤 것은 모르는 게 더 나을 수도 있다. 이학유는 아예 물을 생각도 없었다.

"그 많은 피를 흘리고도, 아무도 뭔지 모르는 애물단지입니다."

"그렇긴 하지요."

꽤 여러 사람의 손을 거쳤다. 하지만 구중천도의 비밀을 밝힌 사람은 없었다. 사실 그 속에 무공이 있는지도 미지수다. 송여림의 무공을 봐서 그렇다는 추정이지.

"인연이 있어야 얻을 수 있는 물건입니다. 썩혀 두느니, 이 호위에게 그 운을 시험하게 하는 것도 나쁘지는 않을 것 같습니다."

사마소는 동의를 구하며 이학유를 바라보았다.

"대군사의 생각이 정 그러시다면, 직접 전할 수 있는 자리를 마련해 보겠습니다."

이한은 공손추의 거처에서 대군사 사마소와 이학유를 마주쳤다.

퇴진을 앞둔 대군사가 원로들을 두루 찾아보고 있다는 소문은 알고 있었다. 함께 맹으로 내려오면서, 사마소는 격려의 말과 함께 은밀히 두툼한 봉서를 건네주었다.

[용이 승천하기 위해서는 여의주가 필요하지만, 사람에게는 사람이 제일 필요하네. 그러기에 인간 아닌가? 하지만 우선은 중심인 내가 든든하지 않으면 무슨 소용인가? 항상 갈고 닦게. 이것이 도움이 되면 좋겠네.]

무심코 열어보니 구중천도였다.

무엇인지 좀 찾아보고 나서는 아예 아연했다. 대군사가 이걸 전한 이유를 생각해 봤다. 이학유 군사가 지나가는 말로 연맹파의 미래가 달렸다고 한 것도.

연맹파!

귀가 있으니, 당연히 들었다. 무림맹에서의 연줄이 연맹파에 닿아있다는 것도 알고 있다. 당장 공손추와 정창명이 그렇고, 이학유가 그렇다. 더구나 수련 무사 출신이니.

무림맹의 파벌을 깊이 생각해 본 적이 없다. 연맹파라고 생각해 본 적도 없다. 하지만 자신의 의사에 관계없이 그렇게 분류되어진다. 그런 대우를 받고.

생각해보면 그걸 굳이 부정한 적도 없다. 이제 와서 나는 파벌이 싫다고 외치는 것도 우습다. 하지만 파벌은 파벌이고, 연맹파의 미래까지는 좀 부담스럽다.

이걸 받으면 이제 연맹파에 완전히 코가 꿰이는 건가?

하! 뭔 쓸데없는 생각인지. 이러나 저러나 무림맹을 떠나지 않는 한, 마찬가지인 걸.

구중천도! 욕심나기는 한다. 뭔지 궁금하기도 하고.

화공의 섬세한 붓질이 느껴지기는 하지만, 그림 같지 않은 그림들. 어느 곳은 대충 희미하게, 어느 곳은 실물처럼 선명하게. 잘 그렸다는 평을 받기에는 많이 부족했다.

낡은 양피지들을 이리저리 뒤적이다, 선 하나하나 세세히 살펴보기도 했다. 알고 있는 무리와 연결시켜 봤지만 별 소득은 없었다.

얼마의 시간이 흘렀는지 머리가 지끈거렸다.

구중천도(九重天圖)!

하늘의 아홉 방위인 구중천에서 따온 이름이었다. 중앙

의 균천(鈞天)에서 북서방의 유천(幽天)까지. 당연히 양피지도 아홉 장이었다.

“휴.”

긴 한숨과 함께 머리를 들었다.

이 방법은 아니란 생각이 들면서 양피지를 멍하니 바라보고 있다 보니, 순간 그림의 선들이 꿈틀한다는 느낌이었다.

다시 집중을 하자, 그림 그대로였다. 몇 번의 반복 끝에 그림 속 공간으로 끌려 들어가는 착각 속에 빠져들었다.

‘진…? 화진(畵陳)! 그림 속에 공간이 있다.’

생각이 끊기며, 어느 순간 아무것도 없는 빈 공간이 눈앞으로 확 다가왔다.

번뜩한다는 느낌이 든 순간, 목이 뚫어졌다. 섬뜩한 고통에 목을 움켜쥐자, 이번엔 미간이 뚫렸다.

도를 뽑을 엄두도 못 내는 사이에 온몸을 만신창이로 만들어 버렸다. 몇 번이나 당했는지, 기억이 가물가물해지며 정신을 잃었다.

“하아, 하아, 하아….”

가쁜 숨을 몰아쉬며 깨어난 이한은 물에 빠진 것처럼 흠뻑 젖어 있었다.

탁자 위에 있던 주전자를 입으로 가져가 들이붓고는, 머리를 움켜쥐며 쓰러졌다.

이한은 초췌한 모습으로 눈앞에 늘어놓은 아홉 장의 양피지를 노려보고 있었다. 심각한 내적 갈등으로 입술마저 조금씩 떨렸다.

중원 최고의 화공들이 모이는 황궁의 도화원! 그곳에서도 천재적인 재능을 보이던 송여림이었다. 하지만 이건 송여림이 그린 것이 아니다. 양피지의 상태도 그렇지만, 자신이 그린 그림에 빠져 죽지는 않았을 거니까.

송여림은 그림의 화진에 들었다가 심마에 빠졌고, 결국은 그 심마를 극복하지 못하고 죽었다. 같은 고통을 당해 본 사람으로 그렇게 확신한다.

백섬(白閃)이라 이름을 붙인 그 기운! 수없이 처참한 죽음의 고통을 맛보게 했다.

다시는 화진의 공간 속에 갇히고 싶지 않다. 하지만 그 절대적인 움직임은 강해지고 싶은 무인에게 너무 큰 유혹이다.

백섬의 움직임을 완전히 파악하려면 얼마나 많이 화진에 들어야 할지 모른다. 그것 말고도 아직 여덟 장이 더 남았다.

솔직히 두렵다.

이한은 양피지를 잡아가는 손이 조금씩 떨리는 것 같아,

힘을 꽉 주었다.

“자네! 괜찮은가?”
“예.”
“쯧쯧. 자신을 너무 혹사시키는 수련은 몸을 망가뜨리는 지름길이네.”
장강에서 복귀 이후, 포상적인 성격의 긴 휴식 끝에 이한은 정창명의 부름을 받았다.
이한은 퀭한 눈과 창백한 안색으로 서 있었다. 그새 많이 말라 보이기도 했다.
“급하니까, 설명부터 듣게.”
평소 같으면 몇 마디 더 할 건데, 정말 급한가 보다.
점창산에서 옥룡대산을 거쳐 토번으로 가는 상행로에서 점창파와 흑천의 분쟁은 늘 있어 왔다.
이번에는 흑천의 귀각주이자 군사인 귀사(鬼師)가 점창산에 직접 출정을 했다고 한다. 워낙 넓은 산이긴 하지만, 점창산은 점창파의 앞마당이고 자존심이다. 그런 곳에 버젓이 흑천이 주둔하고 있으니.
하지만 치고 빠지는 전술과 귀사의 기문진법에 점창파는 고전을 하고 있었다.

"맹에서 일부의 정의단이 먼저 지원을 갔고, 우리 일급 호위조가 제갈세가 인물들을 호위해 얼마 전에 출발했네. 헌데 밀전의 정보가 심상치 않아. 흑천으로 보이는 무리가 움직이고 있네."

"특조에서 따라붙지 않았습니까?"

"아니. 제갈세가를 너무 믿었어. 일행에 가주의 딸인 신기소화가 끼여 있네. 문제는 무공이 약하다는 거지. 그래서 비상인 거고."

신기소화(神機少花) 제갈혜!

무공보다는 기문진에 특별난 재능을 보인다는 제갈세가의 공녀. 그 재능이 사파 제일의 귀재라는 귀사에 필적하다는 소문은 들었다. 그래서 이번 일행에 낀 거겠지만.

"제갈세가에서도 천기대가 출발했네만, 호위대 암어를 잘 아는 자네가 가는 것이 빠를 거야."

점창산

툭툭―

피풍의와 죽립의 먼지를 대충 털어 냈다.

인적이 그렇게 많지 않은 곳.

그래도 운남으로 넘어가는 길목이었다. 더구나 앞을 막은 대흑산이 있어, 지나는 대부분은 들러 쉬어가는 주루였다.

차르륵―

주렴이 치워졌다 떨어지는 소리에 주루 안의 시선이 잠시 입구로 몰렸다가 흩어졌다. 평범한 낭인으로 봤나 보다. 관심들이 순식간에 멀어졌다.

구중천도의 화진 속을 헤맨 게 이런 때는 좋다. 눈길을 덜 끄니. 맹을 떠나면서 몸이 많이 회복됐어도, 그 여파는 아직 남았다. 먼 길로 추레하기도 하고.

탁―

"더 필요하면 부르게."

주문은 필요 없었다. 작은 그릇에 담긴 소채와 만두, 술 한 병.

앞치마를 한 사십대의 장한이 바삐 놓아 주고 다시 주방으로 들어갔다.

열댓 개의 탁자가 있는 주루를 혼자 관리하자니, 듬성듬성 비어 있는 자리에도 꽤 바쁜 것 같았다.

그래도 이 정도로 채워진 것 치고는 많이 조용했다. 반이 넘게 병장기를 가진 사람들에 분위기도 그러니, 특히 입구의 상인 둘은 주눅이 들었나 보다. 아까부터 거의 속닥거리는 수준이었다.

'살수?'

천단공의 기감이 주루에 흐르는 미묘한 분위기를 파악하기에 바빴다. 겉으로는 술병을 들어, 잔에 호박색의 술을 채워 갔다.

처륵—

구슬을 꿰어 만든 주렴이 출렁했다. 검으로 제친 모양이다. 백의의 청년이 들어섰다. 먼 길을 왔는지 입고 있는 옷이 그리 정갈해 보이지는 않았다. 들어서자마자 주루를 훑고 있었다.

'제갈세가 천기대주(天機隊主) 제갈선! 그가 표적이군.'

이한은 잔을 들어 천천히 입으로 가져갔다. 제갈선이 찾는 사람은 자신이었다. 정창명이 천기대와 이곳에서 만나라 했으니.

꿀꺽—

막 술이 목으로 넘어가며, 목젖이 울렁인다고 느낄 때. 새파란 검기가 이미 제갈선의 가슴을 향하고 있었다. 가느다란 검신의 협봉검(狹鋒劍)이었다.

챙—

날카로운 소리와 함께 협봉검이 튕겨 나가자, 다시 세 곳에서 협봉검이 제갈선을 찔러 갔다. 아래위와 중간, 계산된 시차까지. 이건 피할 수 없을 거란 자신감이 있었다.

제갈선은 뒤로 물러서리란 예상을 깨고, 몸을 회전시켜 앞으로 치고 나갔다. 절묘하게 협봉검 사이를 뚫고, 번뜩이는 광채와 함께 검을 연달아 베어 냈다.

'아! 천기미리보(天機迷離步)와 소천성검(小天星劍).'

사악—

세 개의 협봉검이 비틀거리며 눌러서고 있었다. 가슴에 길게 베어진 자국들이 있었다. 제갈선은 세 살수들을 타 넘어, 처음의 살수마저 일도양단으로 베어 버렸다. 주위를 둘러보며 검을 툭 털었다.

"아!"

"허어헉."

"사, 살인!"

한순간에 일어난 일이라, 그제야 주루가 혼란으로 치닫기 시작했다.

탁자 밑으로 숨는 상인들, 구석으로 몸을 붙이며 사태를 주시하는 젊은이. 아예 주루를 나가려 호시탐탐 기회를 엿보고 있는 이까지.

스렁—

제갈선이 이한을 발견했는지 검을 집어넣고, 걸음을 뗐다. 막 발을 내려 놓으려는 순간, 탁자 아래에서 비수가 휙 찔러왔다.

탁자 밑으로 숨었던 상인이었다.

주루 입구의 제갈선에 가장 가까이 있었다. 피하기는 늦은 것 같았다.

하지만 제갈세가 주력의 무력대인 천기대의 수장다웠다.

제갈선은 금나수(擒拿手)로 비수를 잡은 상인의 손을 잡아 감았다. 아슬아슬하게 옆구리가 뚫리는 것을 막았다.

하지만 등이 열렸다.

탁자 밑에 숨었던 다른 상인의 새파란 비수가 찍혀 내려왔다. 호신강기를 전문적으로 파괴하기 위해 만든 비수 같았다. 영롱한 빛이 번뜩였다.

"컥."

하지만 제갈선의 등을 바라보던, 살수의 두 눈이 확 커졌다.

젓가락! 정확히 살수의 미간 사이에 박혀 들었다. 이한은 하나 남은 젓가락을 내려놓고 일어섰다.

쿵—

그제야 뒤로 넘어가는 살수와 떨어지는 비수. 제갈선은 붙잡은 살수의 손목을 꺾고 목을 쳤다. 살수가 기절을 하며 푹 쓰러졌다.

"후우. 무림맹의 이한 호위?"

제갈선의 시선이 천천히 다가오는 이한에게 향했다. 이한은 대답 대신 고개를 끄덕이면서, 도를 확 그어 올렸다. 순간적인 발도에 이은 번뜩이는 도기가 뻗었다.

주방을 나와 이쪽을 보고 있던, 주루 주인이 뒤로 훽 넘어갔다.

손에 들린 암기통에서 발사된 비침들이 주루의 천장에 투두둑 박혔다. 이마에서 피가 배어 나오면서, 암기통이 툭 떨어졌다.

"이리 와 봐."

이한의 시선이 주루 구석에서 떨고 있는 청년에게 향했다. 아직 약관도 되지 않아, 어떻게 보면 소년에 가까웠다. 후줄근한 모습에서도 눈망울은 또록또록했다.

"저, 저요?"

"그래. 너!"

"전 아무 자 잘못도 없는데요. 아! 살수 아니에요."

이한은 바닥에 떨어진 비수를 주웠다. 헛! 예상외로 진품인 것 같아 놀랐다. 비수의 날에 흐르는 예기가 보통이 아니었다.

"어디 한 군데 잘리고 올래? 그냥 올래?"

비수를 흔드는 이한의 모습에 청년은 후다닥 뛰었다. 사실 주루 주인을 바라보고 있던, 이 녀석의 눈빛 때문에 알았다. 불안해하면서도, 원한에 가득한 눈빛이었다.

"누구냐?"

"예? 곽삼인데요."

"아니, 소속… 쉽게 가자. 오늘은 피 그만 보고 싶다."

이 피비린내 나는 현장을 눈 하나 깜빡하지 않고 보고 있던 녀석이다. 약간의 무공도 익힌 것이, 양민은 절대 아니다.

"하, 하오문 성도지부요."

"주방에 있는 사람은?"

"아버지예요."

"들어가 봐라."

아까부터 주방을 기웃거리더니, 부리나케 달려갔다.

[이틀 전에 여기 잠시 들렀습니다. 일행이 많아서 그런지, 주문량도 많았지요. 마침 이 녀석이 올 시기라, 재료들을 더 준비해 놔서 망정이지. 살수들요? 아! 그 소저 일행이 떠나고 얼마 안 돼서 들이닥쳤습니다. 곧 잡을 거라고,

자기들끼리 그러던데요.]

천기대의 도움으로 정신을 차린 진짜 주루 주인은 제갈혜와 호위대를 잘 기억하고 있었다.

이틀 전, 이곳을 떠나 대흑산에 들면서 공격을 받은 것이 확실했다.

"후우."

사천에서 운남으로 길게 이어져 있는 대흑산을 헤매고 있었다.

호위대의 암어와 암화들을 더듬어 지난 이틀간 추적을 했다. 하지만 갈수록 엉뚱한 곳이다. 점점 깊은 산중으로 들어가고 있었다.

"이 호위! 이곳이 확실합니까? 예상 동선에서 너무 벗어난 곳인데."

제갈선도 미심쩍은 표정으로 다가왔다. 잠시 머뭇하는 사이에, 천기대 대원의 보고가 안도의 한숨을 나오게 했다.

"대주님, 이쪽이 맞는 것 같습니다. 계곡 아래로 흔적이 있습니다."

계곡을 따라 올라가며 한두 구의 시체들이 나타나기 시작했다. 제갈선의 안색이 심각해졌다. 대원들을 독려해 계곡을 빠르게 거슬러 올랐다.

"제갈 대주! 잠깐 봅시다. 이거 혹시 흑천의 사망검대(死亡劍隊) 아니오?"

이한은 서두르는 제갈선을 불러 세우고, 시체들을 살폈다.

검은 바탕에 붉은 선이 가득한 무복!

"아…! 맞는 것 같습니다. 직접 보지는 못했어도 들은 기억은 납니다. 사망검대라면, 사망흑검(死亡黑劍) 구우당의 추종자들인데, 그 노마가 아직 살아있다고는 믿기지 않는데요."

"살아 있는 것 같습니다. 아니면 아주 뛰어난 제자를 뒀든지."

제갈선은 이한이 가리키는 곳을 바라보았다.

호위대 무사가 쓰러져 있었다.

이마에 가는 실선 외에 외상이 없었고, 표정의 급격한 변화도 없었다. 순간적으로 당했다는 것이다.

"후우… 이거 큰일인데."

제갈선은 비가 내리기 시작하는 계곡 위를 바라보며 걱정스러워했다.

계곡을 벗어나 삼나무가 울창한 원시림을 헤치며 나가다, 점점 세차게 쏟아지는 비에 마음이 급해졌다.

"흔적이 거의 지워졌소. 서두릅시다."

제갈선의 목소리에서 초조함의 강도가 점점 심해졌다.

추적의 기본은 남겨진 흔적을 판단하는 거지만, 쫓기는 자의 심리도 중요하다. 제갈혜는 철저히 진을 설치하기 좋은 지형으로 움직이고 있다.

나름 효과적으로 열세인 전력을 만회한 것이다. 하지만 그 진이 계속 파훼되고 있다. 사망검대에도 진법의 전문가가 있는 게 확실하다.

이한은 주위의 지형을 다시 점검하기 시작했다.

"아마도 저쪽 능선 위가 암석지대일 거요. 다행히 사망검대의 수가 많아 보이지는 않으니, 제갈 소저라면 좁은 공간에 진을 치고 장기전을 준비했을 겁니다."

예측이 맞기를 바라며 이한과 천기대는 빠르게 대흑산을 뒤지고 있었다.

어느새 비가 그쳐 있었다.

천연의 원시림이 언제 있었느냐는 듯, 기암의 바위가 즐비한 석림(石林)이 나왔다.

아무 곳을 둘러봐도 좋았다.

정교하게 깎아 만든 것 같은 절벽 아래의, 살벌한 공터도 멀리서는 그림이 될 정도였다.

"고래 심줄 같은 년! 질기게도 버티더니, 이제야 끝장을 볼 수 있겠어. 하노사의 공이 컸소."

마른 몸매에 날카롭게 생긴 중년인이 전황을 주시하고 있는 늙은 문사에게 공치사를 했다.

"계집의 간계에 속아 이제야 해진을 했는데, 무슨 말씀을."

"어쩌든 빨리 끝냅시다. 으드득! 네년의 살도 그렇게 질긴지, 내가 직접 확인해 주마."

중년인은 이를 부득 갈며, 무사들 뒤의 제갈혜를 노려보며 검을 뽑았다. 벌써 며칠을 끌려다니며 각종 진법에 고생하다 보니, 모습만 봐도 짜증이 밀려왔다.

전장으로 파고들자마자, 세가 무사 둘을 빠르게 베어 버렸다. 무인지경으로 찌르고 베어가며 순식간에 제갈혜의 지척까지 돌파했다.

"흐흐흐."

풀어 헤쳐진 머리에 창백한 안색! 놀라서 움찔하는 눈이 보였다. 그 속에 든 두려움과 공포를 보니 갑자기 기분이 좋아졌다.

바들바들 떨고 있는 모습이 아주 가련하구나. 저 하얗고 가느다란 목을 그으면 어떤 기분일까?

생각만으로도 치솟는 희열에 빠졌다가, 중년인은 황급히 물러났다.

아귀를 맞춘 듯 돌아가는 호위대의 날카로운 협공에 말

려들었다. 찔러 오는 검들을 거칠게 쳐 내긴 했어도, 제갈혜와의 거리는 순식간에 멀어졌다.

내쳐진 검을 겨우 제어한 호위 조장 양사진이 자리를 잡자, 호위대가 제갈혜를 중심으로 반원을 그렸다.

"후우, 훅."

지친 기색이 역력한 양사진의 거친 숨결 가까이로 부조장인 상두가 다가왔다.

"조장!"

말 안 해도 무슨 뜻인지 안다. 서 있기조차 힘들다는 것도, 이제 한 번 더 공격을 받으면 막는다는 장담을 못 한다는 것도 안다.

뒤를 돌아봤다. 거의 실신 지경인 제갈혜가 보였다. 지난 며칠 잠 한숨 못 자고도 버티고 있다. 변변찮은 무공으로 대단한 정신력이다.

그걸 떠나, 저 아이는 우리의 호위대상이다. 우리보다 먼저 죽게 할 수는 없다.

"상두야! 미안하다."

같이한 지 벌써 십 년. 그 말 한마디면 됐다. 노인네 참!

상두의 시선이 조원들을 휙 스치며 지났다.

"다리에 힘 줘. 자식들아! 다 늙은 조장도 팔팔한데, 어디서 빠져 가지고."

중년인과 사망검대가 다시 바싹 조여들고 있었다. 이제

서 있는 제갈세가 무사들도 몇 보이지 않았다.

"크큿… 마지막 발악인가?"

서서히 검을 겨누며, 호위대를 향하던 중년인의 몸이 갑자기 뒤틀렸다. 급히 검을 휘둘렀다.

카강—

길게 회전하며 날아오던 도가 빠르게 다시 튕겼다.

"웬 놈이?"

이한은 달려오던 탄력과 함께 무릎으로 사망검대를 그대로 박으며, 떨어져 내렸다. 회전하던 도가 자연스럽게 손으로 빨려들었다.

공터 한가운데까지 튕긴 주검에 시선들이 순간적으로 몰렸다가, 그 뒤를 뒤덮는 긴 그림자로 옮겨졌다.

"이 호위!"

반가움과 놀라움이 섞인, 일급호위 삼조 조장 양사진의 목소리는 거의 울먹이고 있었다.

흑천의 거목인 구우당의 사망살검(死亡殺劍)!

중년인은 이한에게 접근하자마자 순간적으로 목을 베어왔다.

불필요한 동작을 배제한 깔끔한 살초였다. 도에 막힌 검이 구르듯 회전을 해, 다시 미간을 찔러왔다.

'쾌검!'

이한은 퇴보를 밟지 않았다. 오히려 한 걸음 나가 찔러

오는 검을 정면으로 막았다.

극쾌의 신랄한 검기에 한 번이라도 실수하면 끝장인 위험한 선택이었다.

하지만 물러서는 것이 더 위험했다.

쾌검은 순간적으로 기의 폭발시키는 것이다. 따라서 연속성을 가지기는 어렵다. 사망살검의 무서운 점이 그것을 극복했다는 것이다. 끊임없는 찌르고 베어냈다. 눈이 따라가기 힘든 쾌검으로.

한 번 밀리면 어차피 죽음이었다.

'단 한 번의 기회를 만들어야 한다.'

중년인의 검을 정신없이 막고, 흘리며 든 느낌이었다.

정면공격은 역부족이다. 한 번의 반격! 이한은 움직임을 극도로 자제하고, 도를 몸으로 바짝 끌어당겨 수비에 치중했다.

기회는 예상외로 일찍 왔다.

천기대가 피로감을 느끼는 사망검대를 일방적으로 밀어붙이고 있었다. 곳곳에 비명이 들리며, 쓰러지는 사망검대가 늘어났다.

한 번씩 그어 오던 반격이 사라지자, 중년인은 장내 상황을 살피느라 공격의 기세를 주춤했다. 그 잠시의 순간을 비집고, 눈앞에 도기가 번뜩였다.

타당—

섬뢰를 가까스로 막은 중년인은 거의 튕겨 나가는 듯이 물러났다. 뒤이어 공간을 여러 개로 가르는 실선들이 쭉 뻗었다.

갑작스런 도기의 변화에 놀라 중년인은 다시 물러났지만, 이한은 한번 잡은 승기를 절대로 놓치지 않았다.

불규칙한 도기가 연달아 내리꽂혔다. 조금의 여유도 주지 않으려고 급박하게 몰아쳐간 이한의 의도가 적중했는지, 중년인은 당황하기 시작했다.

계속되는 압박에, 신랄하고 영활하던 검기가 그저 도를 막기에 급급해졌다. 공간을 가르는 연이은 실선들이 중년인을 스쳐 갔다.

"억!"

결국 쥐어 짜는 듯 답답한 신음과 함께 중년인은 검을 짚고 무릎을 꿇었다. 한순간의 방심치고는 대가가 너무 컸다. 검에 의지해 겨우 지탱하던 중년인의 입에서 피가 주르륵 흘렀다.

"부대주님!"

'이자가 사망검대의 부대주!'

사망검대 무사의 놀란 외침이 퍼지기도 전에, 이한의 도가 중년인의 머리를 날려 버렸다.

장내의 접전이 서서히 멈춰지며, 사망검대는 슬슬 눈치를 보다가 누가 먼저랄 것도 없이 몸을 빼내기 시작했다.

"후우우."

이한은 길게 심호흡을 했다.

운이 좋았다. 저 사망검대의 부대주, 분명 한 수 위의 고수였다. 하지만 결정적인 것은 따로 있었다.

도를 쥔 손을 물끄러미 바라봤다.

'허참!'

수련 때는 그렇게 안 되더니, 죽을 위기니 하게 된다. 역시 궁즉통(窮則通)이란 말이 맞나 보다.

도를 쥐는 파지법(把指法)!

이한은 도의 손잡이를 쥐고 있는 것이 아니라, 살짝 감싸고 있었다. 손바닥과 도의 손잡이 사이에 반치 정도의 공간이 있었다.

아직은 한 번씩 잡아 가며 움직임을 이끌어야 한다. 하지만 천단기의 흡력에 더 익숙해지면, 도 손잡이를 손바닥에서 완전히 떼 놓을 수 있을 것이다.

이한의 도가 제자리에서 빙그르르 회전하다 멈췄다. 움직임이 훨씬 편하고 자유로워졌다. 낙뢰의 모든 선들은 이 자유로움에서 나온다.

조금 전의 연속적인 뇌선이 훨씬 유연했던 건 이유가 있었다.

"오호, 빠른 결단력에 독심까지."

부대주의 목을 날림으로써, 사망검대의 저항 의지를 안전히 꺾어 버렸다.

이한의 등장부터 유심히 보고 있던 제갈혜의 유모인 이하선은 탄성을 터뜨렸다.

옆구리의 상처를 손으로 누르며, 자세를 바로잡았다. 다리에 놓인 제갈혜의 머리도 바로 눕혔다.

"죄송합니다. 유모! 살막 놈들이 방해를 하는 통에 좀 늦었습니다. 상처는 어떠십니까?"

제갈선이 검을 갈무리하며 다가왔다. 백의의 곳곳에 피가 튀어 있었다. 동생인 제갈혜와 자신을 어릴 때부터 키워 준 유모라 태도가 정중했다.

"괜찮네. 혜아도 탈진상태라 그런 거니 걱정할 것 없고. 저 아이가 비무 대회에서 청무와 승부를 결하지 못한 호위 총단의 아인가 보네?"

"예."

"흐음."

이하선은 감탄의 눈으로 이한을 보다가 제갈혜를 슬쩍 쳐다봤다.

천기대가 나타나면서 결국 혼절을 했다. 심한 마음고생

에서 일시에 맥이 풀린 것이다. 파리한 안색은 여전했지만, 표정은 평온해 보였다.

바다같이 넓은 호수가 보였다. 이해(耳海)였다.

점창산이 있는 대리에 도착한 것이다. 아득한 호수 너머로 흰 설봉을 머리로 한, 청록의 점창산도 모습을 드러냈다.

"한 산에 사계절이 있고, 십리마다 기후가 다르다더니. 이거야 원."

금방 비가 와서 마차를 조심히 몰았는데, 갑자기 해가 쨍쨍하게 나더니 무더워졌다.

양사진의 말처럼 운남의 날씨는 변화무쌍이었다.

"얼마 안 남았다. 긴장들 풀지 말고, 정신 바짝 차려라."

마차의 고삐를 잡은 양사진은 그래도 열 명이나 남은 호위대를 둘러보며 독려했다. 부쩍 조원들에게 거는 말이 많아졌다. 죽다 살아나서 사는 게 귀해서 그렇다니 뭐.

"정지."

이한은 앞에서 달려오는 말발굽 소리에 마차를 멈춰 세웠다.

앞서 정찰을 나간 제갈선이 세 명의 정의단 고수들을 대동하고 돌아왔다. 도착이 늦어지자 마중을 나온 것이다.

점창파의 회류검(回流劍) 유양천과 청성이수(靑城二秀)라 불리는 청성파의 현운, 현양도장이었다.

키 작은 나무가 듬성듬성 있는 초원을 지나자, 본격적으로 점창산 영역에 들어설 수 있었다.

맑은 계곡을 따라 구불구불하게 이어진 소로 주변에 상수리나무가 숲을 이루고 있었다.

상쾌한 공기와 주변의 아기자기한 풍광이 긴장된 마음을 한껏 풀어 주었다.

후미를 맡은 이한은 알 수 없는 불안감에 도의 손잡이를 잡았다 놓았다 했다.

계곡을 구르는 물소리, 가끔씩 바람에 스치는 나뭇가지 소리. 덤불 속에서 나는 바스락대는 소리. 흔한 산의 일상인데, 무언가 경직된 공기의 흐름이 느껴졌다.

주위를 유심히 둘러보다 걸음을 멈췄다.

'살막이다!'

"삐이이익"

호위대 위험신호를 내며, 암월보를 극성으로 밟고 순식간에 치고 나갔다.

퍼벅—

이한이 제갈혜의 근처로 가까스로 다가간 순간, 곳곳에서 연막탄이 터졌다. 순간 시야를 가리는 연기 사이로 비표(飛鏢)들이 쏟아져 내렸다.

여기저기서 당황한 고함과 짧은 비명이 들렸다.

"제자리를 지켜라. 침착하게 대응해."

아수라장이 된 와중에도 조장 양사진의 고함이 가까이로 다가오고 있었다. 회색의 살수들이 비표를 따라 상수리나무를 타고 내려오고 있었다.

제갈혜를 향해 집중적으로 날아오는 비표를 쳐내던 이한은 양사진이 다가오자, 앞으로 나서며 자리를 비켜 주었다. 제갈혜를 둘러싼 호위대를 힐끗 본, 제갈선이 천기대를 끌어모았다.

"방원진(方圓陣)으로."

진의 중앙에 제갈선이 합세하자 방원진의 효과가 금방 나타났다.

쇄도하던 살수들이 적절한 협공에 튕겨 나가면서, 기습의 효과가 사라졌다. 하지만 살수들의 무위도 만만치 않아서로 사상자만 늘어나고 있었다.

"쯧쯧쯧, 살막주가 바뀌더니 영 시원치가 않아. 미덥지 못해 와 봤더니 뭐 하는 꼴인지 원."

너덜너덜한 회색 무복을 입었다기보다 걸치고 있는 노인이 뒷짐을 진 채 천천히 산자락을 타고 내려오고 있었다.

"광천도마(狂天屠魔) 양방!"

이한의 뒤에서 바짝 긴장한 놀란 음성이 터졌다.

양사진의 고함 소리에 시선들이 일제히 몰렸다. 막 살수 한 명을 베고 돌아서던 유양천도 청성이수 현운과 현양도 장도.

흑천이 사파의 여러 단체가 모인 연합체이긴 하지만, 천주가 있는 본천의 아홉 전투대가 주력이라고 할 수 있었다.

가장 강하다고 평가되는 전투대는 천주 직속의 암흑전대였다. 하지만 가장 만나기 싫어하는 곳은 도마대(屠魔隊)였다.

상대를 무자비하고 철저하게 난도질하기로 유명했다. 도마대는 흑천주가 아닌 철저한 광천도마 양방의 광신도들이었다.

광천도마는 흑천에서 조차도 경원시하는 진짜 미친놈이었다.

[이 호위! 우리가 광천도마를 공격하는 순간, 제갈 소저를 보호해 본산으로 가. 앞뒤 볼 것 없이 무조건 달려야 하네.]

[선배님들은?]

[최대한 시간을 끌어 보겠네. 여차하면 도망치지 뭐.]

이한은 양사진과 시선이 마주치자 살짝 고개를 끄덕였다. 제갈선이 제갈혜의 곁으로 바싹 다가갔다.

"지금."

갑작스런 유양천의 외침과 함께 검기들이 일제히 광천도마 양방을 향했다. 예상 못 한 공격에 멈칫하던 양방은 스산한 미소를 지으며 도를 뿌렸다. 반월의 도기가 연달아 검기와 부딪쳤다.

광마도법이었다.

카라랑—

양방은 내려오던 걸음을 멈췄을 뿐인데, 유양천과 청성이수는 온몸을 휘청하다가 겨우 자리를 잡았다.

"이거 오랜만에 재미 좀 보겠네. 한 가닥씩 하는 놈들이군."

양방은 기쁜 표정을 지으며 두 눈동자를 희번덕거렸다. 두 눈의 흰자위가 꿈틀거리는 모양이 오싹한 공포감을 들게 했다.

"멍청한 것들. 빨리 쫓아!"

양방의 삭막한 명령에 살수들이 기겁을 하며 천기대에 돌진했다.

천기대가 방진을 형성해 살수들의 접근을 막는 사이에, 제갈선과 양사진의 도움을 받은 제갈혜가 빠르게 멀어졌다.

이한이 뒤를 막으며 도기를 뿌려대는 바람에 살수들의

접근이 쉽지 않았다.

"키키키킥, 이리 오너라. 어디부터 발라 줄까?"

양방의 스산한 목소리를 뒤로하고, 이한은 급히 호위대를 쫓았다.

주위로 살막의 살수들과 천기대의 접전이 계속되고 있었다. 제갈혜를 보호해야 하는 부담에서 벗어난 천기대는 그리 밀리지 않았다.

콰광—

거대한 기의 충돌 소리에 반사적으로 돌아봤다. 현양이 피를 토하며 튕겨 나고 있었다. 유양천과 현운의 사정도 마찬가지였다.

제갈혜를 둘러싸고 거의 안전지대로 가고 있는 호위대를 보면서, 이한은 갈등에 빠졌다.

'내려간다.'

이한은 부딪쳐 오는 살수를 빠르게 베어 내고, 아래로 몸을 날렸다.

광천도마 양방이 갑자기 온몸을 부르르 떨었다. 팔다리가 제멋대로 꺾이고 뒤틀렸다.

"광마공(狂魔功)이다!"

유양천은 입가로 흐르는 피를 대충 닦아 내고, 검을 세웠다. 이미 현운이 쇄도하고 있었다. 뒤이어 회풍무류검이 광천도마를 베어 갔다.

"으아아악! 재미없어. 재미없어…."

광마공을 실은 흉폭한 도기가 현운과 유양천을 덮쳤다. 광마공에는 장애물이 없었다. 모조리 부수며 다가왔다. 부서진 잔해는 덤이었다. 부서진 파편들이 광마도법의 도기를 따라 빗살처럼 쏘아져 왔다.

"허억."

"컥."

뒤로 튕겨난 두 사람은 연이어 날아오는 반월의 도기에 망연한 시선이었다. 이미 저항의 의지는 사라져 있었다. 몸들도 만신창이였다.

쩌저쩍—

불규칙한 선들의 벽이 생기며, 일시적으로 숨통이 트였다.

"빨리 피하십시오. 얼마 못 막아요."

이한이 두 사람을 막아서 있었다.

뇌벽을 날려 광마도법의 공세를 잠시 멈춘 이한의 손아귀에서 도가 팽이 돌듯이 회전을 시작했다.

한 번도 실전에서 사용하지 않았던 폭뢰(爆雷)를 떠올렸다. 완전치 않았지만 어쩔 수 없었다.

"크크큿, 죽어라. 쥐새끼 놈. 죽어라. 죽어라."

양방은 일시적으로 막힌 도기에 화가 났는지, 괴성을 지르며 발작을 했다.

퍼버퍽퍽—

반월의 도기와 부딪힌 폭뢰는 연속으로 터지는 소리를 냈다.

'허억!'

속에서 올라오는 비릿한 피비린내를 느끼며, 튕겨 나갔다. 몸의 균형을 유지하기 위해 버둥거리다 등에 충격을 받았다. 날아와서 어딘가 부딪친 모양이었다. 겨우 일어서려다 몸이 쑥 꺼졌다.

"이 쥐새끼 놈, 어디 간 거야? 내 몸에 상처를… 으드드득. 죽여 버린다. 으아아악!"

어둠이었다.

양방의 괴성이 계속 메아리친다고 느끼며, 서서히 의식이 끊어졌다.

눈앞에 밝은 빛이 들어오며 서서히 눈이 떠졌다.

높은 천장과 푹신한 느낌! 가슴과 등에 통증은 있었지만, 몸을 꿈틀할 수 있었다.

"깨어났구먼."

의원으로 보이는 노인의 얼굴이 크게 다가왔다가, 이리저리 살피는 것 같더니 멀어졌다.

"아! 여기 점창의 약제전이네. 뭘 깊이 생각하지 말고, 머리 비우고 좀 쉬게. 곧 괜찮아 질 거니."

점창!

구하러 왔던 모양이다. 광천도마는? 유양천과 청성이 수는? 생각이 많아지자, 머리가 띵했다. 다시 잠에 빠져들었다.

"고목 밑동 안의 썩은 틈에 공간이 있었네. 잘 보지 않았으면 지나칠 뻔했지. 운이 좋았어. 광천도마가 온통 헤집어 놓는 바람에 거의 폐허 같았거든."

"다른 분…? 음!"

양사진에게 물어보다가 고개를 젓는 모습에 말을 멈췄다. 뇌벽을 날려 광천도마를 막을 때, 이미 움직이기 힘들어 보인다 했더니.

조금 더 일찍 내려갔더라면, 세 사람을 구할 수 있지 않았을까? 아쉬운 마음에도, 광마공을 떠올리면 끔찍하다. 넘을 수 없는 벽같이 다가오는 광마공에 고개를 저었다.

이한의 표정이 좋지 않자, 양사진이 화제를 바꿨다.

"자네, 대리국 보물 이야기 아나?"

"보물요?"

"예전에 대리국의 마지막 황제였던 단흥지가 성이 함락되기 직전에, 자식들과 신하 몇 명에게 황궁 보고의 보물을 주어 탈출시켰다고 하네. 그들은 멀리 가지 못하고 이곳 점창산에서 마지막 저항을 했다는군."

"…?"

"귀사가 찾는 것이 그 보물이란 게 밝혀졌네."

"아!"

"점창의 사업채 중에 오 할 이상이 이곳 대리와 여강을 거쳐 토번으로 가는 상행로에 밀집되어 있지. 사실 이번 흑천의 공격 이전에 옥룡대산의 호도협에서 먼저 충돌이 있었다고 하네. 점창속가에서 운영하는 여러 곳의 객잔이 피해를 입었다는군."

점창과 흑천의 오랜 대립이었다. 운남과 멀지 않은 귀주를 본거지로 하는 흑천이라 더하기도 했다.

"차를 싣고 갔다가 토번의 말을 가져와야 하는 마방(馬幇)들은 힘의 향배에 굉장히 예민하다네. 보호세나 통행세를 어디에 내야 하는지는 민감한 문제거든."

양사진은 한꺼번에 주르륵 말하다가 잠시 숨을 쉬었다.

"그래서 이번 흑천의 공격이 토번으로 가는 상권 때문인 줄 안 거지. 결국 다른 꿍꿍이가 있었던 거야. 일단은 점창의 순찰 기능을 마비시키고, 보물 발굴 작업을 은폐하기 위해 시선을 돌리려는 거였어."

"어디랍니까?"

"삼양봉 아래에 청벽 계곡이 있는데. 그 정상 쪽에 고산(高山) 호수인 황룡담이 있다고 하네. 그곳인 모양일세. 지금 공격 계획을 짜고 있네."

공격이라! 사파제일의 귀재라는 귀사가 방비를 허술히 했을 리는 없다. 그토록 막으려 했던 제갈혜가 왔으니, 기문진으로 승부할 건 아니고. 뭐지?

"아예 생각도 말아. 자네는 몸부터 추스르게. 한 보름 정도면 결판날 것 같아. 귀환은 같이해야지."

눈을 반짝이는 이한을 보며, 양사진은 손사래부터 쳤다.

역시 귀사는 만만치 않았다.

청벽 계곡이 뚫리자, 황룡담의 두 줄기 폭포에 가려져 있던 동굴로 피신을 했다. 점창파와 정의단 고수들의 잇따른 진입에도 아직 동굴을 돌파하지 못하고 있었다. 오히려 피해만 점점 불어났다.

황룡담 아래의 청벽 계곡의 천막에서 세 사람이 제갈혜를 설득하고 있었다.

"안 된다."

"하지만 내가 들어가 봐야 상황을 파악하죠. 오늘만 벌써 열 명이 넘게 당했어요. 지금 안의 사정은 더 심각하다고요."

황룡담의 동굴로 들겠다는 제갈혜를 제갈선이 단호하게 막고 있었다. 이하선과 양사진도 마찬가지였다. 특히 양사진은 더 했다. 예측이 불가한 동굴에서의 호위는 너무 어려웠다.

동굴 안 사정이 어려운 건 사실이다. 낮에도 점창파의 장로가 은근히 도와줬으면 하는 말을 했다. 그곳에도 전문가가 없는 것이 아니다. 그만큼 귀사의 지략을 뚫기 힘든 것이다.

하지만 제갈혜의 무공으로는 무리였다. 호위를 한다 해도, 호위조까지 위험에 빠질 게 분명했다.

"험."

이한이 천막을 들어섰다.

"어, 이 호위! 괜찮은가?"

'헉!'

양사진의 놀람처럼, 이한의 출현에 제갈혜도 놀랐다.

암연미로진을 기척도 없이 어떻게? 주위로 펼쳐 놓은 이 진은 쉽게 통과할 수 있는 것이 아니다.

이한을 유심히 쳐다봤다.

"아! 잘 왔네. 이리 앉게. 역시 젊으니까 좋아. 빨리 털고 일어났네."

이하선이 자리를 권하고, 찻잔을 놓아주며 부산을 떨었다.

"황룡담의 동굴은 아무래도 함정 같습니다. 들어가면 많이 위험할 겁니다."

"위험은 하겠지만, 귀사가 그 안에 있네. 점창파는 포기하지 않을걸."

"귀사는 이미 빠져나가지 않았을까요?"

"응?"

양사진의 의문에도 제갈혜는 묵묵히 고개를 끄덕였다.

"역시 다른 통로가 있다고 생각하는군요."

"귀사가 근 두어 달을 공들일 정도면 대리국의 보물은 어느 정도 신빙성이 있다고 보고요. 그 동굴이 마지막 저항지도 맞겠죠. 그러면 입구가 하나일 리가 없습니다. 없으면 뚫어서라도 도주로를 만들어 놨을 겁니다."

"뭐야! 그럼 지금 헛고생하고 있었던 거야?"

"그건 아닙니다. 아무리 귀사라도 모든 걸 빼돌렸을 수는 없으니, 확인은 해 봐야죠."

"이 호위, 그럼 어쩌자는 겁니까?"

제갈선의 물음에 이한은 씩 웃었다.

"한번 쫓아 보고 싶지 않습니까? 전 귀사란 소리를 하도 많이 들어서, 어떤 인물인지 보고 싶기도 한데요."

"귀사를?"

"그거 재미있겠어요."

"혜아야!"

역시 귀사에게 천적 비슷한 의식이 있는 제갈혜가 가장 관심을 보였다.

말이 재미있는 것이지, 위험한 일이다. 제갈선과 이하선의 시선이 다시 제갈혜를 향했다.

"내가 직접 잡겠다는 것도 아니잖아요."

"험험. 제갈 소저께서 이곳 주변 지형을 파악하기 위해서 지도 같은 걸 만들어 놨을 텐데, 우선은 그걸 보고 도주로를 몇 개로 줄여 보죠."

호위대를 제갈혜에게 붙여 두고, 천기대와 의심되는 경로 몇 군데를 수색하고 있었다. 황룡담을 중심으로, 제갈선은 오른쪽으로 이한은 왼쪽으로.

이한은 기감을 최대한 열고 천천히 움직였다. 뒤따르는 천기대를 넓게 배치했다.

찌르르르—

새소리 같은 천기대의 신호! 이한보다는 뒤따르던 천기대원이 먼저 반응했다.

"뭔가 발견한 것 같습니다. 소집 신호입니다."

"가 봅시다."

이한이 있던 거의 반대쪽. 성인 한 명이 서서 겨우 빠져나올 정도의 틈이 있는 동굴이었다. 그나마 나무에 가려져 잘 보이지 않았다.

[이미 몇 명이 빠져나갔습니다. 우선 점창파와 청벽 계곡에 알려야지요?]

[예. 잠깐.]

이한은 천기대를 부르려는 제갈선을 급히 제지했다. 동굴의 틈으로 세 명이 차례대로 나오고 있었다.

"아 씨. 이제야 살 것 같네. 답답해 죽는 줄 알았다."

"조용히 해. 새끼야! 점창파 놈들 쫙 깔렸어."

"여기 발각될 정도면, 진작 다 뒈졌어. 우리는 그래도 천만다행이다. 동굴 무너지기 직전에 나오는 놈들은 완전히 똥 밟은 거지."

"그게 다 우리 향주가 미리 상납을 잘해서 그런 거잖아."

"병신! 그건 상납이 아니고 뺏긴 거지. 아무리 그래도 몇백 년 묵은 영물을 상납하냐? 에이, 조용히 캤어야 뿌리라도 하나 얻어먹는 건데."

딴소리는 잘 들어오지도 않았다.

동굴을 무너뜨린다는 소리가 너무 크게 들렸다. 급히 몸을 틀었다. 제갈선과 눈이 마주쳤다. 누가 먼저랄 것도 없이 튀어나갔다.

붙잡은 흑천을 심문해 알아낸 사실을 전하기 위해 점창파로 청벽 계곡으로, 제갈선과 천기대가 바빠졌다.

이한은 이미 산을 빠져나갔다는 귀사를 쫓았다.

대리성의 복잡함에 섞여 빠져나갈 공산이 컸다. 일직선으로 산을 쭉 타고 내렸다. 뒤따르는 천기대원의 숨이 가빠지는 걸 신경 쓸 틈이 없었다.

산을 거의 다 내려와서야, 멀리로 빠르게 나가는 가마가 보였다.

'귀사!'

역시 이 방향이 맞았다.

"귀사가 대리로 향한다고 전해 주십시오. 점창에서 사람이 나와 있을 거니, 만나기는 어렵지 않을 겁니다."

천기대원을 보낸 이한의 암월행이 우거진 숲을 뚫고, 곡예처럼 나무들 사이를 비켜 쏘아 갔다.

나무가 듬성한 잡목지대에서 속도를 올리려다 급히 몸을 뒤집었다. 회전과 동시에 도를 그었다.

채쟁—

날이 꼬여진 기형의 비수가 튕기며 풀숲에 박혔다.

하늘을 가린 시커먼 그림자가 주위를 뒤덮었다.

두 개의 륜을 교차하며 이한의 머리로 바로 떨어졌다. 상체를 뒤로 눕혔다가, 바로 뒤집은 이한의 도에서 실선들이 확 퍼졌다.

카강―

륜에 부딪친 도의 튕김을 따라 자연스럽게 물러났다.

귀사의 호위로 보였다. 콧등에서 이마까지 무광의 철판으로 얼굴을 가리고 있었다.

"무모한 놈. 그게 널 죽이는 거다."

철면은 양손에 든 륜을 가슴에서 교차하더니, 하나를 휙 날렸다. 섬뜩한 회전력을 보이며 호선(弧線)을 그렸다. 다음 하나는 깨끗이 쭉 뻗어 왔다.

카르륵―

도에 걸린 륜이 도신을 갉아 내는 듯 파고들다가 튕겨 났다. 하지만 멀리 가지 않고, 다시 파고들었다. 두 개의 륜이 시차를 보이며 연달아 이한의 주위를 돌면서 쏘아 왔다.

륜들을 쳐 내기도 바쁘던 이한은 가슴에서 이는 통증에 심각해졌다. 아직 완전히 낫지 않은 내상이 문제였다. 빨리 이 끈질긴 륜들부터 떨쳐 내야 했다.

혈들을 모조리 개방하며 도에 천단기를 더 집중했다. 폭뢰를 날리기에는 몸의 상태가 너무 좋지 않았다. 뇌벽 밖에 없었다. 륜들을 향해 도를 확 그어 올렸다.

불규칙한 뇌벽의 선들에 부딪친 륜들이 멈칫하다가 밀려났다. 그 사이로 뇌선의 실선이 쭉 밀려 나갔다.

"헛."

륜들을 조종하던 철면의 입에서 헛바람이 나왔다. 륜이 급히 회전을 하며 도를 막아 갔다.

타당—

되돌아오는 륜을 받아들며 철면이 훌쩍 뒤로 몸을 날렸다. 이한은 급히 따라가며 섬뢰를 날리려다 멈칫했다.

'훅!'

가슴의 통증이 더 심해졌다. 일단 두 발을 박는 듯 고정시키고 전면을 쏘아봤다.

철면이 신중하게 륜을 들어 올렸다.

쳥 소리와 함께 부딪친 륜들이 손에서 회전을 했다. 좀 전처럼 공격을 받아서는 견디기 힘들 것이다. 이한은 섬뢰에 모든 것을 걸고 기회를 노렸다.

대치의 시간이 조금 길어진다고 느낀 순간, 륜이 철면의 손을 떠났다. 이한은 쇄도와 동시에 륜을 쳐내며, 섬뢰를 날렸다.

타당—

륜이 튕기는 느낌 외에는 공간을 갈랐나 보다. 도의 움직임이 허전했다.

가슴의 통증에 이어 머리까지 울렸다. 그래도 멀찍이 밀려난 철면이 쉽게 공격해 오지 못해 다행이었다.

툭—

신중하게 이동하는 이한의 발에 채여 구르는 길쭉한 상자!

철면의 앞섶이 길게 베어져 있었다. 가슴을 더듬던 철면의 몸이 잠시 굳는 것 같았다.

"놈!"

철면의 륜이 다시 회전을 시작했지만, 이내 포기해야 했다. 종일장로가 점창파 제자들을 이끌고 빠르게 접근하고 있었다.

철면의 표정은 모르겠지만, 머뭇거리는 걸 보면 중요한 물건인 것 같았다. 결국은 이한을 노려보다 몸을 날렸다.

"괜찮나? 수고했네. 지금부터 우리가 맡지."

점창파 제자들과 이한을 스쳐 가던 종장로가 소리치며 손을 흔들었다.

"휴우우."

그 자리에 털썩 주저앉았다. 떨어진 상자가 눈에 들어왔다.

'뭐지?'

상자 속에 잘 놓여있는 구불구불하고 긴 뿌리! 하수오였다.

헉! 이게 아까 말하던 그 영물? 꽤 된 것은 확실했다. 몇백 년까지 묵었는지는 잘 모르겠지만.

끝을 조금 떼서 씹었다. 갑자기 허기가 졌다. 이런 영약은 그냥 복용하는 것이 아니라는 것을 알면서도 뿌리 하나를 더 떼 냈다.

십자혈

운몽(雲夢)!

뭉쳤다 흩어졌다 변화무쌍하게 움직이는 뭉게구름이 끊임없이 다가오는 환상에 빠졌다.

처음에는 뭉글뭉글 거리는 변화가 귀엽다고 생각했는데, 점점 속도가 빨라졌다. 급기야 구름의 움직임을 따르지 못하면서 눈이 빠질 것 같았다.

온몸을 관통하는 고통과 눈으로 쏘아져 들어오는 공포에 머리가 욱신거렸다.

"헉, 헉, 헉."

화진(畵陳) 속에 무공을 가둘 생각을 한 희대의 천재와 그 진가를 알아본 또 다른 천재 송여림. 하지만 결국 미치지 않았던가!

이건 정말 미친 짓인지 몰랐다.

잠시 쉬면서 양피지를 쏘아 보았다. 갈등이 극심해지자 우선은 벗어나고 싶다는 마음만 가득했다.

어금니를 꽉 깨물었다. 다시 어지럽게 변하며 쏘아오는 구름의 공포에 온몸을 들이밀었다.

결국 몸이 축축이 젖어 있다는 것도 모른 채, 침상에 누웠다.

멍하니 뜬 눈앞에, 일렁이는 구름의 형태가 끝없이 바뀌는 잔상으로 계속 남아 있었다.

그래도 처음 백섬에 빠졌을 때의 충격을 생각하면 많이 나아졌다.

이제 화진에 적응을 해 가는 것인지, 하수오의 기운으로 온몸에 넘쳐흐르는 활력의 영향인지.

귀사를 잡는 데 실패한 점창은 황룡담 동굴의 흑천을 일망타진하는 것으로 만족해야 했다. 대리국의 보물은 어디에도 찾을 수 없었다. 귀사가 발굴에 성공했는지도 불분명했다.

아쉽게도 황룡담 동굴을 직접 볼 수 있는 기회는 놓쳤다.

철면과의 대결 장소에서 하수오를 야금야금 먹어 버리는 바람에 영약의 기운을 흡수하기 위해, 며칠을 외진 곳에서 보내야 했기 때문이다.

아무도 이상하게 생각하지는 않았다. 내상이 도진 것으로 알았으니.

정의단과 제갈세가가 철수하면서, 호위대는 맹으로 돌아올 수 있었다.

“저를요?”

“이왕이면 양사진 조장의 일급호위 삼조와 함께 보내 달라고 하네.”

대군사 사마소의 퇴진의사에 따라 다음 대군사로 제갈세가 가주 제갈명이 선출되었다. 호위총단의 호위대가 파견되어 맹으로 호위를 해올 예정이었다.

“맹에서 융중까지는 멀지 않으니, 기분전환의 기회라고 생각하고 다녀오게.”

저녁 무렵에 호위대 제복으로 말쑥하게 차려입은 이한과 일급호위 삼조가 융중에 들어섰다.

이한은 임무의 특성상 특별히 제복을 갖춰 입었다.

가슴에 무림맹 휘장(徽章)이 새겨진 백색 무복과 청룡 무사를 상징하는 청색 수실이 달린 도를 들었다.

연륜에 따라 점점 더해가는 무게감이 완숙한 무사의 모

습으로 나타났다.

제갈세가는 며칠째 북적이고 있었다. 인근의 군소방파와 지역 유지들이 환송 인사를 핑계로 줄을 대느라 정신이 없을 지경이었다.

제갈명이 있는 가주전은 그나마 조용했다.

"무림맹에서 호위대가 도착했습니다. 내일 아침 진시에 출발한다고 말해 뒀습니다."

제갈명은 제갈선의 보고에도 서책에서 눈을 떼지 않았다.

사락—

제갈선에게는 책장 넘기는 소리가 크게 들렸다. 식음을 전폐하고 있는 제갈혜 때문에 전전긍긍한 지 벌써 여러 날이었다.

"혜아는 지금도 고집을 부리고 있느냐?"

"예, 아직."

어느새 오십 줄에 넘어섰지만, 수려한 풍채를 자랑하는 제갈명이었다.

연한 푸른빛이 도는 창의와 검은 두건을 하고 있어 무인보다는 학자가 어울려 보였다. 깐깐한 성미와 가끔씩 보이는 얼음 같은 성정은 제갈세가 사람이면 어느 정도 알고 있었다.

"준비 시켜라."

"예?"

"무림맹에 따라가도 좋다고 전하라고."

잠시 당황했던 제갈선이 가주전을 나와 내당으로 달려가는 사이에, 소가주 제갈청과 그의 숙부인 제갈기중이 들어왔다.

"형님! 맹에서 호위대만 달랑 보냈다면서요? 최소한 군사부의 군사들 중 한 명은 와야 하는 것 아닙니까?"

"그렇습니다. 아버님! 이건 우리 세가를 무시하는 처사입니다."

"그만들 해라."

제갈명의 나지막한 목소리가 가주전을 맴돌다 사라졌다.

"그동안 세가의 공식적인 활동이 너무 적었어. 맹 내 사정도 어둡고. 이제 차근차근 살펴볼 기회를 얻지 않았느냐? 우리가 그동안 절치부심한 힘을 조금씩 알아보게 될 거다."

"조부님의 불의의 실종만 없었다면, 우리가 이렇게 웅크리고 있지는 않았을 겁니다. 이제는 실전되었던 무공도 거의 복구했고, 천선대(天宣隊)의 수련도 마무리 단계입니다. 가주 형님께서 대군사의 위에 오르게 됐으니, 이제는 해볼 만합니다."

"딴 문파들도 놀고만 있지는 않았다. 자만은 금물이야. 내가 맹으로 떠나더라도 청이는 식솔들 관리에 만전을 기하고, 자네는 천선대가 하루빨리 출관할 수 있도록 지원하는 데 힘쓰게."

"최선을 다하겠습니다."

두 사람의 결의에 찬 대답이 마음에 들었는지, 제갈명의 굳은 눈빛이 조금 풀렸다.

"호위대에 일전에 혜아를 구해 준 무사들이 왔다고 하던데. 공은 공, 과는 과. 잘 대접하고 성의를 표하도록 해라."

세가의 정문에 도열한 천기대의 통로를 따라 천천히 이동하던 제갈명은 수많은 인파의 배웅을 받으며 무림맹으로 출발했다.

일행은 의외로 단출했다. 가주의 딸인 제갈혜와 유모, 호위무사 삼십여 명이 전부였다. 세 대의 마차가 서서히 움직이자 호위대가 전면에서 길을 인도했다.

좀 이르게 미리 예약해 둔 신야의 장천객잔에 도착했다. 무림맹까지 이제 하루 거리밖에 되지 않는 곳이라 조금 느긋했다.

제갈가의 무사들이 근접 경호를 위해 안으로 모두 들어가자, 이한과 호위 삼조는 객잔 주위를 둘러쌌다.

"그럭저럭 손발은 맞는데, 예전 애들만 하려면 일이 년은 더 굴러야 되겠어."

조원들의 위치를 잡아주고 오더니 뭐가 마음에 안 드는지, 양사진은 나직이 중얼거렸다.

"아무래도 그렇겠지요."

못해서 저런 건 아니다. 이급 호위대에서 양사진이 직접 고르고 골라 채운 조원들이었다. 그들이 잘하든 못하든, 이전 조원의 빈자리가 허전한 거다.

떠나 보내고 다시 채우고. 수없이 반복했어도, 그때마다 저랬을 것이다.

"여기를 통째로 빌려서 다행이긴 해. 덕분에 우리가 좀 편하기도 하고."

"예. 객방은 확인하셨죠?"

"음."

객잔 입구 한쪽에 쪼그리고 앉아 만두를 베어 무는 양사진을 따라, 이한도 만두를 꺼냈다.

"여기 주방장의 닭 요리가 그렇게 맛있다고 하던데. 요즘처럼 날이 차가울 때는 따끈한 국물에, 양념된 닭 다리를 한 입 콱 베어 물면… 에이!"

양사진은 갑자기 만두를 휙 던져 버리고 입맛을 다셨다.

이한이 픽 웃었다.

"누가 그래요. 이 집 주방장 닭 요리 잘한다고?"

"누구긴, 이 객잔 예약한 제갈세가 무사가…!"

이한의 만두가 땅에 떨어지면서, 객잔 안으로 몸을 날리자 양사진도 주방으로 뛰었다.

"비켜!"

계단을 막고 있던 제갈세가 무사를 거칠게 밀치고, 이층으로 뛰어올랐다.

막 이 층을 딛고 선 이한이 우뚝 멈췄다.

벽으로 밀어 붙여진 탁자들로 생긴, 큼직한 공간의 중앙에 원형 탁자가 놓여 있었다.

제갈 가주 부녀와 이하선이 놀란 눈으로 이한을 보고 있었다. 두 명의 호위무사는 검병에 손까지 얹어 놓았다.

더 놀란 이들은 탁자 앞 공간에서 비파를 켜고 있던 장님 모녀와 여러 음식들을 소개하고 있던 객점 주인이었다. 그리고 요리를 놓아 주던 점소이.

순간 정지된 장면처럼 보이던 이 층은 객점 주인이 단검을 쥐고 제갈명을 향해 몸을 날리면서 다시 흐르기 시작했다.

두 명의 호위무사가 튀어 나가자, 가장 가까이 있던 점소이의 흑수가 제갈명의 가슴을 찍어갔다.

제갈명의 미리산수(迷離散手)가 흑수를 흘리고, 점소이의 목을 잡았다. 으득 소리가 났다. 하지만 점소이는 쉽게 떨어지지 않았다. 깍지 낀 양손이 제갈명의 팔을 잡고 있었다.

그사이 장님 여인의 손에서 비표가 던져지며, 동시에 허리에 감았던 요대가 날았다.

'늦었다!'

열린 제갈명의 가슴을 보면서 무의식적으로 섬뢰(閃雷)를 날렸다. 이한 자신도 어떻게 했는지 모를 정도로, 눈앞이 번뜩하는 한순간이 지났다.

"꺼억!"

장님 여인이 뚫어진 목을 부여잡고 필사적으로 이한을 돌아보려다 쓰러졌다.

"…아아악!"

절규 같은 비명이 어린 소녀의 입에서 터져 나왔다.

"엄마아!"

소녀는 꿈틀거리며 기어가 쓰러진 장님 여인의 몸을 붙잡고 오열을 했다. 객점 주인을 제압한 호위무사들이 엉거주춤 일어나고, 제갈명이 거칠게 점소이를 밀쳐 냈다.

잠시 멍해 있던 이한은 천천히 소녀 쪽으로 다가갔다.

뒤로 우당탕거리는 소리와 함께 일 층에서 식사를 하던 제갈세가의 무사들이 분분히 올라오고 있었다.

소녀는 필사적으로 장님 여인의 품으로 파고들면서, 울다가 주위를 더듬거렸다.

"우리 엄마 좀 살려주세요. 도와주세요. 제발!"

애가 끊는 흐느낌 소리와 애절한 소녀의 목소리에 다들 어쩔 줄 모르고 있었다.

"아저씨! 살려 주세요. 제발 도와주세요."

소녀는 발소리를 들었는지 팔을 휘저으며 이한의 다리

를 잡으려고 기를 썼다. 이한의 도가 들렸다 싶더니, 소녀의 목에 혈선이 생겼다.

"아악!"

비명을 지른 제갈혜는 다시 터져 나오는 소리를 두 손으로 억지로 막고, 눈물을 글썽거렸다.

싸늘한 정적이 객잔의 이 층을 지배했다.

타다닥—

상당히 어색한 분위기에 양사진이 두리번거리며 다가왔다.

"한 놈은 놓쳤어. 지랄 맞게 눈치가 빠른 놈이었네."

"어쩔 수 없지요. 황호 선배가 주위에 있으니, 멀리는 못 갈 겁니다."

비현실적인 두 사람의 대화가 끝나자, 몽롱한 꿈에서 깬 제갈세가 무사들이 분주하게 움직이기 시작했다. 객잔을 정리하고 주변을 수색하느라 어수선한 분위기였다.

객잔 밖에 덥수룩한 수염의 이웃집 아저씨처럼 생긴 특급 호위 황호가 기다리고 있었다.

"생포하려고 했는데, 어찌나 반항하던지 실패했어. 십자혈 맞지?"

"예. 마동녀였습니다."

십자혈(十字血)은 열 명의 수뇌가 이끄는 살수 단체였다.

조건만 맞으면 상대를 가리지 않았다. 단독보다는 몇 명이 모여서, 완벽한 함정으로 상대를 몰아 살해하는 방법을 주로 썼다.

이한이 죽인 소녀, 마동녀(魔童女)는 선천적으로 성장이 멈춘 기형 여인이었다. 독랄한 심계와 간교한 머리로 십자혈 작전의 대부분을 설계하는 걸로 알려졌다.

"후우. 다행이네. 참, 어떻게 알았나?"

"이 객잔 주 요리는 돼지고기입니다. 그것도 통째로 구워서 양념을 발라 내놓는 요리죠. 후원 화덕 대부분이 그런 형태로 만들어져 있었습니다. 닭 요리를 전문으로 하기에는 주방구조도 아니고, 제갈가주가 닭 요리를 좋아한다는 소문에 즉흥적으로 선택한 모양입니다."

황호는 고개를 몇 번 끄덕이고, 주위를 둘러보았다.

"여기 정리는 놔두고 제갈가주를 모시고 맹으로 빨리 출발하게. 뒤는 내가 어떻게 해 볼 테니까. 맹 근처에서 과감하게 살수 행각을 벌린 것을 보면 심상치 않아."

십자혈 살수들이 뒤뜰에 한꺼번에 묻었던 진짜 객잔 식구들의 사체 처리를 두고, 설왕설래하던 양사진은 이한의 손에 끌려 조원들을 집합시켰다.

출발 준비를 서두르던 이한에게 제갈혜가 다가왔다. 아직 충격의 여파가 남았는지 수척한 모습이었다.

"미안해요."

의아해하는 이한을 보며 제갈혜가 흰 이를 살짝 보이며

웃었다.

"아까 그 소녀, 아니, 마동녀 말이에요."

"괜찮습니다. 누구나 오해할 수 있는 상황이었습니다."

"품에서 단혼사(斷魂沙)가 나왔대요. 그 죽음의 독 모래가 뿌려졌으면… 휴우! 좀 전에는 정말 이 호위님이 미워 죽는 줄 알았어요. 완전 미친 살인마… 앗! 죄송해요."

미안해서 어쩔 줄 모르는 제갈혜를 보면서, 이한은 빙긋 웃었다.

"타시죠. 이제 출발합니다."

대군사로 내정된 인물에 대한 피습이라, 역시 맹이 시끌시끌했다. 호위총단 자체보고에 이어 군사부 군사회의에도 상황보고를 해야 했다.

"좀 까탈들 하지?"

"그래. 이거 은근히 성질 나빠지겠다. 완전히 심문받는 기분이야."

"하하하. 원래 그래. 보지 않고 앉아서 상황 파악을 하려니, 현장감이 없을 수밖에. 군사님들도 알면서 어쩔 수 없대."

군사부를 나올 때까지 연호백이 천천히 따라와 주었다.

"정식 군사 된 거 축하한다."

"뭘. 새삼스럽게. 이렇게라도 아등바등 올라가 지긴 하네. 근데 이제 우리 둘밖에 안 남았다. 계범이야 그렇다 치고, 웅도도 난설이도 다 돌아갔으니."

"응? 난설이는 왜?"

"구운혁 알지? 운남에서 왔다던 녀석. 운남 지휘사 아들이래. 난설이에게 완전히 꽂혀서 북경지부로 자원해 가서는, 난설이 본가를 수시로 드나들었대. 그러니 본가에서 돌아오라고 난리가 난 거지."

구운혁! 북경지부에 갔을 때 찾아볼 걸 그랬다는 생각이 들었다.

아무튼 이한 자신이 변하듯, 수련 무사 동기들도 저마다 변화의 길에 들어서고 있었다.

"십자혈의 꼬리를 잡았다는 연락 이후에 소식이 끊겼네."

호위대를 뒤따라 왔어야 할 황호가 하루가 지나도 복귀하지 않았다. 맹의 이곳저곳에 보고를 하느라 바쁜 하루 끝에 들은 소식이었다.

"특조의 여호위에게 본단 무사들을 붙여 보내긴 했는데, 아직…."

여호위! 특급 호위 여수명.

이한을 제외하면 특급 호위들 중 가장 어린 여수명이었다. 깔끔하고 정확한 일 처리로 웃전의 신임을 받고 있었다. 하지만 가까이의 동료들에게는 거의 좋은 평을 듣지 못했다.

특히 황호.

책임질 일은 이리저리 빠져나가고, 생색나는 일만 찾는다며 대놓고 말하는 바람에 여수명과 한바탕 할 뻔도 했다.

이런 일에 사사로운 감정을 개입하지는 않겠지만, 왠지 믿음이 가지는 않았다. 더구나 특조의 호위들 중에 가장 살갑게 챙겨 주던 황호였다.

"저도 나가 보겠습니다."

태항산 심처의 도교사원으로 위장한 십자혈의 본거지는 아수라장이 되어 있었다.

태사의에 비스듬히 앉아 있는 소천도마(小天屠魔) 고흥.

여섯 대의 조그마한 화살을 장전할 수 있는 매화수전(梅花袖箭)을 들고 한 발을 날렸다. 보지도 않고.

"억!"

전면 벽에 세워져 있던 십자혈주 진사악의 입에서 자신

도 모르게 억눌린 소리가 비집고 나왔다.

철컥—

"벌써 다 떨어졌나?"

고흥은 빈 매화수전에 다시 화살을 장전하며 움찔하는 진사악을 쳐다봤다.

날아간 여섯 대의 화살 중에 진사악의 몸에 꽂힌 게 세 발. 고통으로 일그러진 표정에도, 소리를 내지 않기 위해 필사적으로 이를 악물고 있었다.

'끄윽.'

고흥이 다시 쏜 작은 화살은 허벅지 안쪽을 뚫었다. 속으로 비명을 삼키기 위해 눈을 부릅뜨고 몸을 떨어 댔다.

잠시 기다려도 진사악의 입에서 비명이 나오지 않자 고흥은 매화수전을 내려놓았다.

"그래서, 그 쥐새끼가 무림맹을 나왔단 말이지?"

"그, 그렇습니다."

십자혈 수뇌 중 한 명인 천잔의 비어 있는 소맷자락도 잘게 떨리고 있었다. 그 옆에 무릎을 꿇고 있는 진살과 충소도 핏기 없는 얼굴로 고개를 숙이고 있었다.

소천도마인지 모르고 저항을 했다가 무자비한 대가를 치렀다.

몇몇 수뇌를 포함해 반에 가까운 살수들이 죽었다. 고흥에게 매화수전을 날렸던 혈주 진사악은 인간 표적이 되는 수모를 당하고 있었다.

쉬익—

또 한 대의 화살이 진사악을 향해 날았다.

"이쪽으로 유인할 수 있나?"

"물론입니다."

세 사람의 입에서 지체 없는 대답이 동시에 튀어나왔다.

"가 봐."

십자혈 세 수뇌는 지옥을 탈출하듯 번개같이 움직였다.

"조금 빠릿빠릿해진 것 같기도 하고."

고흥은 말을 하면서 무의식적으로 매화수전을 날렸다.

퍽—

화살 꽂히는 소리가 조금 다르게 나자, 진사악에게 시선을 돌렸다.

"젠장, 실수네"

고흥은 입맛을 쩝쩝 다시며 매화수전을 던져 버렸다. 십자혈주 진사악의 이마에 꽂힌 작은 화살이 아직 부르르 떨리고 있었다.

갑자기 밖이 어수선해지자 고흥은 태사의에 더욱 몸을 묻었다.

"소천마도 고흥! 지금쯤 한중의 장살마방을 치고 있어야 하는 것 아닙니까? 이제는 천주님의 공식적인 명령까지 어기겠다는 거요?"

흰 면사로 눈 밑을 가린 흑천 오령사자 구선엽이 십자혈의 전각으로 들어오며, 노기 가득한 눈빛으로 고흥을 노려보았다.

"완전 개 코네. 여긴 또 어떻게 알고…."

냉기가 날리는 싸늘함이 주위를 얼어붙게 해도, 고흥의 태도는 여전했다.

광천도마 양방의 제자로, 소천도마라는 별호도 스스로 만들었다. 사부 양방이 그렇듯 고흥도 흑천 명령체계에 고분고분하지는 않았다.

"당분간 무림맹과 충돌을 자제하라는 천주님의 말씀도 있었습니다."

"아아! 이 등신 같은 놈들의 살행을 막은 게 이한이라는 애송이라고 소문이 자자하드만. 사부영감에게 상처를 남긴, 쥐새끼 소식에 그냥 지날 수가 있어야지. 잠시 손 좀 봐주고 갈 거니까, 너무 딱딱거리지 말라고. 위대하고 어마어마하신 천주님의 말씀을 지키려다 보니, 십자혈 놈들을 내세우고 이러는 것 아닌가?"

"그 무슨 불경스런… 휴우."

나름 노력을 하고 있다는 항변에 오령사자는 어이가 없어 하면서도, 소천도마란 인물의 평소 행실을 생각하면 많이 자제하고 있다는 생각도 들었다.

사실 자신이 천주의 제자로 들어가기 전에는 한 공간에

서 같이 수련을 하며 많이 배웠던 사이기도 했다.

말투가 조금 누그러졌다.

"지금은 중요한 시기입니다. 하루 시간을 줄 테니, 빨리 처리하고 한중으로 가십시오."

"뭐, 하루면 충분하지."

고흥이 전각을 나서자, 십여 명의 도마대가 주위로 아무렇게나 퍼져 있다가 어슬렁거리며 따라나섰다.

신야를 훑고 지나간 여수명의 흔적을 따라 북으로 방향을 잡았다.

별로 무리를 하지 않는 황호의 평소 성격으로 봐서 사건 발생지점에서 이처럼 멀리까지 이동했다는 것은 상당히 이례적이었다.

이틀의 추적 끝에 여수명을 따라잡았다.

"뭣 좀 나왔습니까?"

여수명은 말없이 낮은 바위틈에 난 흔적을 손으로 가리켰다. 방금 낸 흔적인지 선명했다. 거의 다 따라왔다는 말이었다.

"얼마 안 남았네요."

"자네, 먼저 가게. 나는 이곳에서 본대 무사들을 만나서 움직이겠네. 비상시에 신호를 보내면 지원을 하지."

후우. 또 빠진다!

잠시 멈칫하며 여수명을 보던 이한은 일단 암화가 가리킨 방향으로 몸을 날렸다. 곧 여수명을 잊고 기감에 집중하기 시작했다.

예상대로 그리 멀지는 않았다.

황호가 십자혈 살수들에게 둘러싸여 공격을 받고 있었지만, 많이 위험해 보이지는 않았다.

채쟁—

두 명의 살수가 동시에 날린 검을 깨끗하게 쳐내고, 순간적으로 검을 찔러 넣었다. 살수 하나가 가슴을 움츠리며 급히 뒤로 밀리다 쓰러졌다.

조양일원검(朝陽一元劍)!

빠르고 경쾌한 검세가 연환으로 연결되는 황호의 독문검법이었다.

배후로 막 치고 들어오던 살수가 이한의 도기에 튕겨 나가며, 황호를 둘러싼 포위망이 갈라졌다.

"왔나?"

"좀 늦었습니다."

이한이 끼자 관망하던 진살의 협봉검과 충소의 충마수(蟲魔手)가 동시에 날아왔다. 협봉검을 가볍게 튕겨낸 여력에 더하여, 도가 빠르게 충마수의 손 그림자 사이를 파고들었다.

"억."

순간적인 속도의 변화에 당황해 물러서던 충소가 답답한 신음과 함께 무너졌다. 가슴이 길게 갈라져 있었다.

"물러나라."

진살의 다급한 목소리와 함께 살아남은 살수들이 뒷걸음질 치다가 급히 달아나기 시작했다.

"살수가 기습도 아니고 대놓고 공격을. 이것들이 갑자기 미친것도 아니고."

황호의 말을 들었는지 마는지, 이한의 이목은 살수들이 달아나는 방향으로 집중되어 있었다.

퍽! 퍼벅—

십자혈 살수들의 몸이 다시 빠르게 튕겨 오며, 바닥에 흩어져 굴렀다.

"뭐야?"

황호가 이한의 곁으로 다가오며 검을 다시 다잡았다.

"비상 신호 보내십시오. 여 선배와 지원대가 뒤에 있습니다."

말을 마치자마자 이한의 도가 뇌선을 그리며 전방을 덮쳤다.

쩌저정거리는 소리와 함께 나뭇가지와 흙먼지들이 사방으로 튀었다. 반월의 도기가 먼지를 뚫고 순간적으로 커지며 이한을 갈라왔다.

카강—

주르륵 밀려나는 몸을 제어하고 전방을 쏘아보았다.

결코 잊을 수 없는 광천도마 양방의 광마도법(狂魔刀法)! 광마공과 합쳐져 흉폭함의 극치를 보여 주던 바로 그 도였다.

"쥐새끼라더니, 제법 한 수 하는군."

고흥은 도마대 사이를 천천히 걸어오며 의외라는 눈빛으로 이한을 노려봤다.

"누구냐?"

"이런, 이런. 나 소천도마 고흥을 모르는 놈이라니! 그것만으로도 죽어 마땅하네."

"훗. 웃기는 놈이군."

"이걸 보고도 웃음이 나오는지 보자."

고흥의 팔이 꿈틀거리며 틀어졌다. 뒤틀림이 몸으로 조금씩 전이 되더니, 두 눈을 희번덕거렸다.

광마공(狂魔功)!

곧이어 주위로 압축된 대기가 터지며, 흉흉한 도기와 더불어 쏟아져 왔다. 도마대가 광풍의 기세에 분분히 물러설 정도였다. 살점을 떼어 낼 것 같은 살기는 덤이었다.

도를 길게 늘어뜨리고 혈들을 팽팽하게 부풀렸다. 정면으로 부딪친다. 비록 양방 본인은 아니지만, 광마공과 광마도법에 또다시 밀릴 수는 없었다.

전신의 혈들이 터져나갈 듯 하자, 도에 전이되는 기를 순간적으로 증폭시켰다.

꽈꽝—

주위를 진동시키는 굉음과 함께 폭뢰(爆雷)가 광마공과 충돌했다.

낙뢰가 내리꽂히는 것 같은 폭뢰와 주위를 모조리 쓸어 날리는 광마공의 여진은 한참 동안 계속되었다.

'흐흡.'

여러 번 회전하며 충돌의 여파를 감소시키다가, 교차했던 두 발을 딛고 섰다. 우선 심호흡으로 혈들을 진정시켰다.

확실히 이전과 달랐다. 그 하수오 영물이 맞나 보다. 한 번도 벅찼던 폭뢰였다. 지금은 다시 천단기가 도로 몰려들었다.

"죽여 버린다. 으흐헉."

고흥은 충격이 있었는지, 광기가 주춤하다가 다시 몰아쳐 왔다. 주위의 바위고 나무고 종류를 가리지 않고 마구 터지며 날아왔다.

카가강—

이한의 도에서 뇌선이 늘어나더니 급기야 막을 형성했다. 뇌벽의 선들은 반월의 도기를 완벽하게 튕겨 내고 있었다.

"아아악, 죽어라. 죽어."

고흥의 안색이 처참할 정도로 일그러졌다.

광마공 때문만은 아니었다. 쉽게 생각한 애송이에게 낭패를 당하고 있는 것이다.

온통 난장판으로 변한 공터로 여수명이 지원대 무사들을 이끌고 나타나는 게 보이자, 마음도 더 조급해졌다.

"모조리 찢어 버려!"

도마대가 장내로 날아들면서 급격히 전장으로 변했다.

십여 명의 도마대는 수적 열세에도 광폭한 움직임은 오히려 지원대를 압도하고 있었다. 황호와 여수명이 종횡으로 움직여서야 전력의 균형을 맞출 수 있었다.

서로를 쏘아보며 대치하고 있던 고흥과 이한은 서서히 힘을 결집시키고 있었다. 서로 느끼고 있었다. 이다음은 없다는 것을.

고흥의 반월 도기가 줄줄이 이어지며 휩쓸어왔다.

기를 모조리 쏟아냈는지 흉험함이 순식간에 이한을 짓눌렀다. 터질 듯 답답한 공간으로 뇌를 내리꽂고, 밀려나며 섬뢰를 다시 날렸다.

이제 이런 연환도 가능했다.

콰쾅—

순간 확 떠밀려 났다.

일시적인 어지러움에 휘청하다 자세를 잡았다. 가슴의 충격으로 보아 내상은 아니었다.

장내의 싸움이 서서히 멎고 있었다.

고흥은 한 손으로 얼굴을 감싸고 이장이 넘게 밀려나 비틀거렸다. 손아래로 피가 흘러내렸다. 섬뢰의 도기가 얼굴을 스친 것이다.

"으흐으."

고흥은 분에 못 이겨 발작을 일으키며 곧바로 달려들 기세였다. 하지만 도마대에 막혀 발만 굴렀다. 도마대에게 끌려가면서도 이한에게서 시선을 떼지 못했다

"으드득, 두고 보자. 복수는 꼭 해 주마."

한서왕부

방성의 변두리에서도 가장 구석진 북선로에는 허름한 건물이 많다.

이한이 들어간 곳은 간판이 없는 이름 없는 주루였다.

독한 화주와 안주로 소채를 시켜놓고 천천히 자작을 했다.

"어흐! 무슨 놈의 날씨가 갈수록 추워지나 그래."

강인철이 몸을 부르르 떨면서 이한의 맞은편에 앉았다.

화주를 끌어다가 병째 몇 모금 마시고는 탕 소리가 나도록 탁자에 놓았다. 소리가 꽤 크게 들렸는지 주방 쪽문으로 주인 노파가 고개를 내밀었다.

"할머니, 여기 계파면 두 개하고, 화주 한 병 더요."

강인철은 익숙하게 주문을 하고, 그제야 이한을 바라봤다.

"요새 뭐 좋은 것 먹나? 얼굴이 확 폈는데."

"무슨. 소령이 혼례식은 무사히 끝났습니까?"

강인철은 갑자기 처량한 표정을 지으며 화주를 잔에 따라 연거푸 홀짝 마셨다.

"그래, 잘 끝났지."

"많이 섭섭했던 모양이군요?"

"섭섭하기는. 그 녀석 말이야. 혼례 전날까지 울고불고 하던 녀석이 막상 혼례를 치르고 나니까, 하회주 옆에 바싹 달라붙어서는 해롱해롱 대는데, 얼마나 얄밉던지 뒤통수를 한 대 때리고 싶더라니까."

"소령이가 불행해 하는 것보다야 백번 보기 좋구만요."

"뭐, 그건 그렇지."

노파가 음식을 내오면서 잠시 끊어졌던 대화는 좀 더 은밀해졌다.

"구학사에 대해 아직 보고 안 했지?"

이한은 대답 대신 면을 입에 넣고 우물거렸다. 면에 섞인 닭 가슴살이 식감을 자극해서 먹을 만했다.

"쯧, 그럴 줄 알았어. 도대체 무슨 꿍꿍이야?"

"꿍꿍이는 무슨. 그쪽에 더 이상 분란이 일어나는 게 싫어서 그냥 덮은 거지요. 황도로 복귀는 안 하는 겁니까?"

이한의 뜬금없는 질문에 강인철의 기분이 갑자기 좋아졌다.

"내가 일을 너무 잘하나 봐. 고급정보 몇 개 보냈더니 이쪽으로 적성이 맞는다고 계속 수고하라네. 너무 유능한 것도 피곤해.”

“하핫. 하긴 물불 안 가리고 열심히 뛰긴 했죠.”

“새로운 대군사도 취임했겠다, 무림맹에 변화가 좀 있을 것 같은데?”

“맹에 거의 붙어 있지 않는 순찰단주가 들어온 걸 보면, 정보조직을 중심으로 변화가 상당할 겁니다. 요즘 순찰단 소속의 기찰무사들이 자주 눈에 띄니까, 강당두도 조심하십시오.”

“내가 뭘?”

“이곳저곳을 너무 들쑤시지 말란 말입니다. 순찰단 눈에 띄어서 좋을 건 하나도 없으니까.”

강인철도 수긍이 가는지, 그냥 화주를 한 모금 마셨다.

“장강은요?”

“구학사는 아주 잠잠해. 결과적으로 보면 남궁세가를 장강연맹의 한 축으로 인정한 것은 신의 한 수가 됐다네. 남궁진이 장강 일대 지방군의 협조를 잘 이끌어 내고 있으니까. 이것도 구학사가 미리 계획한 일이라면 무서운 인물이지.”

“복구는 거의 마무리 됐죠?”

“거의. 군까지 등에 업었는데 일사천리지 뭐. 선주들도 대부분 새로운 계약에 수결했어. 연맹 내의 이익분배 문제가 남았는데 그것도 크게 잡음이 날 것 같지도 않고.”

이한은 예상했던 진행에 고개를 끄덕였다.

"장강연맹은 구학사만 조용하면 탈 없이 굴러간다는 말이군요. 왕부들은 여전한가요?"

"암중의 창이 아닌, 이미 드러난 세력은 별로 안 무섭지. 신경이 쓰이는 건 사실이지만. 오히려 왕부보다는 황궁이 문제야. 황제파, 태후파, 황후파. 하여간 복잡해."

"눈치 싸움하느라 바쁘겠군요."

"그렇지 뭐. 지금은 어느 한쪽으로 섣불리 움직였다가는 패가망신하기 딱 좋지. 이럴 때일수록 아무 일도 안 하는 게, 오히려 만수무강에 도움이 된다니까."

"그래서 왕부 문제가 잠잠… 아! 한서왕부."

이한은 순간 경직되면서 인상을 찌푸렸다. 따라 놓은 화주를 급히 목으로 넘겼다.

"왜 그러나?"

"아무리 남궁세가라지만, 장강 일대 지방 군부가 너무 적극적인 것 같지 않습니까?"

이한의 낮은 목소리에 순간적으로 강인철의 몸이 탁자로 바싹 당겨졌다.

"구자운이 노린 게 장강연맹이 아니라, 한서왕부의 역천이라면 모든 의문이 풀립니다. 강서에서 황도로 올라오려면 첫 장해물이 장강입니다. 그다음이 안휘…."

"그다음 황하만 건너면 바로 황궁이지."

강인철은 자신의 머리를 쥐어박았다.

"맞아! 한서왕부 정도의 뒷배가 있어야 장강연맹도 가능했어. 허어! 남궁세가를 왜 끌어들였는지 이제 알겠군."

허둥지둥 주루 문을 박차고 나가는 강인철의 뒷모습을 보면서 이한의 안색도 편치 않았다.

잠시 고민하다가 자리에서 일어났다.

이건 보고를 해야 한다!

[이건 황실이 연관된 문제네. 더군다나 군부까지. 한서왕부를 잘못 건드렸다가는 뒷감당도 못 하게 돼. 게다가 남궁세가와 장강연맹이 어느 선까지 발을 들였는지도 미지수고. 자네는 일단 돌아가서 대기하게. 멀리 가지는 말고.]

정창명의 집무실을 나와 숙소로 돌아온 이한은 단순하게 생각하기로 했다. 어차피 주도하지 못할 판은 시류에 편승하는 것도 방책이다.

이제 무림맹의 모든 정보조직이 한서왕부의 움직임을 주목할 거고, 남궁세가와 대정방으로 맹의 고위급이 파견될 것이다.

변화는 그 이후다.

어쩌면 장강이나 황도로 다시 가야 할 것 같다는 예감이 들었다.

역시 다음날 바로 호출이 왔다.

"황도에서 다방면으로 접촉해 보게. 특히나 군부의 동향이 제일 중요해. 그쪽 분위기가 어떤지 알아야 우리도 대책을 세우지."

"정세만 살피고 복귀하면 되는 겁니까?"

"아니네. 자네는 별도의 명령이 있을 때까지 이번 일을 추적해 보게. 백암대 한조를 외곽에 대기시킬 테니, 필요하면 지원 요청 하고. 이번 일은 일급기밀로 분류될 걸세. 보안에 각별히 주의하게."

황도 외성 서문인 광녕문을 나와 작은 야산을 끼고 숲으로 들어갔다.

삐리리릭—

날카로운 새소리를 길게 냈다. 멀리서 들리던 비슷한 소리가 점점 가까워졌다.

"오랜만입니다. 장호 형님."

백암대의 장호가 조장으로 승진했다는 소식은 들었다.

"신수가 훤하십니다. 이 호위님."

"고생이 많으시네요."

"뭘 늘 하는 일인데. 어떤 때는 침상보다 노숙이 편해."

이한은 자연스레 주위를 둘러보았다.

"은신과 침투에 능한 대원들로 뽑아 왔네. 밥값은 하는 친구들이야."

"그렇군요."

고개를 끄덕이던 이한은 품에서 잘 묶어 놓은 서류를 꺼냈다.

"오군도독부를 비롯한 황도 주변의 군부 동향을 우선 파악해 봐야겠습니다. 특히 금의위를 중심으로요. 이건 지부가 수집해 놓은 기본 정보들입니다."

서류를 받아 든 장호는 대충 눈으로 훑어보았다.

"금의위는 좀 어렵지 않을까?"

"무리는 하지 마십시오. 정보를 못 얻는 한이 있더라도 흔적은 남기지 말아야 합니다."

"그러지. 일 끝나면 술이나 한잔하자고."

숲을 나서는 장호의 주변으로 가벼운 미풍들이 일렁이고 있었다.

[꼬리는 제가 떼겠습니다.]

장호는 뒤돌아보지 않고, 왼손을 머리 위로 올려 흔들어 보였다.

생각에 잠긴 듯이 보였던 이한의 도에서 번뜩이는 뇌기가 공간을 갈랐다.

동시에 전방으로 튕기듯 날아갔다. 먼 거리이긴 했어도,

섬뢰의 목표가 생각보다는 쉽게 도망쳤다.

한 방울의 피!

목표물이 남긴 유일한 흔적이었다. 기감에 집중하며 서서히 공간의 폭을 넓혀 갔다.

순간적으로 다시 도를 날렸다.

사악하며 베어지는 소리와 동시에 날카로운 예기가 쏘아져 왔다.

따다당—

사슬로 조종되는 쇄겸도(鎖鎌刀)가 이한의 도에 튕겨 나가며 거친 소음을 냈다.

이 와중에 반격을! 너무 과소평가했나?

이한이 잠시 주춤하는 사이에 쇄겸도가 회오리처럼 돌며 다가왔다. 가느다란 사슬의 움직임에 따라 자유자재로 변화를 해대서 막기에 까다로웠다.

따당—

현란하게 눈을 현혹하는 쇄겸도의 위협에도 이한은 별로 움직이지 않았다.

타격을 줄 만한 도기만 간단히 쳐냈다. 운몽(雲夢)이란 이름의 구름 지옥은 고통의 대가를 확실히 주고 있었다. 쇄겸도의 움직임은 이한의 눈을 벗어나지 못했다.

쇄겸도의 움직임이 돌연 광폭해졌다. 날카로운 살기의 전면에 있으면서도 이한은 도리어 씩 웃었다.

부상이 심해진 거다. 물러나기 위한 허장성세!

예상이 맞았다. 맹렬한 기세로 쏘아 오던 쇄겸도가 갑자기 푹 꺼져 버렸다. 이한은 마치 산책이라도 나온 사람같이 느긋한 자세로 숲을 헤치며 걸었다.

도망치고 있는 살수, 적살은 미칠 지경이었다.

수 없이 위치를 바꾸고 흔적을 조작해도 소용없었다. 빠르지도 느리지도 않게 일정한 간격으로 꾸준히 따라오고 있었다.

'헛.'

상처가 다시 터졌다. 급히 싸맨 천을 풀려다가 그만두었다.

어차피 흔적을 없앨 이유도 없었다. 바닥에 난 핏자국을 보면서 여기서 옥쇄를 할까 망설이다가 다시 몸을 날렸다.

살수가 위치를 파악 당했다는 것은 이미 오 할 이상의 승률이 날아갔다는 것이다.

공격을 당했을 때 그 자리에서 죽도록 싸우든가 바로 도망치든가를 결정했어야 했다. 약간의 미련이 지금 이 꼴로 나타난 것이다.

사냥당하며 조롱받는 처지가 억울해서라도 복수를 하고 싶었다. 동창의 최고 살수로 공포의 대명사인 삼살(三殺)이라면 충분할 것이다.

"저쪽인가?"

벌써 이십여 리도 넘게 도망가고 있는 살수가 언제부턴가 흔적도 지우지 않고 한 방향으로 가고 있었다.

[살명곡(殺命谷)]

기감을 퍼뜨려 주위를 살피던 이한은 곡명이 새겨져 있던 바위를 바라보다가, 미련 없이 등을 돌렸다.

살수 단체 같은데, 잘 모르는 것을 먼저 건들 필요는 없었다. 혹시 벌집일 수 있으니.

"…그래서 꼬리를 달고 왔다고?"

분노를 넘어 도저히 믿기지 않는다는 황당한 눈빛이 적살을 바라보고 있었다. 목소리조차 착 가라앉아 있었다.

적살은 오직 놈에 대한 분노로 여기까지 왔지만, 이성을 차리고 보니 온몸이 사시나무 떨리듯 하고 오한이 밀려들었다.

잔도(殘刀)가 조용히 다가서자, 적살은 자신의 운명을 아는 듯 체념하고 눈을 감았다.

"네게 살명을 내린 게 아마도 나였지? 이제 거두고자 한다."

번호로 불리는 게 아닌 살명을 받는다는 의미는 개인 살행이 가능하다고 인정받았다는 의미다. 관제 살수가 아니더라도, 살수에게는 명예이자 자존심이었다.

잔도의 손이 조용히 적살의 목을 그었다.

잔도의 추적이 시작되었다.

의외였다. 놈은 멀리 가지 않았다.

거치적대는 살수 애들을 곡으로 돌려보내고 놈과의 거리를 서서히 좁혔다.

적살의 말대로라면 기감이 상당하다는 말인데, 아직 자신의 은신을 알아차리지 못한 모양이었다. 몇 장만 더 접근하면 회선살도(回線殺刀)의 재물이 될 것이다.

소리 나지 않게 사슬이 풀려 나갔다. 자신의 살명처럼 반쯤 부러진 형태의 잔도가 팔딱이며 튀어 나갈 준비를 마쳤다.

'헉.'

좋지 않은 예감에 급히 엎드렸다. 뒤쪽의 나무둥치가 퍽 소리를 내며 터졌다.

'좋지 않다.'

옮기는 은신처마다 뇌전 같은 도기가 쏘아져 왔다. 오랜 살수행에서 이토록 기감이 예민한 놈은 처음이었다.

이대로는 승산이 없다. 벌써 몇 곳에 빗맞은 상처가 생졌다.

곡으로 돌려보낸 애들이 그렇게 아쉬울 수 없었다. 놈을 혼란시키는 재물로 썼어야 했는데.

물러나느냐? 정면 승부냐?

잔도가 주인의 갈등을 아예 무시했는지, 빠르게 쏘아져 갔다.

놈의 도에 튕겨난 잔도를 사슬로 조정하며 기를 쏟아 부었다. 더 빠르게 놈을 휘감아 갔다. 튕겨서 돌아올수록 반탄력에 의해 더 빠르고 강하게 쏘아져 갈 것이다.

놈이 당황하는 것 같다. 회선살도의 마지막 비기인 회선광망을 펼칠 적절한 때였다. 잔도의 도기가 놈을 온통 뒤덮어 버렸다.

빠르게 회전시키던 사슬의 끝을 확 잡아당겼다가 풀어주었다.

이제 잔도는 놈의 몸을 난자할 것이다.

순간 번뜩하는 빛들이 흘렀다.

뜨거운 피가 튀는 광경이 눈앞으로 확 들어왔다.

'커억! 뭐지?'

잔도는 서서히 힘이 빠지며 주저앉았다. 서늘한 고통이 가슴을 타고 올라오고 있었다. 흙 바닥을 움켜쥔 손이 움직이질 않았다.

하늘을 가린 놈의 얼굴이 잠깐 보였다가 깜깜해졌다.

살수대전

돌로 만든 원형 탁자가 있는 살명곡의 한 석실.

"이한, 무림맹 청룡 무사. 호위총단 특급 호위? 잔도가 무림맹 호위에게 당했다고? 호천대도 아닌 호위총단의 호위에게?"

"무림맹 북경지부에서 막 날아온 정보입니다."

보고를 하는 잠혼은 바싹 긴장했다.

자신을 바라보고 있는 신비로운 푸른빛의 눈! 싸늘한 냉기를 담은 눈빛은 상대의 속을 훤히 꿰뚫는 것 같이 투명했다.

고검, 잔도와 더불어 삼살로 불리지만, 동창의 공포로 통하는 여인이었다.

살수명은 여설(如雪)!

"흐흥! 그렇다면 상당히 구미가 당기는 녀석이란 말인

데, 나가서 자세히 좀 알아봐. 동선도 파악하고."

잠혼이 나가자, 치마를 살짝 제치고 의자에 몸을 푹 묻었다. 발그레한 혀가 입술 사이로 내밀어졌다. 여설이 고민할 때의 버릇이었다.

"우리의 규칙을 잊지 마라."

어딘가 어눌하고 억눌린 말투라 잘 알아들을 수 없는 목소리가 나지막이 들렸다.

석실 구석에 쪼그리고 앉아 바닥에 수없이 원만 그리는 노인이었다. 무심하게 말하고는 다시 원에 집중했다.

삼살을 키워 낸 광사(狂死)였다.

광사의 말을 들은 척도 않던 여설의 얼굴에 지금까지와 정반대의 미소가 서서히 번졌다. 뭔가 결정을 한 것이다.

표정이 극과 극을 오갔다.

"우리의 규칙을 잊지 말라고 했다."

보고 있지도 않으면서, 여설의 감정 변화를 알아챈 것인지? 아니면 너무 잘 아는 것인지? 여전히 나지막했지만, 뭔가 힘이 깃들어 있었다.

"어머나! 사부도 참. 알았다니까요. 뭘 화까지 내고 그래요? 아! 잠혼을 새로운 삼살에 넣을게요."

광사의 대답은 기대도 안 한 여설은 들고 있던 종이를 툭 던져 두고 석실을 나섰다.

동창 제 오(五)국 국주실의 분위기는 살벌했다.

"시국이 더러우니 조용히 대기하라고 했어? 안 했어? 잔도! 이 병신 새끼. 머리가 비었으면 생각이란 걸 말아야지. 어디서 주제도 모르고 나대다가 쳐 죽냐고."

가느다란 중성적인 목소리가 떨려 나오니, 아주 표독스럽게 들렸다.

요인 암살과 정적 제거가 주 임무인 오(五)국의 국주는 동창제독 소연서의 심복인 태감 왕예였다. 새파랗게 칠해진 얇은 입술을 면사로 연신 다독이고 있었다.

감정을 주체하지 못하는 욕구불만의 표시였다.

"그리고 어떤 놈에게 당했는지도 모른다고? 어머나! 내가 그동안 이런 병신들을 데리고 일을 했었구나, 했었어."

무표정하게 무릎을 꿇고 있는 광사를 경멸 어린 시선으로 내려 보았다.

"살수에게 살행 이후는 의미가 없소. 누군지 알 필요도 없고."

어눌하고 짓눌린 목소리를 흉내 내며 빈정거리는 왕예를 보면서도 광사의 표정은 변함이 없었다.

"흥! 아주 잘 나셨어. 미친한 살수 놈 주제에 제독 태감의 눈길을 좀 받는다고 뵈는 게 없지? 나를 제독 앞에서 개

같이 기게 만들었으면, 최소한 손모가지 하나쯤은 받쳐 들고 기다려야 하는 것 아닌가?"

왕예는 도저히 못 참겠는지, 손에 잡힌 게 뭔지도 모른 채 집어 던졌다.

퍼벅—

상당히 고풍스런 백자 화병이 광사의 머리를 지나 바닥에서 산산조각이 났다.

한식경 이상이나 참을성 있게 왕예의 독설을 듣고 있던 광사가 천천히 비수를 꺼냈다.

"뭐, 뭐야?"

발치에 박힌 새파랗게 날이 선 비수를 보며 일순 왕예의 목소리가 더 가늘어졌다.

광사는 팔 한쪽을 앞으로 쭉 내밀었다.

"직접 잘라 가시오."

억눌리고 어눌한 목소리가 더욱 왕예의 눈에 불똥을 튀게 했다.

"끼아아아!"

비수를 뽑아 들고 벼락같이 광사의 손을 내리찍었다.

팍—

손가락 사이에 박힌 비수를 조용히 뽑아 든 광사가 천천히 일어났다. 두 눈에서 한줄기 사기(死氣)가 번들거렸다.

움찔 물러서는 왕예를 보며 천천히 국주실 문을 밀었다.

오국 소속의 번역(番役)들이 밖에서 동정을 살피다가 분분히 물러서는 바람에 갑자기 소란스러웠다.

"까아아악."

광사는 등 뒤로 들리는 괴기스런 비명과 욕설, 와장창하는 소음이 자신과 전혀 관계가 없는 양, 무심하게 동창을 나섰다. 동창 제 오국의 분위기는 순식간에 가라앉았다.

왕예가 비록 살수들을 관리하는 직속 상관이기는 해도, 삼살(三殺)을 거느린 광사는 함부로 다룰 인물이 아니었다.

어쨌든 광사가 살명곡을 비웠다.

정신없이 날아오는 비침에 이한의 손발이 바빠졌다. 백암대를 만나고 성안으로 향하다가, 갑작스런 기습을 받았다.

한 무리의 기녀들이 재잘거리며 지나갈 때까지는 문제가 없었다.

짙은 화장에 갖가지 화려한 장신구들. 눈웃음을 보내거나, 교태 섞인 몸짓을 하던 기녀 무리에서 갑자기 비침이 쏘아져 왔다.

티디딕—

이한은 도를 뽑을 사이도 없이 튕겨 냈다.

순간 상황파악을 못 해 멈칫대던 기녀들이 비명을 지르

며 흩어졌다.

혼란의 틈 속에 두터운 장옷을 벗어 던진 검은 그림자가 빠르게 도주하고 있었다.

"아악, 아아."

고통의 신음 소리가 막 몸을 날리려던 이한을 붙잡았다.

가장 어려 보이던 기녀가 왼쪽 가슴에 손을 대고 주저앉아 있었다. 튕겨 나간 비침에 빗맞기라도 한 것인지?

이한은 달아나는 살수를 보며 망설이다가 기녀에게 다가갔다.

"괜찮습니까?"

"아아, 너무 아파요."

부축하러 다가서던 이한이 순간적으로 미끄러지며 물러났다. 일어서려고 바동거리던 기녀가 고개를 숙이자, 목덜미에서 비침이 날아왔다.

그때부터 시작이었다.

내 차는 발에서부터 요대와 옷소매, 입에서 머리카락까지.

기녀의 움직임이 있다 싶으면 어김없이 비침이 쏟아져 나왔다. 그 많은 것을 어떻게 숨겼나 싶을 정도였다.

비침이 거의 떨어져 가는 걸까? 갑자기 두려움에 웅크리고 있는 기녀들을 향해 비침을 날렸다.

'이런!'

급하게 그어 내린 이한의 도에서 뇌벽의 선들이 비침들

을 막아섰다.

투두두둑—

살수는 벌써 저만치 내달리고 있었다.

도주의 방패로 기녀들을 이용한 것은 탁월한 선택이었다. 기녀들의 상태를 둘러보고, 출발한 이한과 살수의 사이는 꽤 멀어 보였다.

살수는 교목림(喬木林)을 이룬 백송이 죽죽 뻗어 있는 곳으로 뛰어들었다. 이한은 내달리는 채로 한 아름의 백송 둥치에 도를 베어 냈다.

"큿."

짧은 신음!

백송의 흰 껍질이 벗겨지며 협봉검(狹鋒劍)을 든 살수가 튀어 나왔다. 기녀들 사이에 숨어 있다가 먼저 도주한 살수였다.

나무와 나무 사이를 절묘하게 유영하며 이한의 도기를 피하다가 곧 한계를 느꼈는지, 연막탄을 연달아 넌지고 숲의 그림자에 숨어들었다.

갑자기 백송의 교목림에 정적이 흘렀다.

훤한 대낮이라, 백송의 흰 표피와 숲의 그림자가 선명한 대조를 이루었다. 기감을 차츰 확대해 나가던 이한의 눈이 반짝했다.

'백송 위?'

이한은 순간적으로 앞으로 튀어 나갔다. 뒤에서 비침이 쏘아져 왔다. 바닥에 쓰러지듯이 몸을 눕혀 미끄러져 갔다.

나무 그늘 속에서 황망히 찔러오는 협봉검을 피해 회선각을 연달아 찼다.

살수의 가슴에서 북 터지는 소리가 나며 이장이나 날아가 굴렀다. 뻗어낸 회선각의 탄력으로 몸의 균형을 잡자마자, 섬뢰(閃雷)를 백송 꼭대기로 날렸다.

큰 가지들이 연달아 부러지며, 잔가지들이 후드득 떨어져 내렸다.

찌이이잉—

고막을 간질이는 기분 나쁜 괴음과 함께 떨어지는 가지들 사이로 회색 빛살이 번뜩했다.

깡—

도에 튕겨난 회색 빛살이 허공으로 빨려들어 가듯 사라졌다. 잔 떨림을 하는 도를 내려 잡고 위를 올려다보았다.

기녀로 변장했던 살수가 조심스럽게 이한의 눈치를 살피면서, 쓰러진 살수를 엎고 뒷걸음질 치고 있었다.

별다른 움직임이 없는 이한을 보고 안심했는지 아예 등을 돌리고 달렸다.

휘익—

굵은 가지들을 밟고 백송 끝으로 뛰어올랐다.

발아래로 넓게 펼쳐진 백송의 숲이 햇빛을 받아 반짝이

고 있었다. 지금껏 왜 올라와 볼 생각을 안 했는지 후회될 정도로 색다른 매력이 있는 풍경이었다.

"생각보다는 잘생겼어요. 이 공자님."

백송의 끝 가지를 밟고서 있던 여설이 반짝이는 눈으로 이한을 바라보고 있었다.

"잔도의 복수를 위해 나오셨소?"

"흐흥, 왜 겁나나요?"

이한은 흡사 연인에게 애교를 부리는 것 같은 여설의 달콤한 목소리에 갑자기 가슴이 뛰어서 순간 당황했다.

"살업을 천직으로 사는 살수가 복수는 어울리는 말이 아니죠. 이 공자님."

"그럼?"

"그러게요. 왜 왔을까요? 근데 이 공자님은 제가 누군지 아세요?"

"여설! 동창의 최고 살수, 삼살의 일인."

평소에 이성적인 냉철함과 논리적인 사고를 사신했던 이한은 계속 어쭙잖게 끌려가는 분위기에 절로 목소리가 딱딱해졌다.

"머리도 나쁘진 않네요. 얘 이름이 신룡조(神龍爪)에요. 지금부터 공격할 텐데 그렇게 어리바리해서 막을 수 있겠어요?"

왼손 중지에 낀 한 자(尺)나 되는 뿔 모양의 기병을 들어 보였다. 마지막 말이 끝나자마자 날카로운 예기가 이한의 전신을 갈랐다.

너무 빨리 회전하다 보니, 빛으로 보이는 신룡조가 유려한 곡선을 그렸다. 중간에서 번뜩이는 광채와 함께 방향도 속도로 급격히 달라졌다.

이한의 도에서 뇌광이 번쩍이며 뇌선들이 뻗기 시작했다. 도기에 막힌 신룡조가 믿기 힘든 탄력으로 굽어지며 도를 타고 올라왔다.

도를 회전시켜 신룡조를 감아 던졌다.

고막을 괴롭히는 괴음과 함께 잠시 튕겨져 나갔던 신룡조와 이한의 도가 수도 없이 부딪혔다.

신룡조의 탄성 때문에 생긴 도의 떨림이 도의 손잡이를 쥔 손을 타고 팔까지 전해졌다.

까강—

강한 울림과 함께 신룡조가 튕겨 나갔다.

'이 움직임은…? 성천도(星天圖)!'

이한의 뇌리로 구중천도의 성천이 순간적으로 흘러갔다.

손에 닿을 듯이 가까운 밤하늘이 보이고, 스물여덟 개의 별들은 각각 독특하게 움직이면서도 일정한 흐름을 따라

돌고 있었다.

'삼원(三垣)과 이십팔수(二十八宿)!'

유려한 곡선을 그리며 별 하나가 쏘아져 왔다.

'각수(角宿).'

동방 일곱 개 별 중 첫 번째 별이었다. 이름 그대로 용의 뿔을 상징했다.

도에 튕긴 각수가 제자리로 돌아가자 다음별이 날아왔다. 서방, 남방을 거쳐 북방의 마지막별인 벽수(壁宿)가 제자리를 잡았다고 생각한 순간, 별들이 중구난방으로 쏟아져 내렸다.

암월보를 극성으로 밟으며 도를 휘저었다.

많이 피하고 막았지만, 항상 몇 개씩 몸을 관통했었다. 성천도 역시 극심한 고통이었다.

이한은 다음 공격을 시작하는 신룡조를 유심히 바라봤다.

'부자연스러워.'

구중천도 성천(星天) 속의 별자리의 움직임을 알자, 신룡조의 움직임이 많이 어색해 보였다.

확실했다.

별의 움직임을 도로 구현해 보려는 노력이 미미한 성과

를 낳은 이유를 알게 되었다. 성천(星天) 속 별자리의 움직임은 신룡조를 위한 무공이었다.

기이하게 꺾이는 각과 이해가 불가했던 곡선들!

성천의 움직임이 이해되자, 운몽(雲夢)이 단순히 시각을 단련시키는 것이 아니라, 몸의 움직임을 형상화한 운신기법이라는 것도 순간적으로 깨달았다.

갑자기 머리가 환해지며, 절로 미소가 지어졌다.

"여유 만만하다고 대적 중에 그렇게 방심하는 것은 좋은 버릇이 아니에요."

뾰로통한 여설의 목소리에 정신이 번쩍 들었다.

이미 신룡조가 코앞에 닥쳤다.

다급한 이한의 도에서 뇌기가 확 퍼졌다가 뭉쳐지며 신룡조를 때렸다. 폭뢰를 확장한, 요즘 한창 수련에 재미를 붙이고 있는 전뢰(戰雷)였다.

강한 폭음과 함께 여러 번의 도격이 연달아 여설을 향해 내리꽂혔다. 백송의 가지들과 솔잎들이 분분히 튀었다.

"헛!"

강한 반탄력에 중심을 잃고 기우뚱하며, 백송 아래로 떨어져 내리는 여설이 보였다. 주인을 잃은 신룡조도 이한의 도기에 밀려나 회전력을 완전히 상실하며 힘을 잃었다.

여설은 한 아름이 훨씬 넘는 백송의 밑동에 기대앉아 가쁜 숨을 고르고 있었다.

"하아, 하아."

가슴의 기복이 점차 진정되자 옷매무새를 다시 만졌다.

내밀어지는 신룡조를 가만히 바라보다가 이한을 올려다보았다.

백송의 잔가지들을 뚫은 빛무리가 후광처럼 걸려있었다. 신룡조을 잡아 가던 손이 이한의 손과 살짝 닿았다.

신룡조를 잡은 채, 몸을 바로 세우며 일어났다.

손이 떨어지면서 괜한 아쉬움에 고개가 살짝 숙여졌다. 순간 몸이 뒤로 밀리며 등으로 든든하면서도 거칠한 백송의 촉감이 전해져 왔다.

"흡!"

두 팔을 올려 버둥대다가 온몸에 기운을 빼 버렸다. 이한의 등에 팔을 두르고 푸른빛이 감도는 두 눈을 살며시 감았다.

"여설 님이 미사와 미첨을 데리고 곡을 나가셨습니다."

광사는 잠혼의 보고에 뒤도 돌아보지 않고 뛰어나왔다. 행적을 더듬다가, 미첨을 둘러맨 미사를 만났다.

"어디냐?"

낮게 울리는 목소리에 미사는 몸을 떨었다.

"배, 백송 교목림에…."

미사의 말이 끝나기도 전에 광사의 신형이 사라졌다.

광사가 우려했던 일은 벌어지지 않았지만, 가슴 한 곳이 비는 느낌에 스스로 놀랐다.

사신살공(死神殺功)을 익혀 감정을 다 죽였다고 생각했는데 아닌 모양이었다.

황도로 끌려온 서역의 노예 아이를 어쩌다 구하게 되고, 또 어쩌다 거두게 되었다.

혹독하고 가혹하게 다루었는데도 끝까지 살아남았다.

수많은 아이들 중에 자신을 사부라 부르는 놈은 없었다.

자신이 용납을 하지 않았고, 감히 그런 시도를 한 아이도 없었다.

그런데 이 녀석은 조금 특별했다.

애써 무심히 대했지만, 피붙이가 없는 자신에게 자식 같은 놈인 것은 부인할 수 없다.

그 아이에게서 지금까지 한 번도 본 적 없는 낯선 표정을 봤다.

"…그래서 동창의 병기고에서 먼지가 겹겹이 쌓인 신룡조를 얻었어요. 연원을 추적하다가 알았죠. 구중천자라는 괴인에 대해."

이름도 전해지지 않는 구중천자는 불구로 태어난 황자였다.

태어나서 몇 해 동안은 어둠 속에 숨겨 있다가 결국은 유폐되었다. 그나마 다행인 것은 아이를 불쌍히 여긴 모후가 필요한 모든 것을 같이 넣어 주었다는 것이다.

선천적인 대두에 난쟁이였던 걸로 추정되었다.

어둠에서 태어나 어둠 속에서 생을 마친 이 불우한 천재의 유일한 취미는 무공이었다.

모후가 넣어 준 수많은 무공서를 집대성해 아홉 개로 정리해 냈다. 스스로 구중천자라 칭했다.

이한은 윤기가 자르르한 여설의 머리카락을 살짝 쓸어주며 몸을 일으켰다.

광사가 백송의 숲을 가로지르며 천천히 모습을 드러냈다. 긴장하는 이한을 제치고 여설이 앞으로 나섰다.

"그만 가자."

어눌하고 낮은 저음에 유난히 차가운 기운이 묻어 있었다. 여설이 난처해하며 돌아보자, 이한은 가볍게 고개를 끄덕였다.

여설은 그 반응에 만족한 미소를 보이더니, 가벼운 발걸음으로 광사를 향했다. 광사는 차가운 눈으로 한동안 이한을 직시하다가 몸을 돌렸다.

군부의 동향과 황실 내부 암투에 대한 보고서를 날리고 나니 조금 여유가 생겼다.

"이 호위! 오랜만에 황도에 왔는데, 너무 그렇게 일만 하면 어떡하나? 마음 같아서는 내가 안내하고 싶지만, 젊은 사람이 늙다리와 같이 다녀 봤자 재미도 없을 거고. 한 며칠 여기저기로 둘러보게. 황도가 괜히 황도가 아니라네."

북경지부장 우문기가 넌지시 전낭을 찔러주며 등을 떠밀었다.

나름 명소라고 소문이 난 몇 곳을 하릴없이 둘러보다가 무작정 걸었다. 정신을 차리고 보니 성을 빠져나와 살명곡으로 향하는 길이었다.

아무 일 없는 것 같이 평온하게 보이지만, 살명곡은 긴장감으로 팽배한 분주함이 물밑으로 이루어지고 있었다.

"여설 님! 침입자입니다."

아담한 석실에서 여유롭게 차를 마시고 있던 여설은 별 동요 없이 찻잔을 내려놓았다.

"정체는?"

"아직. 잠혼 님이…."

십일 호가 보고를 채 하기도 전에 미사가 석실로 들어섰다.

"이한입니다. 무림맹의."

여설은 조용히 일어나서 한쪽 벽면의 천을 걷었다. 여러 개의 면경에서 제일 오른쪽 면경의 각을 이리저리 조정했다.

막 곡을 들어서서 두리번거리는 이한의 모습이 비춰졌다.

빨그레한 입술에 손가락을 대고 꼼지락대던 여설은 발작적으로 돌아섰다.

"십일 호! 잠혼에게 살인림으로 유인하라고 해. 미사는 장노에게 기관 수준을 최고로 올리라고 전하고. 사부께는 보고하지 마."

십일 호 살수는 급히 뛰어나갔지만, 미사가 멈칫했다.

"여설 님, 광사 님이 아시면…."

"그대로 해."

차고 매몰찬 목소리에 미사는 뒷걸음질 치며 급히 석실을 빠져나갔다.

"이 정도도 이기지 못하는 사내라면, 사부의 사살기(死殺氣)를 어떻게 감당해."

살수들의 도발을 모른 척하고 따라주다 보니 꽤 깊이 들어왔다.

제법 넓은 공터가 연무장으로 단장되어 있었다. 연무장을 천천히 둘러보던 이한은 전면에 안개 같은 아지랑이가 피어오르고 있는 황량한 숲을 바라보았다.

'저기로 들여보내려고 그 난리를 쳤던 거군.'

기감에 걸리는 살수들의 움직임이 모두 이쪽으로 이어져 있었다. 이한은 자진해서 살인림으로 들어갔다.

살수들의 수련 장소인가?

이곳의 지형과 지세에 이런 장소가 자연적으로 생기기는 힘들어 보였다. 음습한 기운과 숨을 막히게 하는 매캐한 냄새가 진동을 하고 있었다.

독충들의 스르륵거리는 소리를 들으며, 안개가 깔린 숲을 헤치고 있던 이한은 갑자기 우뚝 섰다.

진이다! 자연환진의 변종.

진법에 대한 공부를 할 때 용어 다음에 배우는 기본적인 진이었다.

시간과 공간을 왜곡시키는 것이 아니라, 구조물과 착시를 이용하여 정해진 행로를 벗어나지 않게 하는 조잡한 진이었다. 일반적으로 기관을 같이 배치하여 효과를 극대화시킨다.

"호오! 직접 대결로는 부족했다는 말이네."

이한은 지금의 상황이 대충 그려졌다. 여설에 대한 반발심이 슬며시 올라왔다. 기관의 중추를 찾으려던 생각을 버렸다.

한번 해 보자 이거지.

특이한 놈이라고 해야 할지, 미친놈이라고 해야 할지 광사는 잠시 판단을 유보했다.

곡의 어수선한 분위기에 나왔다가, 애들에게 몰리면서도 산책 나온 사람 마냥 느긋하게 곡을 돌아다니는 이한을 발견했다.

'바보 같은 놈들!'

아직 상대를 헤아리지 못하는 수하들과 특히 새로운 심살의 지위에 오른 잠혼의 지휘 능력에 적잖은 실망감이 왔다.

놈이 제 발로 살인림에 들어갔다.

독충 지대를 지나가던 놈이 갑자기 도를 뽑아 들고 광분하고 있었다. 십 년 넘게 심혈을 기울여 만든 기관들을 어떻게 알았는지 모조리 부수고 다녔다.

뇌전을 닮은 도기가 번뜩일 때마다 숨겨져 있던 기관들

은 속수무책이었다. 코가 막힐 정도의 산공분 안개도 소용없었다. 막 죽음의 늪지로 들어서는 놈을 보면서 급히 은신을 풀고 몸을 날렸다.

보이는 족족 다 부숴 버린 기관 때문인지 늪지대는 좀 심심했다. 작동하는 기관의 기척이 없었다.

고여 있는 썩은 늪에서 나는 쾨쾨하고 축축한 분위기만 아니었다면 나름 특이한 산책로라고 생각했을 장소였다.

여설에게 조금 미안한 감정이 들면서, 저 앞의 기관은 어찌할까 망설이다가 멈칫했다.

'위험!'

늪의 잔잔한 수면을 뚫고 서서히 부상하던 광사의 사살기와 이한의 섬뢰가 순간적으로 부딪쳤다.

퍼퍽—

몇 가닥의 광채가 불꽃처럼 튀었다가 사라졌다.

이한은 도의 떨림을 진정시키며 기감을 확 풀었다. 잡히는 것이 없었다. 어느새 기감의 범위를 벗어났다는 말이었다.

특이한 공격이었다. 하지만 언젠가 본 적이 있었다.

'무형기! 사신곡 흑사령의 암사안(暗死眼).'

당시엔 어떻게 피했는지 모를 정도로 곤혹스러웠지만,

방금 전 공격으로 봐서는 흑사령의 무형기에 대한 화후는 지금 생각해 보면 입문 수준이었다.

이런 감각의 싸움에서는 순간의 방심이 곧 죽음이었다.

기감이 비정상적으로 발달한 놈인 것은 확실해졌다.

늪을 이용한 완벽한 은신에 이은 공격이 무위로 돌아갔다. 맥박까지 차단하는 절혼폐맥술로 간신히 놈의 눈을 속였지만, 몸이 정상으로 돌아오려면 조금 걸릴 것이다.

다음은 통곡의 벽이다.

장노의 기관지학이 집대성되어 있는 곳. 놈을 죽이지는 못하더라도 최소한의 타격은 줄 수 있을 것이다.

승부는 괴목(怪木)지대에서 본다.

막혔던 맥이 하나씩 트였다.

광사는 전해지는 고통을 생각할 겨를도 없이, 무리를 해가며 몸 상태를 정상으로 돌리기 위해 노력했다.

"장노! 무슨 일이에요?"

여설이 기관 중추실에 뛰어 들어왔다.

땀을 삘삘 흘리며 기관을 움직이는 장치들을 조정하려고 애쓰고 있던 봉두난발의 노인이 힘없이 돌아섰다.

"저, 저놈 누구냐?"

"…."

"이럴 수는 없어. 기관이 숨겨진 장소를 너무 정확히 알고 있어. 나쁜 놈. 굳이 부수지 않아도 되는데, 모조리 박살을 내다니."

장노는 중얼거림에는 분노와 슬픔이 동시에 느껴졌다. 오랜 기간을 공들여 구상하고 제작한 자식 같은 물건들이었다.

"그만들 둬. 소용없는 짓이야."

그래도 끝까지 조정 장치들을 붙들고 있는 세 명의 제자들에게 고함을 지르며 손짓을 했다.

여설은 기관 중추실을 조용히 둘러보았다.

이한이 지나간 곳은 제대로 작동하는 기관이 하나도 없었다. 뭔지 뿌듯하면서도 얄미운 감정이 확 치솟았다.

'한번 해 보자 이거지.'

살인림은 고급살수들의 수련 장소였다.

최고수준으로 작동하는 기관이 살인림의 환경과 만나면 아주 위험한 장소로 돌변하기는 한다. 하지만 철저히 숨겨진 기관을 쉽게 찾아낼 정도면 크게 위협을 느낄 곳도 아니었다.

좀 귀찮더라도 그냥 통과하면 될 것을.

'그래, 속이 밴댕이 소갈딱지만 한 놈아. 기다려라.'

바닥에 넋 놓고 앉아 있는 장노에게 다가갔다.

"장노, 지금 어디까지 갔어요?"

"막 괴목지대로 들어섰다. 그곳에…."

장노의 말이 끝나기도 전에 여설의 모습이 기관 중추실에서 사라졌다.

"광사님도 들어가셨다."

지긋지긋한 독연과 암기 세례가 끝나나 했더니, 정말 수상한 지역으로 들어와 있었다.

고산지대도 아닌데, 고사목들과 기이한 형태로 꼬인 말라비틀어진 나무들이 즐비한 곳이었다. 나무들을 휘감고 공생했던 말라 버린 긴 넝쿨들이 하늘을 가리고 치렁치렁하게 걸려 있었다.

빛이 거의 들지 않는 곳이어서 전체적으로 눅눅한 기운이 감돌고 있었다.

이곳에 오래 있다가는 음침하고 음습한 분위기에 자살이라도 해야 할 것 같은 느낌이 절로 들게 하는 곳이었다.

'살수들을 위한 최적의 장소를 만들어 놨네.'

피식 웃다가 어설픈 웃음으로 마무리를 했다. 자신의 감정이 너무 메말라 가는 게 아닌가 심히 걱정스러웠다. 구중천도의 혹독한 경험들로 인해 이 정도의 정신적인 충격에는 무감각해진 모양이었다.

'헉.'

잠시의 방심이 공격을 불러들였다.

늪에서 와는 다르게 무형기에서 느껴지는 섬뜩한 사기(死氣)가 온몸의 움직임을 경직시켰다.

본능적으로 뇌벽을 펼쳤다가, 주르륵 밀려나는 몸을 제어하기 위해 늘어진 넝쿨에 의지하며 자세를 바로잡았다.

가슴에서 느껴지는 약한 통증이 찌르르하게 전해졌다.

완벽한 기회로 여겼던 두 번째 공격에도 큰 타격이 없는 모양이었다. 놈의 기감을 너무 두려워한 것이 실수였다. 반 장 정도 더 접근해서 공격했어야 했는데, 약간 멀다는 느낌을 무시했다. 사살기(死殺氣)를 너무 과신했나 보다.

괴목의 갈라진 틈에 은신했던 광사는, 늘어진 넝쿨을 타고 몇 아름의 고사목이 만들어 놓은 나무의 빈 공간으로 빨려 들었다.

뻔뻔스러울 정도로 당당하게 자신을 드러내 놓고 다니

던 놈도 자취를 감췄다. 괴목지대는 은신 장소가 많아도 너무 많은 곳이다.

지금부터는 누구의 감각이 뛰어나냐는 싸움이었다.

광사는 괴목지대의 형태를 복기하면서 이한의 종적에 온 신경을 기울였다.

하마터면 큰일 날 뻔했다.

이 정도의 살기를 갖췄다면 광사가 틀림없었다. 무형기를 익혔다는 것만으로도 절대 무시할 수 없는 상대였다.

일단 상대와 동등한 대결 조건을 만든다.

생각과 동시에 몸이 흩어지며 괴목을 타오르고 있었다.

날카로운 광사의 눈을 속이고 잠적하려면 운몽(雲夢)뿐이었다. 완벽하다고 할 수 없는, 흉내 내는 수준이라도 별수 없었다.

괴목들 사이로 길게 걸쳐진 몸통만 한 넝쿨로 올라 드러누웠다. 도를 단단히 고정시키고, 천천히 무투권갑을 착용했다.

기동성을 최대한 살려야 한다.

단 한 번의 기회.

일격필살의 틈을 노리고 있는 것은 광사도 마찬가지일

것이다. 두 번의 기회는 없다.

가장 의심스럽던 오장 밖의 고사목에서 미세한 기척이 느껴졌다 싶은 순간, 넝쿨을 떠나 위치를 바꾸었다.

확실히 만만찮은 놈이다.

미세하게 흘린 기척을 금방 알아채고 다시 잠적했다. 서로 똬리를 틀며 엉겨 있는 괴목의 밑동이 거의 확실해 보인다.

하지만 함정이라면. 망설여진다.

야은잠행술(夜隱潛行術)을 펼쳐 서서히 이동했다.

짐작하는 곳에 놈이 있다면 약 삼장의 거리로 좁혀졌다.

아! 아니다. 과신은 금물이다. 은신의 위치를 바꿀 때마다 놈도 움직였다고 가정하면 거리의 추정은 의미가 없다. 놈의 기감으로 봐서는 위치가 노출됐을 수도 있다.

확실히 그런 가설을 전제로 움직여야 한다. 놈보다 유리한 점이 있다면 이곳의 지형지물을 손바닥처럼 안다는 것이다.

후발선지(後發先至)!

기다린다. 기다린다. 기다린다.

순간 번개를 맞은 듯 전율이 스쳤다.

머리 위!

순간적으로 강력한 권풍에 휩싸였다. 몸이 터질 것 같은 압력에도 극성의 사살기를 확 쏘아 올렸다. 하지만 예상과 다르게, 갑자기 권풍의 압력이 줄어들면서 사살기가 요동치기 시작했다.

신룡조(神龍爪)? 이런 망할 것.

빠르게 솟구치던 사살기를 홱 틀었다.

단전으로부터 위험신호가 오더니, 기가 순간적으로 역류하면서 가슴이 답답하게 막혔다. 응혈이 목구멍을 통과하는 느낌에 저절로 입이 벌어졌다.

'헉.'

순간적으로 흐릿해지는 시야로 쓰러져있는 놈에게 다가가는 여설이 보였다. 틀어진 사살기에 빗맞았나 보다.

약간 비틀거리며 일어나는 놈을 여설이 껴안아 주고 있었다. 놈의 상태가 이상 없음이 확인되었는지, 그제야 호들갑을 떨며 달려오고 있었다.

확실히 떠나보내야 할 때가 되었나 보다.

철면대

수많은 등이 갖가지 색으로 화려하게 불을 밝히고 있는 거리.

주선대가!

그 거리를 내려다보며 마시는 송로주의 향은 특별했다. 오향미채와 어우러져 감칠맛이 입안에서 한동안 맴돌았다.

"복귀하랍니다."

"황실 암투에 연루라도 될까 봐 우려가 되었던 모양이군."

"뭐, 그렇지요. 이곳에 너무 오래 머물기도 했고요."

문인로의 표정은 내내 어두웠다. 점소이가 새로운 술병을 조심스레 내려놓고 갈 정도로.

"한서왕부의 역모가 거의 확실한데, 너무 조용한 것 아닙니까?

"결정적인 증거가 없으니, 누구도 나서질 못하는 거지.

그만큼 황도 내의 한서왕부 세력도 무시를 못 하는 거고. 걱정이긴 하다."

피곤한 일이 많았던 것 같다. 작은 현의 현령으로 가는 게 차라리 나았을 것 같다는 말이 농담으로 들리지 않았다.

"청림의 사정도 더 나빠진 모양이군요?"

"청림을 완전히 해체해야 한다는 상소까지 올라갔으니. 흠. 지금도 갑론을박 중이다. 얼마 전에 좌점주 쪽은 자체적으로 해체를 했는데, 그 뒤처리도 만만치 않고."

청림의 세 갈래 중 후점주는 금면대라는 호위 조직을 이끌고 대신들의 호위를 전담했다.

문인로가 맡고 있는 우점주와 은면대는 정보 조직이었고, 좌점주 휘하의 철면대가 실질적인 청학림의 무력을 담당했다.

내각 자체 의결로 철면대가 먼저 해체되면서 본래의 조직으로 복귀하라는 명령이 내려진 상태였다.

"철면대주는 금의위로 복귀했는데, 대원들이 문제야. 암묵적으로 인정하고 있었지만, 청림 자체가 공식적인 기관이 아니잖아. 그래도 원소속으로 많이 복귀했는데, 복귀를 거부하거나 소속이 없었던 경우엔 곤란하게 되었다."

"다른 곳으로 보내주면 되잖아요."

"관이란 곳이 자리가 정해져 있어. 서로 견제가 심해서 기밀 문제도 있고."

잠시 말이 없어졌다.

두어 차례의 송로주를 더 따르자 술이 비었다. 새로운 술병을 받아 두고 거리를 내려다보던 이한이 갑자기 풋 웃었다.

“우리 세계의 사파 같았으면 조용히 살인멸구로 끝냈을 문제인데. 어떻게 보면 정파라고 다르지도 않습니다만.”

“그런 의견도 나왔다.”

“예?”

문인로는 사실이라는 표시로 고개까지 끄덕여 주었다.

“하아! 이쪽도 만만치 않네요.”

이한의 약간 과장된 어조에 문인로는 마시던 잔을 내려놓고 고개를 저었다.

“뭘 이 정도 가지고. 알려지지 않았지만 더 한 것도 많아.”

“몇이나 남았습니까?”

“백에서 조금 모자란다.”

잠시 밝아졌던 문인로의 안색이 다시 어두워졌다. 술병이 점점 쌓여 갔다.

철면대라. 그때 그 조장이 강인후라 했던가?

소오대산에서 한서왕부의 살수들을 쫓던 모습이 떠올랐다. 상당한 실력들을 가지고 있었다.

“형님이 그 사람들 빼낼 수 있습니까?”

“조금 무리를 하면 가능은 하지. 하지만 아무 데나 보낼 수는 없다."

"제가 데려가면요?"

"네가…! 그렇다면 내가 힘 좀 써보지 뭐. 너 두말하면 안 된다."

다분히 충동적이어서 말하면서도 이건 아니다 싶었어도, 어차피 술김이었다.

"호호호."

"이게 지금 웃을 일입니까?"

"어머!"

여설은 유쾌하게 웃다가 이한의 굳은 표정에 억지로 웃음을 멈췄다.

"웃을 일이죠. 어차피 상공의 월봉은… 그러니까. 돈을 벌려면 사업이라도 해야 하는데, 공짜로 일꾼들이 생겼잖아요."

여설은 눈치를 살살 보면서 이한의 팔에 매달렸다.

"철면대라면 이쪽에서도 꽤 하는 애들이에요. 괜찮은 사업을 구상할 수 있어요. 상공이 싫으면 저한테 주세요."

"하아."

이한의 한숨에도 여설은 여전히 신나 보였다.

[그 아이의 눈에 눈물을 흘리게 하면 세상 끝까지 뒤져서라도 네 놈을 죽여 버리겠다.]

광사의 협박을 들으며 살명곡을 벗어났다.

"정신 사납게 하지 말고 그냥 나와."

뒤에서 세 명의 살수가 순식간에 튀어나와, 여설의 앞에 한쪽 무릎을 꿇고 앉았다.

"미사, 여화, 운매. 사부도 참!"

여설은 살수들 앞을 왔다 갔다 하면서 투덜거렸다.

"상공, 먹여야 할 입이 더 늘었는데 어떡하죠?"

"백 명의 입도 걱정 안 하는 설매가 세 명 더 는 게 뭔 큰일이라고."

"그렇긴 하죠?"

세 명의 살수들은 상상조차 못 했던, 여설의 달콤한 애교 섞인 목소리에 소름이 돋을 것 같은 표정이었다.

심각한 분위기의 철면대를 앞에 두고 이한의 내심도 난감했다.

특별히 뭘 할 거라는 계획을 세운 바가 없기에 할 말도 별로 없었다.

하지만 이대로 보내 줄 수도 없고. 이들에 대한 모든 책임을 지겠다는 문인로의 보증이 있었다. 따라서 이제는 본인만의 문제도 아니었다.

철면대는 이십대에서 사십대까지 고른 연령대였다. 강인후가 대표로 나와 있었다.

"우리의 처지를 모르는 바는 아니오. 하지만 이공을 따르라는 명령에는 확신이 서질 않소."

뭔가 믿음을 달라는 건데! 결국 마음의 결정을 할 계기를 만들어야 한다.

"솔직히 말하면 나도 당황스럽기는 여러분과 마찬가지요. 세상을 살다 보면 이런 경우도 생기나 봅니다. 어쨌든 운명이란 걸 잘 안 믿지만, 우리는 한 몸으로 묶였습니다. 어차피 찢어지지는 못하니 죽으면 같이 죽고, 살면 같이 살게 될 겁니다."

잠시 조용하던 무리에서 웅성거림이 생겼다.

"그래도 이 공자를 따르지 못하겠다면 어쩌겠소?"

"같이 죽어야지요."

"우리를 모두 죽일 수 있다고 믿는 거요?"

강인후가 한 걸음 더 나오며 전체의 심정을 대변하는 말을 했다.

"한번 해 봅시다. 가능한지."

이한은 말을 하며 도를 끌러 뒤쪽의 여설에게 던졌다.

웃통까지 벗어 던졌다. 탄탄한 근육질의 상체가 드러났다. 미세한 근육 하나하나가 살아 꿈틀거렸다. 갑자기 강렬한 투기가 발산되면서 주위를 숨도 못 쉬게 옥죄어 들었다.

[다수를 상대할 때는 말이야. 기선제압이 중요하긴 해. 하지만 군중심리를 절대 폭발시키지 않으면서도 압도적인 내 힘을 과시하는 기술이 더 중요하지. 화려하게, 거칠게. 하지만 절제하는 감각. 이런 게 필요해. 그래도 안 되면 어쩌냐고? 맞아야지 뭐. 한 손이 여러 손을 상대하기는 본래 힘들어.]

"오시오!"

강인후는 이한이 도를 끌러 던질 때부터 묵묵히 주시하고 있다가, 검을 툭 던졌다.

"으아아앗."

이한은 느닷없는 기합과 함께 달려오는 강인후 앞에서 몸을 확 흩트렸다.

처음부터 운몽을 펼쳐 강인후의 가슴으로 파고든 것이다. 손목을 꺾어 잡은 후에, 온 몸통을 들어 올렸다가 달려오던 탄력을 살려 최대한 멀리 던져 버렸다.

"다음!"

튀어나오는 철면대의 전면에서 푹 꺼지며 발목을 차 냈다. 쓰러지는 철면대의 머리로 다시 회선각이 찍히다가 살짝 방향을 틀었다.

팍—

철면대의 얼굴 바로 옆 바닥을 찍는 발을 축으로 도약을 했다.

분분히 흩어지는 철면대의 사이로 떨어진 이한은 흡사 양 떼에 뛰어든 늑대처럼 거칠게 날뛰었다. 전후좌우 위아래로 치고, 차고, 당기고, 밀고, 던지고, 날리고, 굴리고, 들이박고 보는 사람이 정신이 없을 정도였다.

시간이 꽤 지나자 흥분된 열기가 점점 고조 되었다.

이한을 공격할 공간은 한정되어 있고, 박투의 열기는 오르고.

격전장의 양상이 조금씩 바뀌기 시작했다. 군데군데 소규모의 박투가 벌어지기 시작하더니 아군, 적군의 구분도 없이 한데 뒤엉키기 시작했다.

넘어지고 구르는 이가 하나씩 늘어나면서 서 있는 이들의 광분이 절정에 달했다. 얼마의 시간이 흘렀는지 하나둘 바닥에 주저앉거나 드러눕기 시작했다.

이한도 거칠게 숨을 몰아쉬며 대자로 누워 버렸다.

"다 죽이는 건 무리군요."

다시 따라붙은 강인후를 향해 말하다, 바닥에 머리를 내려놓았다.

좀 진정이 됐는지 거친 숨소리들은 많이 잦아들었다.

강인후가 일어나더니, 이한에게 두 손을 모으고 허리를 숙였다. 하나둘 일어나기 시작했다.

"끙차."

이한도 바닥을 짚고 겨우 일어나, 정중하게 예를 취했다.

"같이 죽지 못했으니, 같이 잘살아 봅시다."

이한의 옷을 잘 정리해 준 여설은, 도까지 세심히 챙기고는 뒤로 살짝 물러났다.

하남에 들어서면서 바빠 보이던 여설은 정주에 도착하자마자 객고를 푼다는 핑계로 여러 날을 머물렀다.

이한을 앞세우고 이곳저곳을 기웃거리는 것이 일과였다.

"저희들은 이곳에 정착하겠어요."

이한을 만난 이후, 가장 명확하고 확실한 자기주장이었다.

"응? 너무 빠른 것 아니오? 다른 곳도 가 보고 결정하지."

객잔 이 층에서 육류와 채소를 함께 넣어 끓인 회면(烩面)을 시켜 놓고, 정주거리를 느긋하게 구경하던 이한은 의아해했다. 황도를 거의 벗어나지 않은 여설의 입장이라면, 시일이 걸리더라도 곳곳을 먼저 둘러볼 줄 알았다.

"황도와 무림맹의 중간쯤이기도 하고, 상공의 고향과도 가깝잖아요."

"그렇긴 한데…."

"동으로는 개봉, 서로는 낙양이 있어요. 또한 황하와 회하를 끼고 있죠. 한마디로 교통의 요충지예요. 사업하기에는 딱 이에요."

"여기서 사업?"

여설은 눈을 반짝이며 고개를 끄덕였다.

"그만큼 경쟁이 심한 곳이기도 하오."

"어디나 경쟁이 없는 곳은 없어요. 차라리 큰물에서 노는 게 나아요. 철전 놓고 싸우는 게 더 어려울 수 있거든요. 제일 중요한 점은 사업이 커졌을 때, 천하로 뻗어 나가려면 여기 정도의 위치가 좋아요."

"흠, 처음부터 너무 거창한 거 아니오?"

"상공이 그렇게 만들어 줄 거예요."

여설은 생글생글 웃으며 이한을 바라보고 있었다.

두 눈에 가득 담긴 신뢰로 보아 농담으로 한 말은 절대 아니었다.

"내가?"

사업에 소질이 없어서 가업인 철방도 말아먹었는데, 무슨 재주로라는 말이 목까지 차올랐다가 간신히 삼켜졌다.

"꼭 그렇게 될 거예요."

너무나 확신에 찬 목소리라 반박할 수도 없었다.

"우리 걱정은 말고 무림맹에 복귀나 잘 해요."

여설은 광사가 붙여준 살수들이 보던 말 던 어리광 부리듯이 말하며 이한의 품에 살짝 안겼다.

이한에게 정주에 머물겠다고 통보를 한 다음 날부터 일사천리로 일을 진행시켰다.

언제 알아봤는지, 정주 교외에 널찍한 땅을 계약하고 철면대를 동원해 가건물을 짓고 땅을 정비하고 있었다. 진성현의 가산을 정리한 것들로 경비를 충당해 주겠다는 이한의 제안도 거절했다.

"사람 일이란 모르는 거예요. 그건 비상금으로 남겨 둬야죠. 그동안 틈틈이 챙겨 둔 게 있어요. 대식구지만 당분간은 먹고 입고 할 만해요."

처음으로 여설이 계약했다는 땅을 가 보고 어이가 없었다. 작은 야산을 끼고 있는 황량하게 넓기만 한 땅이었다.

"너무 넓은 것 아니오?"

"넓긴요! 곧 철면대의 식솔들도 데려와야 하고, 앞으로 필요한 인원을 충당하면 별로 넓지도 않아요. 그런데 속상해 죽겠어요. 공부상으로는 틀림없이 이십만 평은 된다고 되어있는데, 실제로 보니 아무래도 부족한 것 같아요. 제가 속은 걸까요?"

울상을 짓고 있는 여설을 바라보고 있던 이한은 할 말이 없었다.

더 웃긴 건 철면대였다.

어떻게 구워삶았는지 물불을 안 가리고 종횡무진 뛰어다니고 있었다.

"주공! 주모님이 삼살의 여설이었다고 귀띔이라도 해주시지. 조금 뻣뻣했다가 맞아 죽을 뻔했습니다."

함께 한 잔을 마시던 강인후의 하소연에 대충 상황이 짐작 가기는 했다.

정신이 없는 것까지는 아니지만, 너무 일의 진행이 빠르다 보니, 잘할 것 같으면서도 걱정스러웠다. 자기가 챙겨뒀다는 돈이니 뭐라고 하기도 그렇고.

맹으로 복귀하면서, 혼자 몸일 때와는 다르게 잡다한 생각이 많아졌다.

사신도

수련원을 마치고, 각 조직에 파견되어 수련 무사로 버텨야 하는 동안은 육체보다는 정신적인 갈등이 많은 시기였다. 표정들이 과히 밝지만은 않았다.

으레 신입이 그렇듯 하루 일과는 온갖 궂은일로 시작해 궂은일로 끝난다.

무사로 대우는 받지만, 이때쯤이면 밖에서 보던 무림맹 무사에 대한 환상이 깨지면서 현실의 벽 앞에 서게 된다.

힘든 수련, 열악한 대우, 가장 중요한 성장 가능성에 대한 좌절감!

어쩌면 이 시기가 무림맹 무사로써 자신의 한계를 결정짓는 아주 중요한 시기일지도 모르겠다.

포기할 사람은 포기하고, 적당히 안주할 사람은 안주하고, 반면에 혹독하게 자신을 다루며 기회를 엿보기도 하고.

어쨌든 여기 모여 있는 이백 남짓한 인원 중에 몇몇은 조만간 압박을 이기지 못하고 자진해서 맹을 떠나게 될 것이다.

"지금까지 죽도록 노력해서 이 자리에 있는 사람들보고 뭔 헛소리냐? 검을 부러뜨리고 싶은 충동을 시시때때로 억누르며 더 많이 휘둘렀을 거고, 잠들어 있는 시간보다 깨어 있는 시간이 훨씬 많았단 말이야. 그런데 거기에다 뭘 더 어떻게 하라고?"

이한은 초롱초롱하게 자신을 바라보는 수련 무사들의 면면을 훑어보았다.

"불행하게도 여러분은 더 해야 합니다. 잘나 보이는 선배들의 삶을 동경한다면. 물론 선배들이 모두 노력했다고는 안 하겠습니다. 하지만 여러분이 선배들의 위치로 올라가려면 지금의 노력에 덧붙일 무언가가 필요합니다. 내가 가진 게 없다면 앞뒤 볼 것 없이 노력밖에 더 있습니까? 맹의 구조가, 현실이 어떠하다는 불만 이전에 내가 갖출 건 갖추고 이야기합시다. 오늘의 결론은 '그래도 노력만 한 건 없다' 입니다."

잘나가는 수련 무사 선배를 초청해 대화를 가지는 시간이 있었다. 이번 차례가 이한이었다.

“말은 잘한다.”

암천(暗天)의 양피지를 꺼내 놓고 망설이고 있는 자신에게 한 말이며, 벌써 일각이 넘게 회피하고 있는 자신에게 한 말이었다.

이게 구중천도의 마지막이었다. 그래서 더한지도.

팔랑거리는 꽃잎! 가볍게 잘라갔다가 기겁을 했다. 미세한 도풍에도 정교하게 반응하며, 도의 기류를 타고 들어왔다. 그리고 이마에 살짝 내려앉았다. 머리가 쪼개지는 고통에 고개를 들자마자 뒤로 넘어갔다.

모두 아홉 개.

팔랑팔랑, 하늘하늘, 나풀나풀. 이렇게 표현할 수밖에 없었다.

가볍고 유려한 움직임을 보이다가 기류를 만나면 갖가지 움직임으로 팔딱거리며 날아들었다.

어찌 보면 당문의 추혼비접(追魂飛蝶)을 연상시켰다. 하지만 추혼비접보다 훨씬 기류의 변화에 민감하고 가벼웠다.

극성의 섬뢰로 잘라가 보았다. 반 이상을 막는 데 성공하기는 했다. 공간을 그대로 잘라버리는 극쾌의 도기에도 미세한 기류는 있었다. 손쓸 새도 없이 바닥을 뒹굴어야 했다.

암기수법이 확실했다. 아마도 구중천자는 신룡조처럼 암화(暗花)의 암기수법에 맞는 신병이기를 만들었을 것으로 생각되었다. 어디에 있는지 몰라도.

공손추의 거처에 갔다가 맹으로 내려오는 길에 정철구 조장이 어쩐 일인지 초조하게 기다리고 있었다.

"…우리 조에 정백 선배 알지? 이번에 수습 교육을 받는 애들 중에 조카뻘 되는 아이가 있나 보더라. 며칠 전에 찾아왔었나 보던데, 맹에 적응하기가 어려운 모양이야."

정철구는 말을 하면서도 조금 어려워하며 주저했다.

"제가 뭐 도울 거라도 있습니까?"

"자네도 정백 선배 심성을 잘 알잖아? 부담 주기 싫다고 말하지 말라고 했는데, 옆에서 보기가 영 그래."

이한도 잘 알았다. 이곳 조원들 대부분이 남에게 폐 끼치기 싫어하고, 자신의 영달을 위해 굽실거리는 성격들도 아니었다. 그래서 외부 원로원의 경비 무사로 있게 된 것인지도 모르지만.

"내 생각에 자네가 한번 만나서 격려라도 해 주면 좀 나아지지 않을까 해서…."

"조장님도 참. 그게 뭔 어려운 일이라고 그렇게 어렵게 말씀하십니까? 한번 만나 보지요. 누굽니까?"

시원한 대답에 정철구의 안색이 갑자기 확 펴지며 움츠리고 있던 몸이 펴졌다.

"총관부 재선당에 있어. 이름은 우철정."

"우철정 이라면! 서안 청우세가의 그 우철정이요?"

정철구가 고개를 끄덕였다.

"정백 선배님이 청우세가 출신이었나 보네요? 아! 맞다. 우씨였지."

"어! 몰랐었나 보네. 가문에서 거의 이단아로 취급당하는 처지여서 선배 자체가 자기 말은 잘 안 하지."

섬서 서안에 위치한 청우세가(靑禹世家)는 무림세가이긴 하지만, 관부에도 진출을 많이 하는 세가였다. 대대로 지장들이 많이 나왔으며, 고위 문관들도 수두룩하게 배출했다. 세가에서 운영하는 청우학관은 전국에서 뛰어난 인재들이 많이 몰리기로 유명했다.

별로 크지 않는 키에 곱상하게 생긴 아이였다. 이제 열여덟이라던가? 나이도 제일 어린 측에다, 토론 때에도 잘 나서지 않던 걸로 기억되었다. 신상기록에 청우세가라 적혀 있어 다시 한번 쳐다본 게 다일 정도로 존재감이 없었다.

소림으로 출발 준비를 대충 마치고도 여유가 있었다.

"우철정!"

물품보관 창고에서 이리저리 뛰어다니던 우철정을 불렀다. 덥지 않은 날씨에도 상의가 약간 젖어 있었다. 놀란 표정의 우철정이 급히 달려와 깍듯하게 허리를 숙였다.

"선배님이 여기를 어떻게…."

"지나다가 네가 여기 배치받은 게 생각나서 들러 봤다. 서기에게 말해 뒀으니 잠깐 차라도 한잔 마시자."

어려워하는 기색이 역력한 우철정을 데리고 근처 숲 그늘로 갔다. 서기가 차를 들고 급히 뛰어오고 있었다.

"가전(家傳)창을 익혔나?"

"예."

이한이 쳐다보자 자신의 손을 슬그머니 감추며 대답했다.

"그러면 장창?"

우철정의 굳은살로 부르튼 손에 난 흔적을 봐서 수련의 강도와 형태가 짐작이 갔다.

"어려서부터 장창을 사용했습니다."

이한은 이해가 간다는 표시로 고개를 끄덕였다.

청우세가의 유명한 섬전열화창술(閃電烈火槍術)!

빠르기가 번개 같고, 한 번 공격을 시작하면 불꽃이 튀는 것 같은 창광이 하늘을 가린다고 전해지는 창술이었다.

특히 마상에서 진가를 드러냈다.

이한은 숙소를 나와 호위총단의 소연무장으로 향하며 우철정에 대해 생각해 보았다.

크지 않은 체구에 유약하다기는 뭣하지만, 항상 주눅 들어있는 태도와 전장에나 더 적합한 가전무공. 무림맹 무사로는 낙제였다.

하지만 자기에게 맞지 않는 장창을 손이 다 터져 나갈 정도로 수련하는 끈기와 비틀어지지 않은 심성은 그나마 장점이었다.

"후우."

이한은 밤공기의 청명함에 심호흡을 했다.

청우세가의 적통으로 위로 다섯 명의 출중한 형세들에게 어려서부터 치이며 자랐을 것이다. 무공이나 학문 어느 쪽도 두각을 나타내지 못하면서 항상 소외되고 눈치를 보는 것이 일상화된 모양이었다.

무림맹으로 가겠다는 언질에 아무도 반대를 하지 않았다는 말은 서글픔이 들게 했다.

세가 입장에서도 방계의 후기지수들에게도 밀리는 적통

이 그리 곱게 보이지는 않았을 터였다.

소연무장을 밝히는 횃불들 사이에 우철정이 반장도 넘는 시커먼 창을 들고 기다리고 있었다. 이한은 조용히 도를 늘어뜨리고 자리를 잡았다.

가볍게 창두를 내리며 예를 취한 기수식을 시작으로 섬전열화창술을 펼치기 시작했다.

쉬쉭—

조용한 연무장에 우철정의 창에서 나는 바람 소리만 들렸다.

빠르게 찌르고 빠지고, 휘두르는 창에도 이한은 도를 사용하지 않고 암월보를 시전하며 피하기만 했다. 우철정의 상태를 유심히 살피는 것을 잊지는 않았다.

창의 공격기술과 방어기술을 정확히 구사하는 것으로 보아, 기본기는 감탄할 정도로 완벽했다. 우철정에 대한 시각이 조금 바뀔 정도였다.

문제는 시간이 지날수록, 창을 제어하는 힘과 세기의 부족으로 공격과 방어에 미세한 틈이 생긴다는 것이었다. 고수까지도 아니고, 어느 정도 수준의 무사만 만나도 필패의 결점이었다.

가볍게 찔러 넣은 이한의 도에 당황하며 급히 물러서는 우철정을 보면서 고개를 끄덕였다.

“그만하자.”

이한의 말에 시무룩한 표정으로 창을 갈무리하며 쭈뼛거렸다.

땀이 송골송골 맺힌 우철정을 보면서 어떻게 말해야 할지 잠시 망설였다.

"지금의 너로는 맹에서 얼마 버티지 못한다."

우철정은 각오를 했던 말임에도 고개를 푹 숙였다. 차가운 밤바람이 불었다. 횃불들이 거칠게 일렁이며 흔들렸다. 침묵의 시간이 꽤 흘렀다.

"여기를 나가면 갈 곳이 없습니다."

어렵게 말하는 목소리에 울먹이는 음이 섞여 있었다.

"후우."

이한은 가볍게 한숨을 쉬며 우철정의 앞을 쉬이 떠나질 못했다.

"방법이 없는 것은 아니다. 하지만…."

이한의 말에 우철정이 무릎을 꿇고 머리를 조아렸다.

"도와주십시오. 선배님."

"일어나서 거기로 좀 앉아라."

이한은 울먹이는 우철정을 진정시키고 생각을 정리했다.

"일단 가장 큰 문제가 그 장창이다. 네게 맞지 않다."

"그런 말은 전에도 들었습니다만, 가전무공을 버리면…."

어릴 적부터 손발에 익힌 익숙한 것을 버리고, 새로운 것을 익힌다는 것은 보통 일이 아니었다. 또한 가전무공이란 의미는 가문에 속한다는 소속감의 결정체였다.

"장창을 버리고 단창을 사용하는 게 좋을 듯하다. 네 내공심법도 다시 정리를 해 봐야 한다. 네가 결정을 하면 새로운 무공은 내가 어떻게 해 보겠다."

복잡한 우철정의 심경을 무시하고 할 말을 빠르게 이어갔다.

"이 결정도 무림맹에 남기는 어렵다. 맹은 네가 새로운 무공을 익히는 동안 여유 있게 기다려주는 너그러운 곳이 아니다. 네가 결정하면 이것도 내가 해결해 줄 수 있을 것 같다."

이한은 할 말을 다 했다는 표정으로 우철정을 바라보았다.

"오 일 후에 임무를 나간다. 되도록 그때까지 결정하도록 해라."

정주 외곽을 달리는 두 필의 말에 속도가 더해졌다.

히히힝—

빠르게 달리던 말들이 속도를 줄이며 멈춰 섰다. 그 사이에 경비초소가 생겨 나 있었다.

"어디서 오신 분들이오."

철면대 대원들이 뛰어나왔다.

"앗! 주공."

"건물들이 많이 생겼네요."

"예, 이제 조금씩 체계도 잡혀가고, 사람이 살만한 곳으로 바뀌고 있습니다."

"수고들이 많습니다."

여러 채의 건물이 지어졌고, 지어지고 있었다. 목수와 일꾼으로 북적여서 작은 마을을 보는 듯했다. 황량하게 기억되던 그곳이 맞나 싶었다.

도열해 있는 철면대 사이로 여설이 걸어오고 있었다.

"어서 오세요. 상공."

근엄하면서도 정중한 그러면서 다소곳하기까지 했다.

너무 연출된 듯 경직된 장면에 순간적으로 당황했지만, 여설의 입장이 이해가 되었다. 한 조직을 통솔하기 위해서 필요한 모습들이었다.

"앞으로 너의 전반적인 일정을 관리해 줄 거다."

"걱정 마세요. 상공. 조만간 누구도 무시 못 할 고수로 키워 놓을게요."

우철정은 여설이 자신을 향해 싱긋 웃자, 왠지 모르게 온몸에 오한이 드는 느낌이었다.

"이걸 익히게 할 거요."

우철정이 나가자, 품에서 구중천도의 양피지를 꺼내 여설에게 건넸다.

"사신도(四神圖)? 우후! 구중천도를 줄 정도면 평생 부려먹어도 본전이란 건데."

여설의 농담 아닌 농담에 이한은 짐짓 인상까지 써가며 진중하게 말을 이었다.

"창으로 구현하기 아주 적합하오. 청우세가의 내공심법이 사신기에 적합한지의 여부가 조금 걸리기는 한데. 아! 아주 단단한 단창들도 필요하오."

"상공이 구중천도까지 꺼낸 걸 보면 기본자질은 있다고 봐 주고요. 내공심법이나 단창이야 제 선에서 해결 가능하니까 됐고요. 문제는 투자 대비 수익이 어느 정도냐인데요."

이한의 찌푸린 인상에도 여설은 자기 할 말을 다 했다.

"청우세가 막내라고 했죠? 어느 정도 견적은 나오네요. 거기다 상공의 까칠한 안목까지 통과했다면 틀림없기도 하고. 지금 너무 계산적이라고 속으로 욕하고 있었죠?"

"아니, 무슨 욕까지…."

"사실 이 시점에는 사람에게 투자하는 것이 가장 좋기는 하죠. 이래서 제가 상공에게는 꼼짝을 못한다니까요."

여설은 사신도 양피지를 품에 넣으며, 살짝 이한에게 기댔다.

무원(武園)

"청석평에 좀 다녀오자."

공손추의 말에 두말하지 않고 따라나섰다. 청석평에는 무원이 있었다.

맹주가 유명무실한 장로원의 활성화를 공언했다.

따라서 기존의 장로원 건물을 증축하고, 대별산 골짜기의 원로원은 폐쇄하기로 결정되었다.

공손추는 맹에 남으라는 의약진 제자들의 만류를 뿌리치고, 무원으로 정식은퇴를 결정했다. 이주 전에 무원의 사정을 알아보려는 것이다.

무원(武園)은 순수 무림맹 출신으로 맹의 일선에서 물러난 무사들의 거주지역을 말한다. 맹에서 동쪽으로 이십 여리 떨어진 청석평이라는 곳에 마을을 형성하고 있었다.

주로 맹의 요청 시 업무에 대한 자문이나 공동으로 무공에 대한 연구도 했다.

원로원에 들어갈 자격을 갖추고도 무원에 들어가는 이들도 상당수 되는 만큼, 맹의 입장에서는 없어서는 안 되는 예비 전력이었다.

청해 지부 지원대에서 활약한 송유를 비롯한 세 명이 이 무원에서 지원을 나왔었다.

넓게 펼쳐진 들을 지나 마을로 들어섰다.

대별산 자락을 등에 업고, 확 트인 들을 바라보며 만들어진 곳이라 보기에도 아늑하고 풍요로워 보였다.

이백여 호가 여기저기로 흩어져 있었다. 마을 뒤쪽 골짜기에도 인가의 흔적이 이어져 있는 것을 보면 꽤 큰 마을이었다.

"어서 오시게. 상선의!"

"호 선배! 여전히 정정하십니다."

"예끼! 이 사람아. 하늘에서 부를 날을 정해 놓은 사람에게 정정하다고 하는 것은 욕이야."

"날을 받아 놓기는 무슨. 한 백 년 뒤에요?"

"허허, 이 사람이 점점."

손을 맞잡은 두 노인은 정말 반가워 보였다. 무맹단 초대 단주를 지낸 만절수(萬絶手) 호연석이었다. 여든이 넘은 나이에도 거동에 전혀 불편함이 없어 보였다.

"이 젊은 친구가 천호위이신가?"

이한의 공손한 인사에 흡족한 미소를 띠었다.

천호위(天護衛)!

대군사의 암살을 막아 낸 직후, 조금씩 회자 되더니 이제는 거의 굳어 버린 맹내에서 불리는 이한의 별호였다.

무원주의 거처라는 저택에서 분주한 수인사를 마친 후에, 공손추를 남겨 두고 천천히 마을을 둘러보러 나왔다. 무원이란 생각을 버리면 일반적인 마을과 별반 다르지 않은 곳이었다.

이한의 눈길을 잡은 곳에 수십 명의 아이들이 옹기종기 모여 있었다.

고풍스런 지붕을 얹은 널찍한 건물이 사방을 훤하게 틔운 채 자리하고 있었다. 낮은 울타리에 넓은 마당이 있는 마을의 학당이었다.

이한은 옛날 생각이나 한참을 서성이며 안을 바라보고 있었다.

"와!"

"끝났다."

두 팔을 휘저으며 아이들이 왁자지껄 뛰어나왔다.

"어? 못 보던 아저씨다."

울타리 옆에 우두커니 서 있던 이한에게 아이들이 몰려들었다. 중구난방으로 떠들어 대는 아이들 틈에서 난처한 표정을 지을 수밖에 없었다.

"이놈들! 손님에게 무슨 짓이냐?"

서생 차림의 훈장이 다가오자 아이들이 사방으로 흩어졌다.

적당한 키에 흰 피부, 혜지에 빛나는 눈빛이 인상적인 이십 대의 서생이었다. 전체적으로 기품이 있어 귀티가 흘렀고, 절제된 행동으로 보아 침착하고 온유한 전형적인 외유내강형의 인물 같았다.

"설유수라 합니다."

"이한입니다. 그런데 무원의 설씨면… 천산호(天山虎) 설중도 노 선배님과는…?"

"조부님 되십니다."

"아!"

"하하하, 팔척장신에 우람하신 조부님에게서 어찌 저 같은 꼬마가 났냐고요?"

이한의 의외라는 눈빛에 설유수는 밝게 웃었다.

"마을에는 주로 공동체에 필요한 시설들이 많고, 어르신들의 가족들이 살고 있습니다. 이쪽으로 나 있는 골짜기 안쪽의 분지가 진정한 무원이라 할 수 있지요."

안내를 자청한 설유수가 청석골로 들어서며 이한을 돌

아보았다. 청석골은 입구가 좁다 했는데, 안으로 들어갈수록 점점 넓어졌다.

"야아!"

탄성이 절로 나왔다. 중앙에 큰 분지를 두고 작은 골들이 죽죽 뻗어 있었다.

족히 수백 호는 넘어 보이는 가옥들이 비스듬히 올라가는 골들의 경사지를 따라 줄줄이 세워져 있었다. 조금 과장을 보태면 거대한 원형건물 속에 들어온 느낌이었다.

분지로 들어서자, 수십 명의 젊은이들이 수련을 하고 있는 넓은 연무장이 나타났다.

이따금씩 지르는 기합이 맴을 치며, 골 전체로 휘돌아 울렸다.

"이곳에서 공동으로 연구한 격공산권(隔空散拳)입니다."

소림의 백보신권과 유사하게, 내기를 발산해 떨어져 있는 목표를 타격하는 권인 모양이었다. 좀 더 다채로운 수비와 공격 초식으로 이루어져 있었다.

"설 선생! 같이 온 분 누구신가?"

젊은이들의 수련을 지켜보던 육십 대를 훨씬 넘겨 보이는 노인이 다가왔다.

"무원의 공동제자들 수련을 담당하는 비연권(飛燕拳) 장이 어르신입니다."

설유수가 작게 속삭였다.

"비연권 노 선배님을 뵙습니다. 이한이라 합니다."

"호오! 천호위. 자네가 바로 명성이 자자한 그 인물이구먼. 이렇게 만나니 반갑네."

장이는 만면에 웃음을 띠다가, 갑자기 정색을 하며 급하게 이한에게 다가왔다.

"잠깐, 잠깐. 자네 이리 와보게. 날 좀 도와줘야겠어."

구석으로 이한을 이끌더니, 수련을 하고 있는 제자들을 힐끗 봤다.

"저 녀석들이 말이야. 요즘 들어 조금 진전이 있다 싶으니까 슬슬 꾀를 피운단 말이지. 머리 좀 컸다고 통제도 잘 안 돼. 자네가 기 한번 죽여 주게."

"예?"

이한은 약간 당황해서 설유수를 쳐다보았다. 흥미진진한 표정으로 바라보고 있던 설유수가 슬그머니 고개를 돌렸다.

천호위 이한!

도권쌍절의 무공 귀재. 살수들의 천적인 무적의 호위. 무림맹 하급 무사들의 우상.

소문만 들었을 뿐이지, 실제로 신위를 보지 못했다. 비연권이 아주 좋은 핑곗거리를 만들었다는 표정이었다.

"그럼 어느 정도로…."

"뭐 죽지만 않으면 되겠지."

조심스런 자신의 물음에 대충 말하는 비연권의 진의를 생각해보다가, 포기하고 앞으로 나섰다.

그렇게 삼십이 대 일의 비무가 성사되었다. 이한을 소개받은 무원 제자들의 눈빛이 돌연 살아나 반짝였다.

"제가 먼저 해 보겠습니다."

약관이 채 되지 않아 보여도 훤칠하고 탄탄하게 생긴 청년이 나섰다.

권사인 모양인지, 좀 전에 수련하던 격공산권으로 공격해 왔다. 권에서 발산되는 내기가 꽤 매서웠지만, 이한을 물러서게 할 만큼은 아니었다.

박투연환백절의 조룡수로 팔을 감아 당기고, 하박퇴로 종아리를 차올려 뒤로 던져 버렸다. 이장을 굴러 절뚝이며 겨우 일어나는 것이 보였다.

"이번에는 제가."

환검의 일종이었다. 화려한 변식에 이어 날카로운 검세로 주위를 온통 가리며 찔러 들어왔다. 환검은 상대의 이목에 최대한의 혼란을 주어야 한다는 관점에서 보면 일단 합격점을 줄 만했다. 하지만 상대는 이한이었다.

누구보다 민감한 기감과 운몽에서 단련된 시각을 가지고 있었다.

환검의 틈을 정확히 파고들어 비견(飛肩)의 기술로 몸통을 들이박았다. 곁에서 보기에는 그 어지럽게 베어내는 검

사이를 어떻게 뚫고 들어갔는지 신기할 지경이었다.

두 번째 상대마저 힘없이 나가떨어지자 무원 제자들 사이에 작은 웅성거림이 생겼다.

"장연입니다."

전자의 경우를 봐서인지 아주 신중하게 움직여 나갔다.

절맥수? 구절연환수? …아닌가?

상대의 맥을 전문적으로 노리는 수공 같은데 일치하는 것이 없었다. 격공산권과 마찬가지로 무원에서 새로 만들어 낸 무공 같았다.

이한은 상체를 뒤로 약간 눕히는 동시에, 무릎과 다리의 연속기인 슬각기(膝脚技)로 상대를 공중으로 띄웠다가 옆으로 비틀며 메다꽂았다.

이후로 서너 명이 더 연속으로 허무하게 나가떨어지자, 더 이상 도전하기를 주저했다. 잠시의 술렁거림 속에 뒤쪽에서 누군가 몸을 일으켰다.

조용한 걸음걸이에 이한의 눈이 반짝 떠졌다.

소년이라고 하기는 그렇지만, 어려 보였다. 흐트러진 머리, 침착하게 가라앉아 있는 눈빛, 손에 감겨 있는 너덜너덜한 천 조각.

이한 앞으로 나서더니, 검을 든 양손을 모아 고개를 숙였다.

"자네는 이름이 뭔가?"

이한은 비무를 시작하고 처음으로 입을 열었다.

"소천이는 말을 못 합니다. 이름은 장소천입니다."

누군가 뒤에서 대신 대답해주었다. 장소천이 고개를 끄덕이자, 이한도 고개를 끄덕이며 미소를 지었다.

예상대로였다.

검이 아주 묵직하면서도 매끄러웠다. 굳이 흠이라면 너무 정직했다. 이한은 장소천이 사력을 다해 날린 검을 쳐내다가 한 번씩 허점을 날카롭게 찔러 보았다.

뒤로 물러서기보다 위험을 감수하고라도 앞으로 찔러오려고 최선을 다하고 있었다. 무모해 보였지만, 그것이 장소천과 이한의 실력 차이에서는 최선의 방어였다.

'승부 감각은 괜찮은데.'

불현듯 좀 더 시험해 보고 싶다는 느낌이 강하게 들었다. 무공과 기본 심성은 충분히 엿보였다. 하지만 그 정신력의 한계는?

삽사기 운몽(雲夢)! 그 끊임없이 뭉글거리던 구름의 공포가 떠올랐다.

자세를 살짝 기우뚱한 이한을 보며, 장소천의 검이 좌우로 연달아 베어 왔다.

이한의 몸이 갑자기 푹 꺼졌다. 허공을 베어 낸 장소천의 검 사이로, 살기를 담은 이한의 신형이 순식간에 확대되어 오다가 확 흩어졌다.

순간 온몸을 관통당하는 고통과 눈으로 쏘아져 들어오는 살기가 장소천을 지배했다. 무작정 검을 찔러 넣었다. 하지만 허공이었다.

부릅떠진 두 눈에 이한의 그림자가 계속 박혀 들었다. 공포가 어렸다. 터질 것 같은 압박에 무릎이 휘청거렸고, 찌르는 살기에 몸이 굳어 버렸다.

장소천은 직감적으로 곧 무너질 것 같았다.

'안 돼!'

본능적으로 검을 베어내면서, 정신을 잃어버렸다.

이한은 기를 거두고 장소천에게로 다가갔다.

흠뻑 젖은 온몸이 가늘게 떨리고 있으면서도, 검을 베어낸 자세는 유지하고 있었다. 가슴의 혈을 몇 군데 쳐 주고, 머리의 혈을 문질러 주었다.

"커어어."

장소천은 갑자기 가슴을 끌어안으며 깨어나더니, 주저앉았다.

"흐으, 흐으, 흐으."

가쁘게 숨을 몰아쉬었다. 이한의 손이 가만히 장소천의 머리를 쓰다듬었다. 장소천은 힘겹게 고개를 들었다. 아주 밝게 웃고 있는 이한의 모습이 보였다.

"수고했다."

나지막하게 말하고 연무장 중앙으로 돌아가고 있었다.

장소천은 이유를 알 수 없는 눈물이 핑 돌아, 급히 훔쳐내며 주위를 둘러보았다.

"오늘의 비무는 여기까지만 하겠습니다."

이한은 주위로 예를 표하며 양해를 구했다.

"안 되지! 이제 막 흥이 나려고 하는데, 그만두면 어떡하란 말인가?"

언제들 왔는지 연무장 주위로 여러 명의 노인네들이 옹기종기 모여 있었다.

장소천을 시험하기 위해 발산한 살기가 결과적으로 이들의 흥미를 끌게 되었다는 것을 직감했다. 정말로 이한을 쳐다보는 눈빛들이 반짝이고 있었다.

'후우!'

이한은 속으로 가볍게 한숨을 쉬었다.

"이왕 시작한 일인데 조금 더 노는 것도 괜찮지 않은가? 우리 아이들 안계도 넓혀 줄 겸."

비연권 상이까지 나서자, 꼼짝없이 연무상을 벗어나는 것을 포기해야 했다.

"수고하셨습니다."

설유수가 차를 권하며, 진심으로 말했다.

무원의 제자들은 그만두고도, 날이 어둑해질 때까지 노인네들과 비무를 했다. 그래도 아쉬워하는 이들을 겨우 떼놓고 마을로 내려왔다.

"자네라면 언제든지 환영이네. 자주 좀 들르게."

그 말이 좀 무서웠다. 하지만 무공의 진전이 막힐 때, 한 번씩 찾아오면 도움이 되겠다는 생각은 들었다.

사정을 모르는 공손추는 뭐 하다 늦게 내려와서는, 하루를 머물고 가게 생겼다고 핀잔을 주었다.

그래도 차 맛은 좋았다.

오늘 밤은 세상모르고 푹 잘 수 있을 것 같았다.

일찌감치 잘 생각으로 누웠지만, 정신이 점점 맑아지기만 했다.

설유수는 책을 보고 있다가 자신의 거처를 찾아온 이한을 반갑게 맞았다.

마침 청석평에서 나는 백미로 빚었다는 두강주(杜康酒)가 잘 익었을 거라면서 조촐한 술상까지 봐 왔다.

독한기가 있는 두강주가 목을 넘어가자 속까지 짜릿했다. 건포도 한 알을 얼얼한 혀에 가볍게 굴렸다가 씹어 삼켰다. 싸한 주향이 오랫동안 남았다.

"좋은데요."

"삼 년을 묵혔더니 주향이 그럴듯합니다."

설유수도 만족한 듯 고개를 끄덕였다. 두어 잔이 더 들어가자 피곤이 조금 풀리는 느낌이었다.

"장소천이란 아이에 대해 좀 알고 있습니까?"

"그 아이가 마음에 드신 모양이군요?"

고개를 끄덕이며 잔을 드는 이한을 보면서 설유수는 잠시 생각을 정리했다.

"십 년 전쯤인가 광서일대로 괴질이 돌았지요. 소천이도 그 한가운데 있었다 합니다. 유일한 보호자인 모친이 죽자 그곳을 떠나야 했습니다. 유언처럼 남긴, 부친이 무림맹 무사란 말을 철석같이 믿고 말입니다. 그때가 일곱 살이었습니다."

"하아! 일곱 살."

"그런데 그 먼 거리를 걸어서 무림맹에 정말 도착했습니다. 비록 피골이 상섭해 위사들이 시체라고 오인할 정도였지만요. 공교롭게 현 숭의문 위사장이신 인의철편 홍우관 어른이 첫 출근 하신 날이었습니다."

"그럼?"

"예, 소천이를 이곳으로 데려온 분이 인의철편이십니다."

"말을 못 하게 된 건…? 다른 사람의 말을 다 알아듣는 것을 보면 선천적이지는 않아 보였습니다."

설유수는 고개를 끄덕이며 술잔을 입에서 뗐다.

"맞습니다. 이곳에 오기 전에 글을 다 익힌 걸로 봐서, 말도 가능했고 머리도 제법 있었다고 봐야 합니다. 모친의 교육도 평범하지는 않았을 것 같고요. 광서에서 무림맹까지 삼 년이 걸렸답니다. 그 사이에 무슨 일이 있었는지 모르지만, 실어증에 걸리기에는 충분한 시간과 여건이 있을 시기였다고 봐야죠."

설유수는 자신을 쳐다보는 이한의 눈길을 보고 고개를 저었다.

"다른 건 다 알려 주면서 그 삼 년 동안에 대해서는 꿈적도 안 합니다."

"그래요? 흐음."

잠시 말이 끊기면서 서로의 잔에 술을 따르고, 건포도를 입에 넣었다.

"아! 부친은 어떻게 됐습니까?"

"맹주부 평무사로 있었답니다. 소천이가 맹에 도착하기 몇 년 전에 모종의 임무로 실종 처리 된 상태였습니다. 유족에게는 미처 연락이 못 한 모양입니다. 사망이 아니라 실종이니, 그럴 수도 있겠다 싶지만요."

"악재에 악재가 겹쳤네요."

이한은 잠시 고개를 들고 생각에 잠겼다.

"그 아이… 그런 고생을 한 아이치고는 검이 너무 바릅니다. 보통 무공은 그 사람의 성정과 환경에 많은 영향을 받습니다. 같은 검을 익히는 사형제도 걸 형태는 같을 수 있어도, 각자의 검세에는 차이가 납니다."

설유수는 이해가 간다는 표정으로 고개를 끄덕였다.

"흐음, 이곳에 온 처음부터 소천이가 지금 같은 아이는 아니었습니다. 일이 년 정도는 굉장히 힘들어했습니다. 조금씩 나아졌다고 보면 됩니다. 아마도 또 다른 이유라면 재작년에 돌아가신 명협 이송정 어르신의 영향이 컸을 겁니다. 어르신이 소천이를 거의 키웠다고 봐도 무방합니다. 소천이도 어르신을 잘 따랐고요. 명협이 돌아가시자 거의 열흘 동안 식음을 전폐했을 정도니까요."

"명협(明俠) 이송정! 이런, 청명소검식과 청명신공. 아무리 그래도 청인검(淸仁劍)을 못 알아보다니."

"하하하. 그만한 걸로 그렇게 자책을 하시다니."

설유수의 웃음에 이한은 약간 겸연쩍어하면서 같이 웃었다.

"이건 거의 직업병입니다."

"아! 이해가 되는 말인데요."

이한은 농담처럼 말했지만 사실일 수도 있었다.

호위 임무를 맡으면서 언제부턴가 사소한 것 하나라도 놓치면 안 된다는 강박에 시달리고 있었다.

"소천이를 어쩔 생각인 겁니까?"

술이 한 순배 더 돌자, 설유수는 아까부터 궁금했던 말을 꺼냈다.

"그것보다 이곳에서 소천이의 처지는 어떻습니까?"

"지금 말입니까? 앞으로 말입니까?"

"둘 다요."

"지금은 어렵습니다. 여기는 기명 제자와 공동제자가 있습니다. 기명 제자들이야 각자 스승의 절예와 공동 무공을 익히지만, 선택을 받지 못한 공동 제자는 무원에서 연구한 무공만 익힐 수 있습니다. 소천이는 어쨌든 명협의 진전을 이었으니, 다른 분을 스승으로 모시기는 어렵습니다. 게다가 신체적 약점까지 있으니. 그래서 아까도 공동 제자들과 함께 수련을 한 것입니다."

설유수는 입이 마른지, 잔을 들어 입술을 간단히 축이고 내려놓았다.

"문제는 명협께서 무공으로 명성을 날린 분은 아니지 않습니까? 보통의 경우 청명공과 무원의 공동 무공으로는 절정을 넘기 쉽지 않습니다. 무사로서의 전망은 밝지 않다는 말입니다. 하지만 무원이 무사들만 사는 곳은 아니지요."

"결론은 무사로는 아니다. 하지만 무원에서 사는 것이 행복할 수는 있다. 이 말씀이지요?"

"맞습니다."

이한은 두강주의 쓴 뒷맛을 음미하며 잔을 내려놓았다.

"소천이를 처음 봤을 때 내가 알고 있는 무공을 익히기에 딱 적합하다고 생각했습니다. 그래서 시험을 해 봤습니다. 생각대로 자질이 보이는 아이였습니다."

"흐음."

"소천이도 그렇지만, 이곳 무원에서 때를 기다리는 와룡을 보게 될 줄은 몰랐습니다."

설유수는 힐끗 자신이 읽던 책이 놓인 서탁을 돌아봤다.

"이것도 직업병이라고 이해해 주십시오."

이한은 술병에서 마지막으로 쪼르르 나오는 두강주로 빈 잔을 채웠다.

이한은 맹에 돌아오자마자 소장각을 찾았다.

무림맹의 모든 정보는 정보기관인 밀전으로 취합되고, 밀전에서 분류한 일성 이하 기밀은 군사부에서 관장하는 기밀각으로 보내진다.

기밀각에서도 자체기준 이하의 정보는 소장각으로 보내 보관하게 된다. 소장각의 정보는 업무 연관성만 증명되면 누구나 열람할 수 있었다.

"오늘은 업무시간 넘기지 말고 나와 주게."

자주 보다 보니 각주 안회도 확인절차를 생략하고, 서기에게 뭔가 지시하기에 바빴다.

빽빽한 문서와 책자들로 통로마저 좁아 보이는 소장각의 서고였다. 익숙하게 몇 권의 책자와 서류들을 뒤적이더니, 낡은 서류 하나를 빼냈다.

'통천자(通天者)의 천하소략(天下疏略)이었어. 유생이라면 꿈에도 그리는 책이지. 여기 있군. 마지막 소유자가 장유학파의 백파 선생.'

다시 서고를 헤집기 시작했다.

'장유학파(長流學派). 경해 십육 년 무원 역모 사건으로 해산.'

'무원 역모 사건.

장유학파에서 황도경군 대장 주여운을 사주하여 동창을 멸하고 황상을 폐하려던 역모 사건. 주역인 백파, 남인, 서량 등 십사인 사형. 오십팔인 황도 추방.'

'백파라! 유림의 인명록이 있던가?'

실마리를 따라 끝없이 좁은 서고 통로를 이리저리 옮겨 다녔다.

'백파가 무찰원과 관계가 있었다는 결론인데? 그것도 무영대!'

좀 더 찾아보고 싶었지만, 시간이 없었다. 설유수에 대해서는 다음에 더 알아볼 수밖에 없었다. 그렇게 급한 건 아니니.

"쯧쯧쯧."

결국 각주 안회의 혀 차는 소리를 들으며 소장각을 나섰다. 바깥은 벌써 어둠이 짙게 깔려 있었다.

"자네 항주의 금가장에 좀 다녀와야겠네. 총관부를 통해서 협조요청 서한이 왔는데, 금가장 소장주인 금장산이 보냈다고 하네. 알다시피 금가장은 맹의 중요한 거래처이기도 하고, 매년 막대한 기부금을 보내는 곳 아닌가? 맹에서나 몰라라 할 곳은 아니네."

단주 정창명의 긴급호출에 뭔가 큰일이 터졌나 싶었는데, 기대만큼은 아니었다. 정창명은 이한의 시큰둥한 표정에 조금 설명을 덧붙였다.

"무슨 일이랍니까?"

"금가장 일가에 대한 임실 시도가 수차례 있었네. 자체 호위 인력이 있는데도 불구하고, 맹에 도움을 요청한 걸로 봐서는 상황이 녹록지 않다는 거겠지."

"혼자 가서 해결할 수 있을지…."

"아! 일급호위 한 조를 붙여 줄 거야. 양사진 조장이 자네와 손발이 잘 맞지? 호위 삼조와 함께 가게."

호위 삼조란 말에 별 불만 없이 고개를 끄덕였다.

"개입은 어느 선까지 할까요?"

이한이 생각하기에 이번 일에서 제일 먼저 고려되어야 할 사항이었다.

"금가장은 생각보다 맹에 중요한 곳이라며, 신경을 써 달라고 석총관이 직접 부탁했네. 어떤 때는 금력이 무력보다 무서울 때가 있다나, 뭐… 그러더군. 총관부 입장을 고려해 완전히 해결하면 좋겠지만, 그곳 상황을 정확히 알지는 못하잖나? 상계는 많이 복잡한 곳이지. 변수도 많고. 결국은 현장의 상황판단에 따를 수밖에 없네. 그래서 특별히 자네를 보내는 거고."

"알겠습니다."

무원에 도착해 설유수를 만나니 어느새 늦은 저녁이었다.

"이거 미안합니다. 갑자기 임무가 떨어지는 바람에 좀 늦었습니다."

"괜찮습니다. 바람도 좋으니 산책이라도 하지요."

연락을 받고도 하루를 지체해 무원에 도착했다. 먼저 나서는 설유수를 따라 천천히 마을을 가로질렀다.

"소천이에게 말을 전했습니다. 무엇보다 본인의 의사가 우선 아니겠습니까? 한번 만나 보고 싶답니다."

자연스럽게 청석골로 접어들었다.

장소천의 거처는 을씨년스러워 보였다. 불빛도 없는 작은 마당에서 검을 휘두르고 있었다.

청명소검식(淸明小劍式)!

유생 출신인 명협이 유림에 전해지는 청명신공을 익히면서 발전시킨 검이었다.

출발이 유생들의 건강을 위한 검이다 보니, 크게 위력적이지는 않았다. 하지만 정확하고 바른 검초와 정명한 검세는 검을 익히는 무사라면 누구나 눈여겨봐야 할 점이었다.

한참을 검에 집중하던 장소천이 바닥에 털썩 주저앉았다.

"흐아, 흐아, 흐으으."

정상인의 숨결은 아니지만, 가쁜 호흡 소리가 마당에 가득했다. 갑자기 바닥을 의지해 있던 손을 떼며, 후다닥 몸을 일으켰다.

"그건 수련이 아니라, 제 몸을 혹사시키는 미련한 짓이다."

이한이 천천히 마당으로 들어서며, 검붉은 자국으로 얼룩져 있는 장소천의 손에 감긴 천을 바라보고 있었다.

"풀어 보아라."

약간 주저하면서 덜덜거리는 손을 붙잡고, 천을 풀어갔다. 상처에 붙어서 잘 떨어지지 않는 모양인지 눈을 찡그리며 천들을 잡아당겼다.

"네 손을 봐라. 청명소검식을 대성하기 전에 손이 먼저 기능을 잃을 것이다. 무인에게는 수련도 중요하지만, 자신의 몸과 정신을 항상 최상의 상태로 유지하는 것도 중요하다."

이한은 품에서 금창약을 꺼내 장소천의 손에 골고루 바르기 시작했다.

"너는 앞으로 손이 다 나을 때까지 검을 잡지 마라. 손에도 여러 혈이 있다. 혈까지 손상시키는 짓은 하지 말아야지."

장소천은 금창약이 다 발라질 때까지 꼼짝도 않고 있었다.

"설 선생에게 내 의사를 전해 들었다고 알고 있다."

이한은 눈꽃 무늬가 정교하게 수놓아진 면사로 장소천의 손을 잘 감아준 후에 몸을 일으켰다.

"나를 따라가면 지금보다 고생이 덜하다고 하지는 못하겠다. 하지만 지금보다는 강해질 것이다. 앞으로는 내가 너에게 주는 것보다, 네가 나에게 주어야 할 것이 더 많을 것이다. 그래도 좋다면 함께 가 보자."

장소천은 그때까지도 꼼짝 않고 서서 이한을 바라보고 있다가, 가만히 고개를 끄덕였다.

"그래. 내일 아침에 설 선생의 처소로 오너라."

마당을 나서는 이한의 모습이 보이지 않을 때가 되어서야, 장소천은 허리를 세웠다.

금가장 (1)

뜻하지 않게, 일정을 많이 앞당겨 항주 인근에 도착했다.

"와우! 서호다. 장형님! 그럼 저기가 그 유명한 소제제방…."

호위 삼조의 제일 막내인 막청이 환호성을 지르다가 급히 입을 막았다. 다른 조원들의 살기 어린 눈길에 고개까지 푹 숙였다.

막청이 불렀던 장형님. 장허열은 급히 조장 양사진의 눈치를 살피다가 안도의 한숨을 쉬었다.

다행히 서호 쪽으로 돌아서서 이한 호위와 뭔가 심각하게 의견을 나누는 양사진! 막청을 향해 인상을 있는 대로 구겼다.

이한이 조원들을 향해 씩 웃고는 왔던 길을 따라 몸을 날렸다.

"호오! 아직 생생한가 보네. 그토록 좋아하는 서호에도 왔겠다. 오늘은 수중적응훈련으로 해볼까?"

양사진의 중얼거리는 듯했지만, 생생히 들리는 목소리가 조원들을 덮쳤다.

"조장님!"

"잘못했다니까요."

"으악!"

일정상 보름에 걸쳐 왔어야 할 길을 거의 반으로 줄이는 강행군을 한 조원들은 기겁을 했다.

사건의 발단은 항주 출신의 장허열이었다.

항주의 절경과 특히 수많은 기루, 절색의 기녀들에 대해 출발 전부터 자랑을 해대는 통에 모두들 들뜬 기분으로 출발을 했다.

급기야 첫 야영지에서 명성이 자자한 기녀들의 품평과 함께 음담패설로까지 발전하자 흐트러진 분위기를 몇 번 경고 했던 양사진이 발끈했다.

"이것들이 한 달을 임무 없이 푹 쉬더니, 배때기에는 기름기가 득실거리고 머리통에는 온통 잡념으로 가득하다 이거지."

다음날부터 말이 지쳐 쓰러지기 일보 직전까지 정신없는 질주와 야간 특별훈련까지. 조원들 전부가 거의 반죽음 상태로 여기까지 왔다.

“전쟁이라도 난 거야? 뭔 걸음이 그렇게들 빨라.”

일행을 쫓다 지쳐 비상 신호를 쏴 올린 황호가 투덜거리며 나타났다.

“황 선배가 여긴 어떻게….”

“자네들 출발하고 하루 만에 나도 출발했어. 이건 단주가 자네에게 전하라더군.”

황호가 건네준 전서를 읽고 난 이한의 표정은 밝지 않았다.

“이것 참! 이번 임무는 어쩐지 맡고 싶지 않더라니.”

“뭔 내용인데?”

“안 봤습니까?”

“이번 일의 책임자는 자네야. 난 보조만 하는 거고.”

황호는 자신은 전혀 상관하지 않겠다는 표시로 양손을 흔들어 댔다.

“소장주 금장산이 연금됐답니다.”

“금가장의 장주 대행, 항주의 무법자, 철면(鐵面) 금장산의 그 금장산이 연금?”

“금가장 둘째 금적산이 입항하는 금룡선을 맞이하러 갔다가 암습을 받았습니다. 다행히 죽지는 않았는데, 사경을 헤매고 있답니다.”

"그런데 금장산이 왜?"

"이번 건 보다는 이전의 암살사건을 조사하던 중에 붙잡힌 살수중개업자의 입에서 금장산의 이름이 나왔고, 직접 만났다는 증언도 있었다네요."

황호는 고개를 갸웃했다.

"뭔가 이해를 못 하겠는데? 장주 대행을 연금시킬 정도면, 와병 중인 금월방 금가장주가 직접 나섰다는 이야긴데. 오늘내일한다는 사람이 이런 조치라니?"

"금가장 내부 사정이야 당장은 우리가 상관할 바 아니고요. 협조요청 당사자가 이 지경이니 우리 입장이 곤란하게 되었습니다."

"단주가 철수하라는 말은 안 했어."

"그럼, 우선은 금가장으로 들어가서 분위기를 살펴보죠."

황호도 별 의견이 없는지 고개를 끄덕였다.

금가장은 며칠이 지나도록 호위대를 객원에 처박아 놓고 가타부타 말이 없었다.

이한과 양사진은 무료하다는 핑계로 장원을 탐색하고 있는 중이었다.

넓은 장원은 곳곳에 삼엄한 경계가 이루어지고 있었다.

하지만 몇 곳을 제외하면 별 제지를 하지는 않았다.

"이번 금적산에 대한 공격을 제외하면, 아무래도 금장산이 가장 의심스럽긴 하지. 알게 모르게 정적이라고 알려진 인물들은 거의 장을 떠났거나, 암살당하거나 했으니까."

양사진은 말을 하면서도 주위를 세세히 둘러보고 있었다.

"젠장, 조금만 더 넓히면 무림맹과 비슷하겠다."

물론 과장이 섞였지만, 일개 상가의 규모라기에는 너른 것이 사실이었다.

"억! 저 인물을 여기서 보게 될 줄이야."

이한은 양사진이 바라보는 쪽으로 시선을 돌렸다.

오십대를 갓 넘은 것 같은 탄탄한 체구의 인물이 수하에게 뭔가 지시를 하고 있었다.

"누굽니까?"

"철포(鐵捕) 연백! 포쾌에서 출발해 대포두 자리까지 오른 입지전적 인물이지. 갑자기 은퇴를 한 후에 종적이 묘연하다더니 금가장에 있었나 보네."

"이곳에 오래 있지는 않았습니다."

양사진이 이유를 궁금해하는 눈빛으로 쳐다보았다.

"수하로 보이는 무사들과 친밀도가 별로 안 보입니다. 얼마 전에 초빙되지 않았으면, 성격이 독선적이어야 하는데 그렇게는 안 보이네요."

"오호, 듣고 보니 그런 것 같기도 하고."

자신에 대한 말이 오가는 것을 알았는지 연백이 이쪽으로 오고 있었다.

명성에 비해 의외로 이웃집 아저씨 같은 친근한 인상이었다. 가까이에서 보니 나이는 더 들어 보였지만, 워낙 단련된 몸이라 행동이 젊은 사람 못지않게 민첩하고 단단해 보였다.

"무림맹 호위총단에서 오신 분들이지요?"

체구에 맞게 굵직한 저음의 음성이 흘러나왔다.

서로 수인사를 나누다가 이한의 눈이 반짝했다.

일반적인 곤(棍)의 형태보다 조금 가늘고, 봉보다는 굵은 흑색의 기형 방망이를 허리 약간 뒤쪽으로 꽂고 있었다.

연백도 이한의 눈길을 느꼈는지 빙긋 웃었다.

"죄송합니다. 생소한 병기라서…."

"아니네. 관에서 쓰던 방망이에 버릇이 들어서 바꾸지는 못하고, 나름 내게 맞게 제작한 거라네."

그러고 보면 흔치 않은 병기지만, 연백에게는 잘 어울려 보였다.

장주의 거처와 집무실이 모여 있는 금원(金院)은 시녀에서 호위무사들까지 긴장 상태에 돌입했다.

근 보름 만에 연금에서 해제된 금장산이 집무실에 모습을 드러낸 것이다.

살수중개업자의 증언 외에는 더 이상 추궁할 증거가 없었다. 장주 대행이지만, 그 자리를 오래 비워 놓을 수도 없고.

보통 사람의 두세 배가 넘는 몸집을 지탱하기 위해 짧은 다리가 힘겹게 뒤뚱거리며 열심히 걸음을 옮기고 있었다.

오밀조밀한 얼굴에는 사람 좋은 미소가 항상 떠나지 않았다.

"보름 동안 신경을 너무 썼더니 식욕이 떨어졌어요. 점심은 간단하게 준비하라고 해요."

생각 외로 여린 미성이 굵은 목을 통해 나왔다.

집사 장여중은 작은 책자에 재빨리 금장산의 말을 적으며 집무실 문을 열었다. 연백이 기다리고 있었다.

"오! 매제, 많이 기다리지는 않았어요?"

매제란 말에 연백의 검미가 꿈틀했지만 별말은 없었다.

호들갑 떨며 요란하게 집무실을 들어선 금장산은 기대한 의자에 몸을 실었다.

"어휴, 힘들다."

"적산 공자에 대한 암살을 시도했던 살인루와 연계된 세력에 대한 보고서요."

연백은 던지듯이 대충 건네주고, 금장산도 대충 뒤적이다가 탁자로 던져 놓았다.

"무림맹에서 온 천호위라던가? 보니까 어때요?"

"소문대로요."

"해마다 피 같은 은자 십만 냥을 강탈해 가는 놈들이라, 이 기회에 바짝 부려먹기라도 해야 할 텐데. 해구단(海龜團)을 추적하라고 하면 할까요?"

"모르겠소."

연백의 딱딱 부러지는 짧은 말투에도 금장산은 개의치 않았다.

"흠, 한번 만나 보면 알겠지. 매제는 경부인 쪽에 줄을 대는 그놈들이, 우리가 쫓고 있는 세력과 같은 곳인지 알아봐 주세요."

"알겠소. 그럼 이만."

연백은 가볍게 목례를 하고 나갔다.

금장산은 나가는 연백의 등에 대고 씩 웃다가, 갑자기 싸늘한 표정으로 일변했다.

"…상황은?"

"살인루의 본거지는 거의 장악했습니다. 점조직망은 몇 개의 선을 잠시 놓쳤지만, 지금 추적 중에 있습니다. 이삼 일이면 살인루는 지상에서 사라지게 될 겁니다."

"개미 새끼 한 마리라도 남기면, 네가 죽는다. 금일(金一)!"

"알겠습니다. 하지만 우리 측 피해가…."

"됐어. 용병이든 낭인이든 살수든 모조리 끌어다 써. 천만

냥이 들어도 금가를 건드리면 어떻게 되는지 알게 해야지."

"그럼, 삼 일 후에 보고 드리겠습니다."

천장에서 들리던 목소리가 사라지자, 다시 표정이 풀리며 입꼬리가 올라갔다.

의자 위에 달린 긴 줄을 당겼다.

"찾으셨습니까? 장주 대행님."

"그놈의 대행 소리 좀 뗄 수 없어요?"

"가법입니다. 장주 대행님."

"오늘 일정이 어떻게 돼요? 아! 이놈의 의자 좀 어떻게 해 봐요. 너무 딱딱해서 미치겠다니까."

금장산은 비대한 몸을 뒤틀며 짜증 섞인 목소리를 냈다.

"호위대는 정보 조직이나 전투 조직이 아닙니다. 협조 요청에 착오가 있으신 모양입니나. 저희가 칠수하는 대로 맹에 소장주의 뜻을 전하도록 하겠습니다."

산해진미가 가득한 식탁에서 금장산과 마주한 이한의 대답은 단호했다. 막 튀긴 닭을 거의 삼키듯이 입에 넣고 우물거리던 금장산은 뼈다귀를 소리 나게 뱉어 냈다.

"보기보다 직선적인 분이시네요. 내가 해구단을 없애 달라고는 하지 않았잖아요. 이번 일련의 사건과 아무래도 연관이 있는 것 같으니 좀 알아봐 달라는 부탁이었어요."

"해구단이나, 쫓고 있다는 세력이 소장주의 목숨을 노린다면 최선을 다해 지켜 드릴 수는 있습니다. 그리고 정보와 추적 방면에는 금가장에도 유능한 인물이 많다고 알고 있습니다."

"흠, 연백 총사를 말하나 본데, 다른 일을 보느라 좀 바빠요. 여기저기로 일손이 많이 딸리는 실정이라서 무림맹에 지원을 요청했던 거예요."

금장산은 식탁 앞으로 바싹 몸을 기울이고 이한을 직시했다.

이한은 자신을 꿰뚫어 보는 것 같은 시선에도 젓가락을 내려놓고 천천히 면사에 손을 닦아 냈다. 마치 더 이상 할 말이 없으면 일어나겠다는 의사로 보였다.

"장 집사! 석 총관께 특별히 부탁드린 건 맞나요? 해마다 막대한 지원금을 내고 우리가 이런 대접을 받는 걸 어떻게 생각해요?"

금장산은 웃음기를 거두고 식사 시중을 들던 집사에게 조용한 어투로 물었다.

"올해 협상 때 고려하도록 하겠습니다."

장여중은 재빨리 소책자를 꺼내 뭔가를 적어 넣었다.

"저는 그만 일어나도 되겠습니까?

자신과는 상관없다는 듯 무덤덤한 이한의 표정을 잠시

바라보던 금장산은 한숨을 쉬었다.

"이 호위! 나는 장사꾼이에요. 거래의 가장 금기 사항이 뭔지 아세요? 나도 상대도 손해 보는 거예요."

"그렇긴 하군요."

"이 호위가 이대로 철수하면, 나는 좋은 일꾼을 잃어요. 계획에 차질도 좀 생겨요. 그러면 기분이 나빠지겠지요? 성과는 고사하고, 주구장창 뜯어먹을 수 있는 고기를 잃고 온 이 호위도 맹에서의 입장이 곤란해지겠지요? 그래서 말인데요. 이 호위가 해구단의 꼬리를 잡아주면 지원금을 배로 늘려 주겠어요. 이러면 서로 이익 아닌가요?"

"소장주께서는 제가 해구단의 추적에 성공하리라 보는 겁니까?"

"솔직히 말하면 가능성이 높지는 않아요. 지금까지 많은 시도가 있었지만, 성과가 미미했거든요. 그런데 왜 이 호위에게 목을 매느냐고요? 성공하면 우리 금가장의 숙원이 풀려서 좋고, 실패해도 나에게 별 손해는 없어요. 이해되죠? 또 하나, 이게 중요해요. 감이라는 게 있잖아요? 상인의 제일 덕목이죠."

"좋습니다. 서로 손해 보는 거래보다는 낫습니다만, 맹으로 더 들어가는 십만 냥. 별로 의미가 와 닿지 않습니다."

"그래요?"

금장산은 약간 의외라는 표정으로 조금 더 몸을 앞으로

당겼다.

"어차피 생색이야 소장주께서 내실 거고, 금가장 후계구도도 공고해지겠지요. 제 입장에선 맹이 조금 더 풍족해지나 마나 월봉 나오는 데는 별 차이도 없고."

"상당히 실리에도 밝군요. 그럼 어떻게 했으면 좋겠어요?"

"일단 해구단 일은 혼자 가겠습니다. 머릿수가 많아 봐야 주목만 받으니까요. 소장주께서는 연락과 간단한 정보를 전해줄 한 명만 지원해 주십시오."

이한은 실내를 한 번 휙 둘러봤다.

금가장 장주의 식사를 위해 특별히 마련된 별실은 고가의 물건들로 장식되어 있어 화려하면서도 품위가 있었다. 식사만큼은 최고로 해야 한다는 금가장의 오랜 전통이 서려 있는 곳이었다.

"이왕이면 주위에 있는 세 명 정도 수준이 좋겠습니다만 아니면…."

"좋아요. 좋아요. 그렇게 하지요. 그리고는요?"

자신의 비밀호위 숫자를 정확히 집어내자, 서둘러 말을 끊었다.

이한은 느긋하게 등받이로 몸을 기댔다.

"개인적으로 뭘 받아 봤자, 소장주의 인품으로 봐서는 족쇄로 돌아올 공산이 농후해 보입니다."

"이 호위 정도라면 그러고 싶은 마음이 굴뚝같긴 해요."

금장산도 허리를 펴며 여유롭게 웃었다.

"나중에 개인적으로 도움을 한번 받는 걸로 합시다. 그리고 소장주와의 만남을 기억하기 위한 간단한 기념품 하나 정도면 되겠습니다."

약조의 증표를 달란 얘기였다.

"호! 상당히 큰 걸 원하시네요. 성공한다는 가정하에, 금가장이 아닌 내 개인적인 도움이라면 가능도 하겠어요."

금장산은 더 이상의 양보는 없다는 표시로 조금 단호한 목소리를 냈다.

"그렇게 합시다. 그런데 저 꽃… 상당히 공들여 만든 것 같군요?"

이한의 시선을 따라, 금장산과 장여중의 시선도 모아졌다.

식탁 가장자리를 장식한 송대의 백자화병에는 정교한 조화(造化)가 여러 꽃들과 어우러져 반짝이고 있었다

이한이 약속의 증표로 지목한 저 조화!

금장산이 장여중을 돌아보았다.

"전대 장주님 시절부터 있던 거라, 내력은 모르겠습니다."

"흐음."

금장산과 이한의 시선이 서로의 심중을 파고들며 뒤엉켰다.

"거래가 성사된 걸로 해요. 잘 부탁드려요. 이 호위!"

서로 미소를 띠며 만족스럽게 찻잔을 잡아 갔다.

해상 무역을 주로 하는 금가장의 가장 골칫거리는 해적이었다.

그동안 많은 소탕 작전으로, 이제 금가장의 상선인 금룡선에 손을 대는 간 큰 해적은 거의 없어졌다.

하지만 해안선을 따라 신출귀몰하게 움직이는 해구단(海龜團)에는 속수무책이었다.

항주에서 바다로 나와 이틀 만에 도착한 주산도(舟山島).

천여 개의 섬으로 이루어진 주산군도에서 가장 큰 섬이었다. 금가장의 금룡선들이 정박하는 해상 물류 기지와 금가장 분원이 있는 곳이기도 했다.

금가장 분원에 여장을 푼 이한은 오자마자 해구단을 파악하느라 고심하고 있었다.

'주산군도는 분명한데, 섬이 천 개가 넘으니 다 뒤지기는 어렵고. 흐음.'

금장산이 붙여준 금오(金五)가 한나절 만에 구해 준 해도에서 눈을 뗐다.

각종 서류로 어지러운 실내를 천천히 거닐었다. 해도에

너무 집중을 했더니 섬들이 머릿속을 둥둥 떠다녔다.

"금오입니다."

발에 걸리는 서류를 툭 차며, 실내로 들어온 사십대의 장한이 가볍게 목례를 하며 서류뭉치를 건넸다. 장주의 손발인 금 자 돌림의 비밀호위 중 한 명이었다.

"해구단의 공격 일지입니다."

금오가 전해 준 서류를 뒤적이던 이한은 그중에 몇 장을 골라 냈다.

"주산도에서 항주와 인근으로 오가는 사이에서 피해가 많았군요?"

"해구단의 주 무대가 연근해입니다."

"하루에도 수십 척의 배가 뜹니다. 그런데 귀중품을 실은 배를 정확히 습격한다는 것이 이상하지 않습니까?"

"저희도 내부 공모를 의심했습니다만, 잔챙이 몇 잡는데 거쳤습니다. 점조직으로 되어 있어서 항상 꼬리를 떼고 잠적하는 통에 지금까지 온 것입니다."

"그렇군요."

다시 서류들을 면밀히 보던 이한은 혼잣말처럼 중얼거렸다.

"서른 척의 금룡선 중에 주산에 정박하는 금룡선은 열다섯. 금룡선이 싣고 온 화물은 다시 각 포구로 신룡선과 청룡선이 옮기는군요. 최근 육 개월에 신룡선이 두 번, 청룡선이 다섯 번 공격당했습니다.”

이한은 금오를 돌아보았다.

“신룡선과 청룡선은 출항 당일까지 목적지가 어딘지 비밀이라면서요? 그렇다면 내부의 정보유출이 없고는 일어날 수 없는 상황입니다. 아니면 해적선이 망망대해를 날아다니며 금가장만 노렸거나.”

금오는 고개를 끄덕이면서도 곤혹스런 표정을 지었다.

주산분원과 물류 기지에는 몇 번의 신상 조사를 마친 금가장의 정예들이 주둔해 있을 뿐 아니라, 그나마 육 개월을 주기로 교대를 하고 있는 실정이었다.

이한은 서류를 뒤로 휙 날리고, 금오를 정면으로 바라봤다.

“금가장이 지금껏 이 정도를 파악하지 못했을 리가.”

“그건….”

금오가 말을 하려다 이한의 제지에 멈췄다.

“뭐 좋습니다. 지금까지 해구단을 생포한 적은 없습니까?”

“있긴 하지만, 얼마 못 가 죽습니다. 이미 독단을 먹고 나오는 모양입니다.”

“독단요?”

“어떤 종류인지는 밝혀내지는 못했습니다.”

“심문은 했을 것 아닙니까?”

“겨우 간단한 신상 정도 알아낸 걸로 알고 있습니다. 아마 분원의 문서고에 기록이 있을 겁니다."

"문서고라! 기록도 기록이지만, 문서고 자체를 한번 봤으면 합니다만."

이한은 조금 조심스럽게 물었다. 어느 곳이든 문서고를 외부인에게 공개하는 것은 부담스러운 일이었다.

역시 금오의 반응이 어정쩡했다.

결국 금장산의 특별 허가를 얻어, 문서고에 사흘을 틀어박혀 있었다. 문서고를 나서자, 눈을 강하게 자극하는 빛에 핑 도는 느낌마저 들었다.

끼니도 거른 채 삼일 밤낮을 문서고에서 나오지 않아 걱정했는데, 아니나 다를까 퀭한 안색으로 나온 이한을 보고 금오는 혀를 내둘렀다.

어느 분야든 뛰어난 사람에게는 뭔가가 있다.

저 집요할 정도의 집중력을 보면, 소장주가 왜 저 사람에 대해 그렇게 세세하게 알아보라고 한 건지, 그리고 이 일을 맡겼는지 이해가 되있다.

새삼스런 눈으로 보다가, 내미는 서류를 급히 받았다.

"장우몽! 신룡선을 습격했던 해구단. 퇴각하던 중 호위선의 공격에 생포됐지만, 심각한 부상과 독단의 영향으로 사망. 물류 기지의 단순 노무자로 일했던 경력 있음. 주거지가 의문의 화재로 소실되면서 부인으로 추정되는 사체 발견. 열 살 정도의 아들이 있었지만, 사체 발견 못 함. 전소 가능성 있음. 사건 종결.”

금오는 이한이 건네준 서류를 소리 내어 읽다가 고개를 끄덕였다.

“저도 기억납니다. 오 개월쯤 전의 일이라서. 최근 들어 가장 대규모의 습격이면서 가장 치열했던 전투였습니다. 신룡선이 거의 침몰할 뻔했으니까요. 다행히 근처 호위함까지 합세할 수 있어서 피해를 많이 줄일 수 있었습니다. 생포한 해구단에 저희 물류 기지의 단순 노무자들이 몇몇 섞여 있어서, 대대적인 수색과 지금까지도 신원점검을 하고 있습니다.”

이한은 차향을 찬찬히 음미하다가, 잔을 내려놓았다.

“단순 노무? 장우몽이 내가 아는 인물이라면, 꽤 강한 무공을 가졌을 겁니다. 그 신원 점검이란 건 누가 합니까?”

“그야 본가의 정보각에서 합니다. 얼마 전 살수의 암습을 받은 적산 공자가 각주로 있지요. 각주 아래로 두 명의 대주가 있는데, 이곳은 그중 금주선 공자가 나와 있습니다.”

“금주선!”

장주 금월방에게는 후처로 경대 부인을 받아들이기 전에 이미 두 명의 첩이 있었다. 그들에게서 이남일녀의 자식을 두었다.

금주선은 만 부인의 이남 중 둘째였다.

또 한 명의 첩이였던 감 부인은 딸과 함께 금가장을 나가 현재는 왕래가 없었다. 금가장 내에서도 거의 알려져 있지 않지만, 철포 연백이 감 부인의 사위였다.

"왜?"

"금 호위는 소장주가 나를 이곳으로 보낸 이유가 뭐라고 생각합니까?"

"그거야…."

"소장주가 분원에서 새는 정보를 알지 못했을 리는 없고. 분원장 석명이 금월방 장주의 심복이라는 소문이 있더군요. 지금은 경대 부인과 가깝고."

금가장 내부 사정을 조금만 알면 대충 아는 사실이었다.

"문득 이런 생각이 듭니다. 해구단은 어쩌면 금장산 소장주를 견제하기 위해 누군가 만들지 않았을까 하는. 그것이 이제는 그 누군가도 감당하기 힘들게 커진 것 같고."

"무슨?"

"경대 부인과 만 부인, 그리고 석명 분원장. 확실한 증거가 없는 소장주는 나를 미끼로 이곳에 보냈을 거고. 많이 흔들어 주기를 바라고 있을 겁니다. 소장주에게 전해 주시오. 해구단의 꼬리는 분명히 잡아 줍니다. 하지만 금가장의 내분에 나를 이용할 생각은 하지 않는 게 좋을 겁니다. 경고하는 거요."

자신을 싸늘하게 바라보고 있는 이한의 시선에 금오는 씁쓸하게 웃었다.

그렇지 않아도 석명과 금주선의 움직임이 분주하다는 보고를 받은 금오였다.

"일단 보고하겠습니다."

"이곳 주산도를 오가는 사람의 신상은 군에서 관리하지요?"

"그렇습니다."

"장한철이란 이름이 있나 알아봐 주십시오. 이삼 년 전에 들어왔을 것 같은데."

"천호소에 협조를 구해 보겠습니다."

"아! 금가장에 있는 호위대도 좀 불러 주고요."

주산도는 생각보다 넓었다.

어촌마을의 폐쇄성으로 인해 접근을 조심하다 보니, 장한철을 찾는데 시간이 많이 걸렸다. 그만큼 깊이 숨은 탓도 있었다.

시끌벅적한 해안을 바라보며 천천히 걸었다.

새 배의 진수식을 하고 있었다.

인근 마을의 사람들까지 온 모양인지 조용하던 마을에 활기가 넘쳤다.

선주가 뱃머리에 서서 만두를 힘껏 던지면 사람들이 뛰

어다니며 줍고 있었다. 투재(投財)라는 의식이었다. 더불어 용신에게 감사하며 기원을 올리는 목룡가(木龍歌)도 환호성 속에서도 낭랑하게 울렸다.

멀찍이 서서, 해변에 뛰어다니는 아이들을 부러운 눈으로 쳐다보는 소년이 있었다.

"너는 만두 받으러 안 가니?"

약간 움찔하며 경계의 눈빛을 보냈다.

"아저씨가 대신 받아 줄까?"

"괜찮아요. 할아버지 요리가 훨씬 맛있어요."

이한은 소년의 말을 무시하고, 해변으로 가서 만두 두 개를 얻어 왔다.

"너는 괜찮아도 할아버지는 혹시 드시고 싶을지 모르잖아. 그런데 이름이 뭐지?"

이한에게서 선뜻 만두를 받아든 소년은 순간 주춤 뒷걸음을 치더니, 뒤도 돌아보지 않고 도망쳐 버렸다.

여전히 시끄러운 해변을 잠시 보나가 천천히 소년의 뒤를 따랐다.

바다가 훤히 보이는 해안절벽 위의 소나무들 사이로 낡은 집이 보였다.

"경치가 아주 좋네요."

생선을 손질하다 깜짝 놀란 노인은 잠시 멍하게 이한을 바라보았다.

"누, 누구…?"

"장한철 어른 되시죠?"

순간 장 노인의 눈은 당혹감으로 복잡해지며, 소년이 들어간 방을 힐끔거렸다.

"저 애 아비 때문에 오셨소?"

"그렇기도 하지만, 제게 스승님이나 다름없는 분의 친구분을 찾아온 것도 됩니다. 상선의 공손추 어른을 아시지요?"

장한철이 미쳐 대답도 하기 전에 소년이 방문을 열었다.

"어! 아까 그 아저씨다."

"선아! 나오지 말고 어서 들어가."

소년은 장한철의 눈치를 보며 슬그머니 방문을 닫았다.

"상선의! 죽기 전에 한번 봐야 할 친구인데, 인연이 있을는지. 휴우!"

"제가 좀 도와 드릴 수 있을 겁니다. 무창의 무한객잔에도 모시고 들른 적이 있습니다."

"그래, 무한객잔!"

장한철은 그리움인지 안타까움인지 복잡한 눈빛으로 이한을 바라보았다.

"아드님이 해구단에 몸을 담고 있었다는 것은 아시죠?"

장한철은 다시 방을 힐끔 보다가 자리에 앉았다.

"자네도 좀 앉게. 금가장에서 일하나?"

이한이 자리를 잡자마자 물어왔다.

"아닙니다. 무림맹에 있습니다. 금가장의 일을 잠시 돕고 있습니다."

"그래도 다행이야. 해구단 추살대 인줄 알고 간이 콩알만 해졌다네."

장한철은 조금 안정을 찾은 모양이었다.

"상선의 그 친구 참 입이 짧았지. 여전히 민물고기는 안 먹나?"

"웬걸요. 돌아가시기 전에 꼭 먹고 싶은 요리가 노야의 무창어 요리라 하셨습니다. 특히 간장을 살짝 끼얹은 무창어에 수춘주는 환상의 궁합이라면서요? 객잔 옆의 있는 누각인 강상정(江上亭)에서 노야와 밤새도록 마시고도 취하지 않았다 하셨죠."

"미안하네. 누구도 믿을 수가 없어서."

장한철도 회상에 젖은 눈으로 고개를 끄덕였다.

"우선 이걸 넣어 두게. 몽이가 남긴 거네."

장한철은 무의식적으로 주위를 둘러보다가, 품속 깊숙이 넣어 뒀던 작은 책자를 꺼내 이한에게 내밀었다.

이한이 책자를 갈무리하자, 안심이 되는지 자세가 조금 풀어졌다. 무거운 짐을 약간은 벗은 느낌이었다.

"해구단은 쓰임새가 없어진 단원들을 주로 해적질에 동원하지. 어떻게 하는지 몰라도 아무도 살아서 돌아오지 못해. 그러고 나서 주변 정리를 해. 증거를 철저히 남기지 않기 위해서."

장한철은 갑자기 안색이 어두워지면서 한숨을 쉬었다.

"추살대가 오기 전에 며늘아기가 집에 불을 지르고, 스스로 집안으로 뛰어들었다네. 아이를 내게 보내고. 몽이 녀석이 해적질에 동원되는 순간 예정된 일이었지. 거의 연을 끊었던 녀석이 무창으로 나를 찾아왔을 때, 그때쯤 해구단의 행태를 어렴풋이 눈치를 챈 것 같아. 빠져나오기는 늦었고, 나를 몰래 이곳으로 데려와서 후일을 대비하려고 했던 거지."

이한이 고개를 들고, 뒤를 돌아보자 장한철이 아연 긴장했다. 비명이 섞인 소음과 뭔가 소란스런 부산함이 절벽을 중심으로 들려왔다.

"괜찮습니다. 제 동료들입니다."

이한의 말이 끝나기 무섭게 양사진이 절벽 위로 올라왔다.

"한 놈만 남겨 뒀네. 황 호위가 남쪽으로 따라붙었는데, 해적이라기에는 정식 수련을 한 자들 같아."

"수고하셨습니다. 조장님은 여기 노야와 아이를 데리고 금가장으로 철수하십시오."

"여긴 어쩌려고?"

"우리 싸움이 아닙니다. 황 선배와 나도 해구단의 실체만 파악되면 바로 철수할 겁니다."

분원 내부도 믿지 못하고, 군의 천호소에도 해구단의 끄나풀이 있을 것으로 예상해 호위조를 섬으로 불렀었다. 역시 해구단 척살대가 따라붙었다.

장한철과 아이를 호위 삼조에 맡기고, 황호의 흔적을 따라 움직였다. 주산도 남쪽의 해안에서 황호가 기다리고 있었다.

"저기 세 번째로 보이는 섬이 석총도라고 하는데, 온통 암초투성이라 소형목선만 드나들 수 있다는구먼. 한 척이 저리로 갔어."

이한은 해안의 사구에 은밀히 숨겨져 있는 두 척의 목선을 바라봤다.

"해구단 본거지는 아닌 것 같고, 추살대의 독자적인 소굴 같은데요."

"그런 것 같아. 한번 가 볼까?"

황호의 시선에 이한은 가볍게 고개를 저었다.

"금가장 무사들이 올 때까지 좀 기다리죠."

이한은 바람이 잦아드는 해안의 아늑한 장소를 찾아 자

리를 잡고는, 품속에서 작은 책자를 꺼냈다.

금가장 무사들에게 석총도의 감시를 맡기고 분원으로 돌아왔다.

이한과 황호가 해도를 보며 의견을 나누고 있을 때,

하루 종일 보이지 않던 금오가 급히 들어왔다.

"무사들을 요청하셨다고요?"

"해구단 추살대의 본거지로 보이는 석총도에 배치했습니다."

"아! 그건 들었습니다만, 석총도라는 근거가?"

아무래도 예상보다 너무 이른 성과에 놀란 모양이었다. 미심쩍기도 한 건지, 이한에게 묻는 금오의 태도가 조심스러웠다.

"추살의 대상이 대부분 주산도에 있으니, 가까이에 자리를 잡았을 겁니다. 열두 명이 오면서 소형목선 세 척으로 나눠 타고 왔다는 것은, 일단 먼 바다에서 온 것은 아니라는 거고. 한 척으로 와도 될 걸 세 척으로 온 건 소형 목선이어야 갈 수 있는 곳, 어부들도 잘 접근하지 않는 곳, 주산도 인근에 암초 지대로 둘러싸인 섬은 석총도 뿐입니다."

"아!"

그럴듯했다. 더구나 추살대의 생존자가 갔다는 곳이니.

물론 확인은 해야겠지만, 이 정도도 큰 성과였다. 금오는 보고를 위해 급히 뛰어나가려다 멈칫했다.

머리를 맞대고 있는 두 사람이 뭔가를 더 찾은 느낌이었다. 다시 해도로 다가섰다.

"해귀선(海鬼船) 정도가 드나들려면 어느 정도의 접안 시설이 필요할 텐데."

이한도 황호의 시선을 따라 해도를 다시 바라보며 몇 개의 섬을 주목했다.

"그래도 구기도와 황룡도는 아닙니다. 주민의 수가 꽤나 많은 섬이어서, 지금까지 비밀을 유지하기가 어려워요. 오히려 이곳 낙사도(落沙島)가 유력합니다."

"사시사철 짙은 해무가 깔려 있어 아무리 노련한 어부들도 가까이 가지를 않는다더군. 그런 곳은 아무리 해귀선이라도 드나들기가 좀. 아! 오히려 비밀통로가 있으려나?"

이한은 오히려 더 확신을 했다.

"맞을 겁니다. 장우몽은 해귀단의 본거지에 대해 천혜의 비지로 아무나 드나들 수 없고, 주산도와 멀지 않다는 말을 들었다고 써 놨습니다. 해귀선에 타기 위해 황룡도로 가야 한다는 구절도 있고요. 낙사도는 황룡도 동쪽 이십 리 정도에 있습니다."

"아! 낙사도?"

금오의 머리가 급히 해도로 다가왔다.

"해구단의 본거지는 주산도와 육지의 거리, 습격 후에 추격을 피할 수 있는 시간 등을 따졌을 때, 이 원에 걸치는 섬이 가장 적당합니다. 해구단의 행태를 보면 기습과 약탈, 도주 그리고 잠적이죠."

이한은 금오를 위해 해도에 원을 그려 주었다. 그 원의 바로 바깥에 낙사도란 지명이 있었다.

"내일 당장 낙사도의 해류에 대해 잘 아는 사람을 수소문해 봐야겠습니다."

금오의 목소리가 흥분으로 떨리고 있었다.

금가장은 이번 기회에 해구단을 확실히 정리할 작정인지, 정사를 망라해서 절강 일대에서는 최고의 명성을 자랑하는 이들을 초청했다.

온주쌍절 벽씨 형제, 금정공자 여휘은, 흑매선자 강려옥, 회풍검 갈청, 파형마권 사일형, 사망도 신명.

철포 연백의 안내로 모두 주산도에 발을 디뎠다.

이틀간 낙사도를 정찰하고, 어둑어둑해질 무렵에야 주산도 분원으로 돌아온 이한을 연백이 기다리고 있었다.

"그래서 해구단 공격에 참여해 달란 말입니까?"

"해구단의 본거지를 공격하기 전에 주변을 깨끗이 정리했으면 하네. 금오가 세척의 신룡선으로 낙사도를 봉쇄하고 내가 분원 내부를 정리하는 동안, 자네가 절강의 고수들을 이끌고 석총도로 가주었으면 하는 거지. 어차피 암초로 인해 소수정예의 공격이 효율적이지 않겠나?"

"흐음."

"이번 일은 따로 후하게 계산해 주겠다는 장주 대행의 말이 있었네."

연백은 망설이는 기색이 있는, 이한의 대답을 조용히 기다려 주었다.

어차피 해구단 소탕 때까지는 이곳을 떠날 수 없다. 이 기회에 금장산에게 좀 더 부채를 늘려 놓는 것도 나쁘지는 않았다. 복잡한 금가장 내부 일에 끼어드는 것은 아니니.

"알겠습니다. 내일 새벽 일찍 출발하는 걸로 하지요."

"장주 대행이 빨리 이번 일 해결하고 느긋하게 한잔하자네. 만화주라고 일 년 내내 여러 꽃잎을 따 모아서 만든 술이 있다는데, 뭐 이름처럼 꽃이란 꽃은 다 들어간 모양이야. 술맛이 거의 죽음이라는군."

자신의 경고에 대한 금장산 나름의 화해 표시였다.

황호가 해안 여기저기로 자유로이 흩어져 있는 절강 고수들을 보면서 고개를 저어 댔다.

일찍이 무림맹에 몸을 담아 맹의 체계적인 규율에 익숙한 황호는 도대체 통제를 우습게 아는 이 자유분방함이 마음에 들 수가 없었다.

“곧 바다로 나갈 텐데 뭣 하는 짓들이지. 나 원.”

금정공자 여휘은은 싫다는 흑매선자를 집요하게 따라다니고 있었고, 벽씨 형제는 뭐가 안 맞는지 아까부터 아옹다옹 이었다.

나머지는 서로 소가 닭 보듯, 뚝 떨어져서는 제각각 자기 일에 몰두하고 있었다.

“놔두세요. 그래도 자기 몫들은 할 것으로 보이니까요.”

연백이 공식적인 인솔자로 지정해 준 이한까지 대수롭지 않은 반응이라 더 마음에 들지 않았다.

“아휴.”

그래도 섬을 감시하던 금가장 무사들의 상황설명을 듣고 온, 이한의 주위로 하나둘씩 알아서 모여들기 시작하자 황호는 안도의 한숨을 쉬었다.

“정확한 인원은 알 수 없지만, 지금까지의 정보로는 대략 백 명 정도로 보입니다. 섬 내부 사정을 알 수 없어 순간적으로 대처해야 하니, 섬에 도착하기 전까지는 제 통제에 따라 주십시오. 우리가 목선 세 척으로 진입하면 금가장 무사들이 뒤를 봐줄 겁니다. 도착 이후에는 각자 알아서들 하시면 됩니다. 이상입니다."

이한은 혹시나 있을 질문을 잠시 기다렸다.

"당연한 것 아닌가? 우리가 무림맹 꼬봉도 아닌데, 명령까지 듣는 건 좀 아니지."

파형마권 사일형이 이한을 똑바로 쳐다보며 말했다.

독자노선을 걷는 자존심이 강한 인물이었다. 아무리 돈을 위해서라지만, 이런 어린 녀석의 명령을? 거기다 무림맹! 사파 인물인 사일형은 더 했을 것이다.

'언제 도발하나 했더니.'

"무림맹에 열등감 있는 가 봅니다?"

"세상을 덜 살아서 그런지 자신감이 넘치는군."

대수롭지 않게 일어서는 이한의 발밑으로 기류가 흐르며 발목을 잡았다.

사일형의 독문공인 파형마기였다. 무엇이든 찢어버릴 듯 거친 기운이었다. 이한의 다리를 타고 오르더니, 온몸을 조이는 고통이 왔다.

다들 딴청을 하고 있었지만, 신경은 이한과 사일형에 집중되어 있었다. 자기보다 약한 놈이 이래라저래라 하는 꼴을 못 보는 것은 마찬가지였다.

여기서 조금이라도 밀리면 끝없는 기싸움을 해야 한다.

이한은 혈을 완전히 개방하며 천단기를 확 퍼뜨렸다. 옥죄는 파형마기를 뚫고, 이한의 한발이 서서히 들렸다.

퍽—

가볍게 내려 밟은 진각에 천단기와 파형마기가 충돌하며, 뭔가 터지는 소리가 났다. 사일형이 휘청했다.

"힘이 남아돌면, 이따가 씁시다."

아무 일 없는 듯 목선으로 향하는 이한의 뒤로 황호가 급히 따랐다.

사일형이 너무 쉽게 밀리자, 다들 눈만 끔벅하다가 하나 둘 움직이기 시작했다.

"이럴 때 쓰는 말이, 가만히 있으면 이등이라도 한다. 맞지?"

"아니, 굿이나 보고 떡이나 먹는다. 이거 같은데."

사일형은 자신을 지나며 중얼거리는 온주쌍절 벽씨 형제를 노려보다가 일어났다.

'헉! 젠장.'

비틀했다. 이한을 잡아 놓았던 파형마기가 터지면서 가슴을 때린 것이다.

세 척의 목선이 조심스럽게 나가고 있었다.

길을 잘못 들면 암초에 갇힐 수도 있어, 섬이 가까울수록 조심하는 수밖에 없었다.

석총도!

이름 그대로였다. 섬 정상에 작은 군락의 해송이 낮게 자라고 있을 뿐, 온통 바위로 이루어져 있었다.

이한은 선수에서 암초를 살피다가 급히 손짓을 했다. 목선을 정지시킨 회풍검 갈청이 다가왔다.

입고 있는 옷이 헐렁해 보일 정도로 깡마른 오십대 후반의 인물이었다. 튀어나온 광대뼈와 강퍅해 보이는 인상이 날카로운 느낌을 만들었다.

"저기."

이한이 가리키는 곳으로 안력을 집중했다.

멀리서는 안 보였지만, 파도의 침식으로 만들어진 해시동굴이 조금은 은밀하게 모습을 드러냈다.

"맞는 것 같네."

갈청은 고개를 끄덕이며 뒤를 돌아보았다.

황호가 날카롭게 울리는 신호음을 연속으로 냈다. 두 척의 목선이 바로 다가왔다.

"뒤따라오는 금가장 무사들은 여기 대기시키고, 우리가

먼저 진입합니다. 아마도 기다리고 있을 공산이 크지만, 암습만 주의하면 큰 위험은 없을 겁니다."

동굴로 흐르는 물길을 따라 천천히 움직이는 목선 위로 지금껏 볼 수 없었던 긴장이 살짝 머물고 있었다.

안으로 갈수록 의외로 점점 넓어지며, 멀리로 동굴 속의 작은 해안이 보였다. 바위를 깎아 만든 계단과 갖가지 인공물이 있고, 여러 척의 목선들이 구석에 몰려 있었다.

휘이익—

이삼십 여장 남은 거리까지 접근하자, 불화살 하나가 떠올랐다.

그것을 신호로 화살들이 연달아 날아왔다. 추살대로 보이는 수십여 명이 활을 쏘아대며 분주하게 오가고 있었다.

"우리가 먼저 가오."

황호의 장이 수면을 연달아 내려치자, 목선은 바닷물을 스쳐 가르며 빠르게 나아갔다. 갈청이 파르스름하게 날이 선 검을 빼 들고 선수에 섰다.

해안으로 어느 정도 접근하자, 집중적으로 날아오는 화살을 쳐내며 몸을 날렸다. 수면을 스치며 나가다 가볍게 일렁이는 물결을 한번 박차는 것으로 해안에 당도했다.

다른 목선에서도 분분히 몸을 날리고 있었다.

마치 경쟁이라도 하는 것 같았는데, 사실 경쟁하는 것이 맞았다. 서로를 인정하면서도 자신이 아래라는 인식은 눈곱만큼도 없으니 당연한 현상이었다.

갈청의 검이 회색의 추살대를 찔러가자 나머지도 속속히 합류했다.

이한은 후방을 지켜 줄 황호와 눈짓을 교환하고 느긋하게 목선에서 내렸다.

해구단을 숨기기 위해 온갖 무자비한 행사로 단원들 사이에서도 악명 높은 추살대지만, 상대는 절강에서도 고르고 고른 최고의 고수들이었다.

"아악!"

"막아. 물러나지 말라니까."

칙칙한 회색 무복의 추살대는 나름 방비를 했지만, 금방 석동과 석실로 밀려나기 시작했다. 곳곳으로 뚫어놓은 통로들이 여기저기로 보였다.

'저자군. 추살대주!'

이한은 주위의 어수선한 혼란에도 추살대를 독려하며, 조금씩 물러나고 있는 인물에 주목하고 있었다.

반월에 가까운 기형도를 흔들며 부하들을 앞으로 내몰고 있었다. 한참 고함을 지르다가 어둑한 통로로 사라지는 게 보였다.

앞을 막는 추살대를 베고 빠르게 쫓았다. 통로가 많이 좁지는 않았다.

"가시지요."

추살대주는 검을 가슴에 안은 치렁치렁한 머리의 노인을 안내해 석실을 나왔다.

섬의 해안 절벽 아래로 연결되어 있는 통로를 따라가다, 숨겨 놓은 목선을 발견하고 안도의 한숨을 쉬었다.

"한동안은 막을 겁니다. 먼저 타시죠."

"그래야지."

처음으로 입을 연 노인의 손이 막 뒤돌아보던 추살대주의 목을 잡았다. 노인의 무심한 눈을 바라보는 추살대주의 눈이 순간적으로 커졌다.

"큭! 나는… 왜?"

"내가 온 이유를 모르느냐? 저 안의 아이들처럼 너도 쓰임을 다한 것이다."

투둑—

추살대주를 조용히 눕힌 노인은 그의 품에서 몇 가지를 챙겨 일어서다가, 순간적으로 검을 빠르게 쳐냈다. 거의 무의식적인 행동 같았다. 그만큼 의식을 거친 것 같지 않은 빠름이었다.

쨍—

튕겨 난 도가 빠르게 돌아갔다. 고요하던 노인의 시선이 번뜩했다. 도를 받아드는 이한을 조용히 주시하고 있었다.

이런 고수가 추살대에?

이한은 노인의 움직임에 집중하느라 상대가 누군지 생각할 여유가 없었다. 그만큼 노인이 흘리는 기운은 심상치 않았다.

한 발씩 접근해 가던 이한의 걸음이 갈수록 신중해졌다. 한걸음 떼기가 힘들었다. 두 사람 사이를 팽팽하게 당기고 있던 무형의 기가 한순간 터졌다.

팍—

번뜩하는 느낌과 함께 검과 도가 순식간에 스치며 사라졌다. 약한 충격음 사이로 이한이 비틀했다.

노인의 검이 그렇듯 섬뢰도 허공을 가른 것이다.

한걸음 밀려났던 노인이 검을 바로 세웠다. 이한을 바라보며 눈썹을 꿈틀했다. 처음으로 감정을 보인 것이다.

한동안의 대치가 계속되었다. 노인이 움직이지 못하듯이 이한도 움직이지 못했다. 어디서 어느 때 검이 날아올지 몰랐다. 어쩌면 허점을 먼저 드러내지 않는 인내심의 싸움이기도 했다.

휘리릭—

이한의 손아귀에서 도가 돌기 시작했다. 회전이 빨라질수록 혈에서 모이는 천단기로 전신이 팽팽해졌다. 누가 먼저랄 것이 없었다. 동시에 튀어나가며 검과 도가 날았다.

사사악—

순식간에 위치를 바꿔 멈춘 이한은 가슴에 이는 찡한 느낌에, 도를 그어 올린 자세를 그대로 유지하고 있었다.

"헉!"

뒤에서 들리는 약한 소리에 겨우 몸을 돌렸다. 한쪽 무릎을 꿇은 노인의 모습이 보였다. 가슴이 붉게 물들어 있었다.

"이놈!"

노인은 발작을 일으키듯 그대로 쇄도해 왔다. 하지만 정상적인 움직임은 아니었다. 다시 내리그은 이한의 도에 검을 치켜든 자세 그대로 무너져 내렸다.

"아!"

어느새 왔는지 절강의 고수들과 황호가 통로를 빠져나와 있었다.

"헛! 천살이마(天殺二魔)의 지살(地殺)이다!"

갈청의 입에서 나온 놀람에 이한도 쓰러져 있는 지살을 휙 돌아봤다.

천살이마! 천잔과 지살.

몇 년 전 사천의 소문파 몇 곳을 멸문시켜, 무림맹과 당문에 쫓기게 된 거마들이었다. 해구단에 몸담고 있을 줄이야.

"황 선배! 금가장 무사들 좀 불러 주세요. 여러분도 정리 좀 도와주시죠. 빨리 끝내고 갑시다."

"알았네."

황호가 통로로 다시 들어가자, 절강의 고수들도 하나씩 걸음을 옮겼다. 벽씨 형제의 벽수가 사일형을 향해 손으로 목을 휙 그어 보이며, 고개를 절레절레 저었다.

인상을 있는 대로 쓰던 사일형은 이한을 힐끔 보고는 급히 통로로 들어갔다. 자신도 모르게 목을 한 번 쓱 쓰다듬었다.

〈『무림맹 무사가 되었다』 3권에 계속〉